EL SECRETO DE LA HIGHLANDER

Al tiempo del highlander, Livro 2

MARIAH STONE

Traducción:
CAROLINA GARCÍA STROSCHEIN

«La esperanza es esa cosa con plumas
que se posa en el alma
y entona melodías sin palabras
y no se detiene por nada».

— Emily Dickinson

PRÓLOGO

—*¡CRUACHAN!*

Marjorie gimió. Debía estar soñando. ¿Por qué otro motivo oiría el llamado a guerra de su clan?

El colchón de paja le rasguñaba la piel. La habitación estaba en silencio y olía al polvo acumulado en las cortinas del dosel. ¿Estaba sola? Intentó abrir los párpados, pero le pesaban, y de pronto recordó...

Si abría los ojos, podía verlo a *él*. Y él querría golpearla de nuevo.

O tomarla de nuevo.

«No más dolor, por favor. No más humillación».

Quería perderse en el olvido oscuro y entumecedor. El olvido le permitía estar lejos del dolor que sentía en todo el cuerpo. Un sonido extraño le llenó los oídos, y se aferró a él como si estuviera al borde de un precipicio. El ruido venía de afuera y de abajo. Gritos de dolor. Varias espadas chocando contra otras.

Y, de pronto...

—*¡Cruachan!* —En esta ocasión, el grito se oyó más fuerte y más cerca. Era el coro de varios hombres.

¿Acaso se lo estaba imaginando? ¿Estaba tan desesperada y quebrada que estaba soñando con su hogar?

El aire olía a humo. Varios pasos resonaban contra el piso de piedra al otro lado de la puerta de la habitación en la que la tenían prisionera. La puerta se abrió, y el enrejado de hierro soltó un chirrido. Luego se cerró.

Ese sonido, el de esa puerta, significaba una cosa: «Él ha regresado».

Y si él se encontraba allí, sería para causarle dolor.

Unos pasos rápidos y pesados se aproximaron. El hombre respiraba agitado y caminaba de un lado al otro de la habitación. La cota de malla hacía un sonido metálico. Aún no la había tocado, de modo que quizás no había venido por ella.

«Pero, entonces, ¿qué hace aquí?»

Afuera, los gritos se intensificaron. Algo pesado arremetió contra la madera.

—*¡Cruachan!*

«Han venido».

La esperanza floreció en el pecho de Marjorie y le dio fuerzas. Abrió un solo ojo, pues el otro estaba hinchado y cerrado, y volvió la cabeza hacia la luz que se colaba por la ventana.

Alasdair MacDougall recorrió la dura pared de piedra oscura. Tenía las fosas nasales dilatadas, la mirada perdida y el cabello oscuro despeinado bajo la cota de malla que le cubría la cabeza y los hombros. Tamborileaba la hoja plana de la espada contra la mano.

La miró de reojo y se congeló durante un instante, con el rostro inexpresivo.

—¿Estás despierta, zorrita? —Cruzó la distancia que los separaba con tres zancadas.

Aunque no le quedaban fuerzas en el cuerpo, Marjorie se incorporó en la cama para intentar alejarse de él lo más posible. La manta que la cubría se cayó, y sus muslos desnudos, cubiertos de sangre seca, destellaron en tonos blancos, rojos y amarronados. Se quería cubrir, pero se sentía muy débil. El aroma de él, con el que ya estaba familiarizada, se impregnó en el aire; apestaba a sudor y almizcle masculino. Dejó caer la espada, que aterrizó en el suelo con un fuerte ruido metálico. Con una mano, la sujetó del cabello y con la otra, la abofeteó.

Una oleada de dolor cegador le atravesó la cabeza. Luego la golpeó del otro lado. Marjorie sintió que los ojos le explotaban dentro del cráneo. Sin embargo, no lloró. Alasdair la jaló del cuero cabelludo para acercarla a su rostro, y ella sintió su mal aliento: una mezcla de cerveza, alcohol y carne con cebollas.

—¿Estás contenta ahora, princesita? Creíste que eras demasiado buena como para aceptar mi propuesta, pero ahora todos verán la zorra que eres en realidad. No vales nada.

Ella tomó aire para llenarse los pulmones.

—¿De qué hablas? —se las ingenió para preguntar.

—El clan Cambel está llamando a nuestra puerta. Pero mientras yo te tenga, tengo el poder.

Que él dijera que su familia había venido a buscarla era muy distinto a que ella lo pensara o lo imaginara. Era un hecho real.

Habían venido.

Marjorie sonrió y se rio abiertamente en su cara. Juntó saliva en la boca y le escupió una mezcla de saliva y sangre en el rostro antes de romper a reír más fuerte. El esfuerzo le causó dolor, pero a la vez le trajo alivio. Marjorie lucharía su batalla en esa habitación mientras su clan peleaba por ella en el patio.

—Se ha acabado, maldito violador —le aseguró. El rostro de Alasdair empalideció, y ella se siguió riendo, aunque podría acabar muerta en cualquier momento. Alasdair descargó toda la fuerza de su puño contra su rostro, y Marjorie se hundió en una niebla oscura. A través de la neblina, divisó a dos hombres blandiendo sus espadas.

—¡Te voy a matar, alimaña! —gritó alguien.

El acero resonó y destelló contra la luz que se colaba por la ventana. Gritos de dolor le perforaron la mente. Luego oyó un aullido mortal y desesperado, y un sonido estrepitoso de algo pesado que cayó al suelo. Se despertó al oír una voz familiar que la llamaba. Una voz muy querida que había conocido durante toda su vida.

—Marjorie.

Alguien le acarició la cabeza, pero se sintió como si unas cuchillas le estuvieran atravesando la piel. Se esforzó para abrir los ojos y apenas logró levantar un párpado. Era Craig. Su hermano. Ensangrentado y lleno de moretones, se hallaba arrodillado a su lado. Le sonreía, tenía los ojos rojos y el cabello enmarañado. Las lágrimas le nublaron la vista y le hicieron arder los ojos. Él estaba allí. Y eso significaba que Alasdair ya no representaba una amenaza para ella. Craig la cuidaría. La llevaría a casa.

Una ola de alivio la invadió. El eco de los sentimientos de gratitud y amor le llenó el pecho. A pesar de que tenía los labios partidos y magullados, se las ingenió para sonreír.

—Hermano —susurró.

La puerta se abrió de par en par, y su primo Ian entró en la habitación. Sus rizos pelirrojos estaban cubiertos de sudor y tenía el rostro lleno de cortes y moretones, pero estaba vivo.

—La encontré —le dijo Craig.

—Qué bien. Vámonos. El camino está despejado.

Craig asintió. Marjorie supo que le estaba prometiendo que todo estaría bien. Con cuidado, la envolvió con una manta y la levantó. El dolor la atravesó. Mientras Craig se la llevaba de la habitación, vio el cuerpo sin vida de Alasdair en el suelo, con un charco de sangre a su alrededor. Le hubiera gustado sonreír y reírse, pero se sentía vacía.

Craig bajó hasta el descanso de la escalera de madera, donde los hombres de su clan aguardaban de pie. La luz de las antorchas iluminaba sus rostros serios. Ian bajó las escaleras primero con la espada en alto, para asegurarse de que no hubiera más peligros en el camino. Sin embargo, mientras Craig descendía los escalones, la lucha se fue deteniendo en el piso de abajo. Su padre se hallaba de pie en el siguiente descanso, con el rostro distorsionado de dolor al ver a su hija a los ojos. Ella intentó sonreír para calmarlo y demostrarle que no estaba enfadada con él por no haberla protegido o no haber venido antes. Craig siguió avanzando, y Marjorie vio al tío Neil y sus hijos. Sus miradas reflejaban sentimientos de pena y furia.

Al salir de la torre, Marjorie vio a John MacDougall, jefe del clan MacDougall y padre de Alasdair, aprisionado por dos Cambel. Se retorcía en vano, tenía el pálido rostro crispado con una rabia silenciosa al comprender que su hijo debía haber muerto si Marjorie se encontraba en los brazos de Craig.

MacDougall nunca debió haber permitido que Alasdair la secuestrara y la tratara de ese modo. Debió haber puesto fin a esa locura y haberla enviado a casa. John MacDougall había consentido todo lo que le había pasado a Marjorie. Por lo que a ella respectaba, él era tan culpable como su hijo.

Craig por fin salió a la luz del día del patio rodeado de los muros cortina de piedra, y Marjorie cerró los ojos. Muchos hombres habían muerto ese día para salvarla, y no podía soportar ver la evidencia del hecho. No en ese momento.

Craig caminó un poco más y, de pronto, se arrodilló en el suelo. Marjorie abrió los ojos. Su abuelo, *sir* Colin Cambel, yacía sobre el césped teñido de rojo. Tenía una herida profunda cerca del corazón, pero ya no manaba sangre. Sus ojos estaban cerrados; su piel, pálida. Estaba completamente quieto, excepto por el cabello blanquecino que el viento mecía.

Craig tomó la mano de su abuelo y la apretó. Ian se detuvo al lado de ellos y apoyó una mano sobre el hombro de Craig. Craig le susurró algo a su abuelo, y Marjorie sintió que una lágrima se le deslizaba por la mejilla. Entonces, su hermano se puso de pie y caminó con ella hacia los caballos y las carretas.

—Tenemos una carreta para ti. Está llena de mantas y pieles. Estarás en casa en breve. —La depositó sobre el lecho improvisado y la cubrió con las mantas. Pronto, el calor comenzó a regresar a ella.

Se sintió a salvo.

Y libre.

Ciertamente, era libre; sin embargo, la humillación, el dolor y el sentimiento de ser indigna le carcomían el corazón. La mantenían prisionera. Marjorie se dobló en un ovillo y comenzó a llorar.

—Oh, Marjorie, tesoro, no llores. —Craig le dio una palmadita en la espalda—. Por favor, cariño. Lamento mucho no haber venido antes. Hemos venido ni bien supimos quién te había secuestrado.

Marjorie no podía dejar de sollozar. Craig se sentó a su lado en la carreta, la abrazó y la cubrió como una manta pesada y protectora.

Cuando por fin dejó de llorar, se quedó quieta e intentó acostumbrarse a la sensación de libertad que le llenaba el pecho y que se sentía tan extraña.

¿Cómo sería volver a estar rodeada de gente? ¿Poder andar de una habitación a otra? ¿Salir a la luz del sol? ¿Montar a caballo? Tras haber pasado un mes en cautiverio, pensó que nunca volvería a experimentar esas cosas. Abrió los ojos y miró a Craig. Él la observaba preocupado, con una mezcla de dolor y furia en los ojos.

—¿Qué puedo hacer? —le preguntó.

Marjorie negó con la cabeza.

—Nada —susurró—. Me has salvado. Me has vengado. Has asesinado a ese bastardo. No hay más nada que puedas hacer.

Craig le apretó la mano y asintió.

—Ahora nos enfocaremos en sanarte. Pronto volverás a ser la Marjorie de siempre.

Ella tomó una profunda bocanada de aire y cerró los ojos. Por más que le doliera admitirlo, eso nunca sería cierto. Por dentro, era una piedra: fría y dura. Nunca dejaría que un hombre la tocara. Nunca se casaría. Y nunca dejaría que nadie le volviera a hacer lo que Alasdair le había hecho.

CAPÍTULO 1

En las cercanías de Loch Awe, Escocia, 2020

La mejor parte de estar en un viaje con su amigo por las Tierras Altas de Escocia era la ausencia de tecnología. A pesar de haber vivido los últimos siete años como civil, Konnor Mitchell no había olvidado el entrenamiento que recibió en el Cuerpo de Marines de los Estados Unidos: no tenía ningún problema a la hora de orientarse con o sin mapas, pescar, cocinar sobre una fogata o dormir en el suelo.

De hecho, la mejor parte de la experiencia de lucha del hombre contra la naturaleza era que su mente se mantenía ocupada y no tenía mucho tiempo para pensar ni en su vida en Los Ángeles, ni en el pasado. Al no contar con teléfonos celulares, ni televisión, ni electricidad, Konnor solo podía confiar en su cerebro, en sus músculos y en su mejor amigo, Andy.

—¿Cuánto falta para llegar a la granja Keir? —Andy alzó la mirada al cielo—. Las nubes están más negras que tu mejor humor.

Un cielo gris plomo colgaba sobre las copas de los fresnos y los pinos de color verde oscuro, como si fuera un cielorraso de hierro. La naturaleza que los rodeaba se hallaba en pausa, como si estuviera a la espera de algo. Las ramas no se movían, el césped no se mecía. El aire estaba húmedo y cálido; olía a bosque, musgo y algo extraño... lavanda, aunque Konnor no había visto ninguna planta de lavanda cerca.

Bajó la mirada al mapa que sostenía en las manos, y captó un movimiento titilante por el rabillo del ojo. Un destello de algo verde entre los troncos de los árboles. Parpadeó, pero no vio nada fuera de lo normal. De seguro se debía a todo el *whisky* que había consumido en el transcurso de la última semana.

—Probablemente terminemos empapados —respondió Konnor—. Llegaremos al anochecer.

Andy y él habían estado haciendo senderismo hacia el norte del *loch* Awe, donde se encontraba la granja. El mapa señalaba unas pequeñas ruinas en el fondo del valle que había a sus espaldas, y si desendían por el camino siguiendo el lago, llegarían a las ruinas de Glenkeld, un castillo medieval.

Habían interrumpido el tour de *whisky* para lo que se suponía que iba a ser una excursión de tres días. Pero como llevaban un paso relajado y se habían bebido varias muestras de *whisky* que habían comprado en varias destilerías, ya llevaban cinco días en la naturaleza. Entre encender las fogatas, montar y desmontar las tiendas de campaña, cocinar salchichas sobre las fogatas y pescar en el *loch* Awe, se habían distraído y habían perdido la noción del tiempo.

El viaje era una suerte de larga despedida de soltero para Andy, que se iba a casar con Natalie, su novia de hacía ocho años y la madre de su hija. Luego de la infancia que había tenido, Konnor no creía que era posible delirar de alegría, pero Andy era un buen hombre y se merecía toda la felicidad del mundo.

Konnor estaba contento por Andy. Sin embargo, no tenía ni idea de cómo lo hacía su amigo. A lo mejor, algunas personas simplemente sabían el secreto de cómo tener una relación feliz, cómo ser un buen marido y un buen padre.

Sin lugar a dudas, él no era una de esas personas.

Andy miró el cielo y frunció el ceño.

—Puede que pase de largo —comentó, aunque su voz no reflejaba ni una pizca de convicción.

—En marcha. Tengo que llamar a mi mamá —dijo Konnor.

Por mucho que estuviera disfrutando esa excursión de senderismo, Konnor necesitaba regresar a la civilización. Estaba al tanto de cómo sonaba un hombre de treinta y tres años diciendo que debía llamar a su mamá, pero su mejor amigo lo conocía lo suficiente como para no hacer bromas al respecto. Konnor apoyaba económicamente a su madre, y para él era muy importante que ella supiera que se encontraba a salvo y protegida, que él nunca dejaría que nadie la volviera a lastimar. Antes de partir a la excursión en la naturaleza, Konnor le había dicho que dejaría el teléfono en el hotel, pero que la llamaría al cabo de tres días.

Andy se apresuró a seguirlo.

—Vamos, amigo, ya la has dejado sola antes. Estabas en el Cuerpo de Marines, por todos los cielos.

Al tener los padres más perfectos del mundo, Andy no tenía ni idea lo mal que la habían pasado Konnor y su mamá. Andy nunca había tenido que ver a la persona más cercana a él ser golpeada hasta quedar hecha polvo sin poder hacer nada al respecto.

Si bien el padrastro de Konnor estaba muerto, le había enseñado una importante lección que le servía de guía aún en el presente. Nunca podía bajar la guardia, nunca podía confiar en que las personas a las que quería estuvieran a salvo sin su protección. De niño, no había podido proteger a su madre, pero ahora sí podía.

—Déjalo estar —respondió Konnor.

Andy asintió, pero no parecía estar impresionado.

—Si tú lo dices, amigo. Oye, Natalie quiere que conozcas a una amiga de ella cuando regresemos a Los Ángeles.

Konnor gruñó. «Aquí vamos». Al menos una vez cada seis meses, Natalie quería arreglarle una cita con alguien.

—Andy... —dijo Konnor con tono de advertencia.

—Estoy de tu lado, amigo, pero, ¿puedes ir, por favor? Solo esta vez. De lo contrario, me va a volver loco.

Konnor soltó un bufido.

—Dicen que eres todo un partido. Un emprendedor exitoso y, al parecer, «un bombón». —Hizo comillas en el aire al decir esto último—. Sácame de la miseria, amigo.

Konnor se bufó.

—Serás más miserable si salgo con ella una vez y nunca la vuelvo a llamar porque Natalie te va a matar. No estoy buscando una relación. Ni ahora, ni nunca.

¿Por qué lo haría? Todas las relaciones que había tenido habían terminado causándole dolor a las mujeres a raíz de lo que ellas describían como una falta de disponibilidad emocional por parte de Konnor.

Andy lo sujetó del hombro.

—Después de todos estos años, sigo creyendo que eres todo un acertijo.

—No hay nada enigmático en mí. Soy una persona simple. No tengo ninguna intención de casarme, ni de tener novia. Nunca.

Caminaron en silencio durante un rato. Un suave susurro de hojas y ramas atravesó el bosque, y el cielo se oscureció aún más. Konnor sintió un pequeño escalofrío en el cuello.

Andy negó con la cabeza.

—Solo te diré una última cosa. Eres miserable y lo sabes.

—Estoy bien —gruñó Konnor—. Estoy genial. Tengo todo lo que necesito.

Un trueno sonó en la distancia, y los dos elevaron la mirada al cielo gris oscuro.

—En marcha —dijo Andy—. Vamos.

Apretó el paso, pero Konnor no lo hizo. Mientras veía a su amigo alejarse cada vez más, se dio cuenta de que necesitaba un momento a solas.

—Ve tú, Andy. Tengo que orinar. Enseguida te alcanzo.

Andy se detuvo y lo observó con cautela.

—¿Estás seguro?

Konnor suspiró.

—Estoy seguro de que la lluvia de verano no me va a derretir.

—De acuerdo.

Andy se apresuró a seguir el sendero. Cuando estuvo fuera de la vista, Konnor tomó una profunda bocanada de aire y exhaló. En realidad, no tenía que orinar. El viento frío sopló más fuerte, y sintió una mezcla de lavanda y césped recién cortado en el aire.

De pronto, la voz de una mujer interrumpió el silencio.

—¡Socorro! ¡Socorro!

Instintivamente, Konnor llevó la mano al sitio donde solía guardar el arma. Por supuesto que no se encontraba allí. La única arma que tenía era la navaja suiza que llevaba en la mochila.

Miró alrededor. A Andy no se lo veía por ningún sitio. Los árboles se mecían, susurrando con el viento, y algunas hojas y ramas salían volando. Una casi le acierta en el ojo y le terminó arañando la mejilla. Un trueno resonó más cerca, y un relámpago iluminó el cielo de granito. La tormenta se ceñía sobre él. ¿Acaso la mujer estaba atrapada en algún lado?

Unas piedras resonaron en alguna parte debajo de donde se encontraba Konnor, quien entrecerró los ojos para observar el sendero, pero no logró divisar a nadie. El viento le trajo un nuevo grito de la mujer. ¿O sería el quejido de los árboles ante la tormenta que se avecinaba sobre ellos?

Cuando volvió a oír el grito, a Konnor se le aceleró el pulso. Venía de debajo, al norte del sendero. Salió corriendo en esa dirección lo más rápido que pudo con la mochila en la espalda.

—¡Socorro!

Pasó como una flecha por delante de árboles y arbustos. Varias ramitas se quebraron, y algunas rocas salieron rodando debajo de sus pies. El aroma a lavanda y césped recién cortado se intensificó. La voz se oía más alta ahora, de modo que la mujer tenía que encontrarse cerca, pero Konnor aún no la veía.

—¡Aquí abajo!

La voz provenía de detrás de unos árboles y arbustos. A

través de los troncos, vio el borde de un acantilado. Avanzó por el sotobosque y vio un barranco de unos sesenta metros de ancho. Era como si mucho tiempo atrás un terremoto hubiera partido la tierra en dos allí. Delante de Konnor, había una pendiente rocosa de unos diez metros. Algunos pinos crecían entre las rocas. En el otro extremo, el barranco estaba protegido por una cuesta empinada. Un arroyo fluía a lo largo del fondo yerboso. Parecía un sitio fértil y acogedor, como una suerte de paraíso pequeño y recluido. El sitio tenía algo que se sentía mágico, misterioso e irreal.

Había una mujer en el fondo del barranco. Estaba sentada sobre una pequeña pila de escombros y se sostenía un hombro.

—¿Te encuentras bien? —gritó Konnor para hacerse oír sobre el sonido del viento.

Ella elevó la mirada y, aún desde la distancia, Konnor pudo ver una sonrisa deslumbrante. Tenía el cabello largo y de color rojizo y llevaba puesto un vestido verde que parecía una prenda medieval.

—Oh, muchacho, ¿me puedes ayudar? —le preguntó—. Me lastimé el brazo y no puedo subir.

El viento se intensificó, y la siguiente ráfaga lo dejó sin aliento. Miró la pendiente. Era muy empinada, pero más o menos divisaba un sendero para descender. La pregunta era si podría volver a subir por allí cargando a una persona herida.

Primero, debía bajar y ver qué le había pasado en el brazo.

—No te muevas —le dijo—. Voy a bajar.

—¡Oh, qué Dios te bendiga, muchacho!

Un trueno hizo temblar la tierra, y un relámpago abrió el cielo en dos. Unas gruesas gotas comenzaron a caer sobre el rostro de Konnor. Debía darse prisa.

Apoyó la mochila en el suelo y comenzó a descender por la pendiente. Varias rocas y piezas de escombros crujieron bajo sus pies. Se aferró a los arbustos y al tronco de algún que otro pino que crecía entre las rocas. Las gotas de lluvia comenzaron a caer más rápido, y tuvo que parpadear varias veces.

Una de sus piernas se resbaló, y Konnor perdió el equilibrio. La tierra y el cielo le dieron vueltas. Recordó el entrenamiento militar y mantuvo los brazos cerca del cuerpo para evitar que los órganos recibieran golpes. Algo impactó contra su tobillo, y un dolor cegador lo atravesó. Recibió un duro golpe en la cabeza que hizo que el mundo le explotara.

Cuando por fin dejó de rodar, se quedó recostado y quieto. Sintió como si lo hubieran pasado por una picadora de carne. Con un gran esfuerzo, hizo el mareo a un lado y abrió los ojos. La lluvia caía del cielo plomizo, y parpadeó. El tobillo le dolía como mil demonios. ¿Se lo había roto? Soltó un gruñido y se sentó. Movió la pierna, y las venas se le encendieron fuego. Maldición. Su botiquín de primeros auxilios había quedado en la mochila.

La muñeca también le dolía. Sin lugar a dudas, tendría un moretón por la mañana. El reloj Swiss, un regalo de Andy, tenía una delgada rasgadura en el cristal. Por fortuna, aún funcionaba. Era a prueba de agua y tan confiable como un automóvil alemán. Konnor detestaría perderlo.

Miró alrededor. Había una pila de escombros y argamasa gris cerca. La mujer se sentó y lo miró fijo con una mueca de empatía. La lluvia caía pesadamente alrededor de ellos y, aunque la ropa de Konnor se estaba empapando, la de la mujer no se veía ni humedecida.

«Qué extraño».

—¿Te duele? —le preguntó.

Konnor reprimió otra oleada de náuseas y tragó saliva.

—Puedes apostarlo. Tengo malas noticias. No creo que salgamos de aquí sin ayuda, no mientras me encuentre en este estado y mucho menos con esta tormenta.

Como para confirmar sus palabras, un rayo iluminó el cielo, y un trueno resonó sobre ellos.

Konnor soltó una maldición.

—Supongo que no tienes un teléfono, ¿no?

Ella se mordió el labio y abrió los ojos de par en par.

—No. Esa es la única cosa de tu tiempo que me asusta.

Él parpadeó. ¿La acababa de oír bien o se había golpeado la cabeza tan fuerte que estaba alucinando las cosas que oía?

—¿Cómo te llamas?

—Me llaman Sìneag.

—Sìneag. Yo soy Konnor. Encantado de conocerte. Tenemos que buscar algún tipo de refugio hasta que pase la tormenta, y tengo que mirar tu hombro.

—Oh, sí. A lo mejor, podemos refugiarnos aquí, cerca de las ruinas. —La pila de escombros formaba un hueco en el punto en que se conectaba con el acantilado. Allí crecía un roble antiguo, y su copa espesa ofrecía una suerte de techo.

—Sí —dijo Konnor—. Eso servirá.

Intentó incorporarse, pero el dolor que sentía en el tobillo era atroz. Ella se paró de un salto y se apresuró a su lado. Le tomó el brazo, se lo pasó por los hombros y lo levantó con una fuerza que lo sorprendió. ¿Sería que no sentía ningún tipo de dolor? Como si Konnor no pesara nada, Sìneag lo ayudó a alcanzar el pequeño refugio y luego lo dejó deslizarse contra la pared del acantilado, al lado de los escombros.

Era un alivio estar lejos de la lluvia que repiqueteaba y del viento. El suelo aquí estaba frío y seco. El aire estaba cargado del aroma de la lluvia y la tierra mojada, pero el olor que predominaba era el de lavanda y césped recién cortado. Parecía venir de Sìneag.

Ella se sentó al lado de él y, ahora que la lluvia no lo hacía parpadear a cada segundo, Konnor la observó con detenimiento. Ella se apartó un mechón de cabello del rostro con forma de corazón. Sus ojos eran grandes, tenía una boca con forma de fresa y unas pequitas que le decoraban la piel blanquecina. Su cabello era rojizo y bailaba con las ráfagas del viento. Parecía Caperucita Roja, excepto que su capa era verde y no llevaba ninguna cesta.

—No te has lastimado el hombro, ¿cierto? —preguntó Konnor.

Una expresión de culpa le cruzó el rostro.

—No, pero te puedo ayudar.

Konnor hizo una mueca. Le había mentido y había puesto su vida en peligro. ¿Para qué?

—Casi me rompo el cuello intentando ayudarte —le dijo, y en su voz sonó la ira contenida. Ella debía tener un buen motivo para haber tramado semejante ardid y no le daba la sensación de que fuera una peligrosa asesina serial. Esperaba que Andy regresara a buscarlo cuando pasara la tormenta. Debería poder ver con facilidad la mochila que había dejado al costado del sendero.

Sìneag se las ingenió para lucir avergonzada y enfadada a la vez. Sus ojos verdes se oscurecieron y se volvieron duros como piedras.

—No tienes amor en tu vida, ¿cierto? —le preguntó.

Konnor parpadeó. Se debió haber golpeado la cabeza más fuerte de lo que creía porque esa conversación era de no creer.

—¿Cómo?

—¿Tienes a alguien? ¿Alguien a quien ames?

«Diablos». Tenía que estar malinterpretándola.

—Mira, lo siento si te di la impresión equivocada, pero no estoy buscando nada. Solo estoy de viaje con un amigo.

Ella se rio, el sonido fue dulce y puro.

—¡Oh, no! —exclamó—. No fue esa la intención de mi pregunta. Disculpa. De todos modos, no puedo estar con un mortal.

¿Un mortal? ¿Y eso qué significaba? ¿Acaso era algún tipo de celebridad en ese sitio y se estaba burlando de él? La náusea se le subió a la garganta. Sí, seguro que tenía un traumatismo en la cabeza.

—Está bien —dijo—. Espero que eso haya quedado claro.

—Solo quería saber si alguien como tú, un hombre con un alma fuerte y un corazón suave, tiene a alguien especial en su vida.

Konnor comenzó a sentir un gruñido en el estómago, pero se contuvo de soltarlo. ¿Acaso ese era el día de molestar a Konnor acerca de su vida romántica? Primero Andy, y ahora una completa desconocida.

—No.

—¡Qué bien! —exclamó y aplaudió con las manos—. No vi a nadie en tu corazón, pero quería estar segura.

—¿Cuál es el objetivo de todo esto?

—Es por tu propio bien, ya lo verás.

¿Lastimarse era por su propio bien? Ella comenzaba a poner a prueba su paciencia. Como dueño de una empresa de seguridad personal, tenía que lidiar con todo tipo de clientes. A veces, le brindaba servicios de protección a celebridades de Hollywood y multimillonarios o a miembros de sus familias, de modo que había conocido a unos cuantos excéntricos en el pasado. Sin embargo, nunca antes había tenido una conversación como esa. ¿Acaso el trauma cerebral lo estaba haciendo alucinar?

—¿De qué hablas? —preguntó.

Ella se rio entre dientes, y la risa dulce le hizo acordar al sonido de campanillas.

—Estoy poniendo a prueba tu paciencia, ¿no? Eres un buen hombre. No hubiera hecho esto por una persona mala. Es solo que estas... —señaló la pila de escombros y lo que parecían los restos de un muro—. Estas son las ruinas de una antigua fortaleza picta que fue construida sobre una piedra mágica.

Sìneag miró fijo una piedra grande y plana que yacía hundida en la tierra. Tenía algo que parecía un tallado antiguo y simple: un río que fluía en un círculo con una suerte de camino que lo atravesaba. Cerca del tallado había un grabado de una mano similar a la marca de un zapato sobre el cemento fresco. Qué extraño.

—Dicen que hay un túnel que cruza el tiempo y se abre para aquellos que tocan la piedra. Al otro lado del túnel, se halla la persona destinada para ellos.

Konnor arqueó una ceja.

—Maravilloso —murmuró—. Qué historia de locos.

—Y hay una persona para ti —continuó Sìneag.

—Oh, ¿de verdad?

—Al otro lado del túnel del tiempo, hay una persona que te hará feliz. Alguien que te ayudará a sanar todas tus heridas y a dejar de huir de todos tus secretos. Una mujer a la que de verdad puedes amar. Una mujer que te puede amar.

—¿En el pasado? ¿Acaso los *highlanders* tienen historias de viajes en el tiempo?

La dueña de una de las destilerías que habían visitado durante el tour de *whisky* le había contado muchas historias sobre el folclore de las Tierras Altas. Le había contado historias sobre *kelpies*, hadas y *silkies*, unos seres mitológicos que podían adoptar la forma de foca o humano mutando la piel. Pero jamás había mencionado nada sobre viajar en el tiempo.

—Sí, aunque no muchos las conocen. La mujer de la que te hablo está tan lastimada como tú y necesita a alguien que la ayude a salir a flote. Dime si tú no necesitas eso también.

Él negó con la cabeza.

—Lo que necesito es que me dejen en paz.

Ella sonrió.

—Ustedes, los humanos, me desconciertan. Se inventan cualquier tipo de excusa para aferrarse a sus creencias. El destino te va a mostrar que estás equivocado, Konnor Mitchell. Recuérdalo: Marjorie te va a curar el alma.

Konnor se apretó la mano contra la herida. ¿Estaba alucinando o la roca con los grabados estaba brillando? No. No era una alucinación. De las hendiduras de la piedra salía un brillo apenas visible.

—Pero, ¿qué diablos? —Elevó la vista, pero Sìneag no estaba más allí. Miro alrededor. —¿Sìneag?

Los únicos sonidos que se oían eran el de la lluvia que caía sobre el barro y el de las hojas; el aroma a lavanda y césped recién cortado había desaparecido.

«¿A dónde diablos se fue?»

—¿Sìneag?

Parecía que la piedra estaba vibrando. Konnor olvidó el dolor y la molestia y clavó la mirada en el grabado. ¿Qué estaba sucediendo? Los tallados brillaban con intensidad: las olas en tonos azules, y la línea recta, en marrones. Y la mano... Era como si lo invitara a apoyar su palma sobre ella. ¿Qué daño podía haber? Con lentitud, Konnor movió la mano y la colocó sobre la hendidura que había en la piedra. Un zumbido le recorrió los dedos, como el rugido distante de un terremoto. Era como si la piedra fuera un imán y su mano estuviera hecha de metal. Curiosamente, en sus pensamientos solo había un nombre.

«Marjorie».

Se cayó hacia adelante, y la superficie dura y húmeda desapareció; quedó reemplazada por el aire fresco y frío. No vio nada. No oyó nada. Tenía la audición amortiguada, como si estuviera sumergido en el agua.

Cada vez se hundía más y más... hasta que la oscuridad lo consumió.

CAPÍTULO 2

En las cercanías del castillo Glenkeld, Loch Awe, verano de 1308

Marjorie jaló de la cuerda del arco que sostenía en las manos. La punta de la flecha apuntaba al ciervo que tenía unas astas gigantes en la cabeza mientras pastaba entre los árboles.

El aire estaba impregnado por el aroma de las flores, estiércol de ciervos y leños en descomposición. Las aves cantaban, y el viento mecía las hojas. La luz del sol atravesaba las ramas de los árboles para acariciar el césped y los troncos, y el pelaje del ciervo brillaba.

Marjorie se obligó a respirar hondo para luchar contra el violento latido de su corazón. Se imaginó que no era un animal grande y elegante, con una corona formada de astas lo suficientemente hermosa como para decorar el gran salón de un rey. En lugar de eso, se imaginó a Alasdair MacDougall parado allí, de espaldas a ella.

A menudo se imaginaba al hombre cuando entrenaba con la espada, se imaginaba que le clavaba sus armas y le brindaba las muertes más dolorosas.

En su mente, él siempre se defendía. Sin embargo, en esta ocasión, al igual que el ciervo, no lo hacía. Se limitaba a quedarse allí de pie, ignorando la presencia de ella allí. La flecha estaba en la posición perfecta para acertar en el objetivo, pero Marjorie no la pudo soltar.

A pesar de los años de entrenamiento con espadas y arco y flecha y de la práctica de distintas técnicas de combate, nunca había atacado o matado a nadie. Solo había entrenado. Ese ciervo sería su primera gran matanza. En el pasado, solo había cazado liebres y aves salvajes.

«Hazlo de una vez».

Marjorie exhaló larga y lentamente y ajustó la flecha para que volara en la dirección indicada. Estaba todo listo. Cuando jaló de la cuerda un poco más, esta le rozó la mejilla.

«Dispara».

El ciervo alzó la cabeza y miró hacia el este.

«Voces».

El animal salió disparado.

—¡Oh, diablos! —maldijo Marjorie y bajó el arco.

Los muy torpes de Tamhas y Muir la debían estar buscando. Lo mejor sería regresar. Esa era la primera vez en doce años que se encontraba a solas afuera de las murallas del castillo de Glenkeld. Su padre y sus tres hermanos, Craig, Owen y Domhnall, se encontraban en el norte de las Tierras Altas, luchando por el rey Roberto I, al igual que el resto del clan Cambel. Ian, su adorado primo que había vivido con su familia durante la mayor parte de su vida, había sido asesinado en una batalla contra los malditos MacDougalls al poco tiempo de que la rescataran de las manos de Alasdair.

La guerrera en ella deseaba estar luchando por su rey junto a su familia y así por fin poner todos los años de preparación en práctica. En cambio, la habían dejado a cargo del castillo de Glenkeld, algo que la aterrorizaba y la excitaba a la vez, porque además de proteger al castillo, debía proteger a su hijo, Colin.

De repente, se sintió en peligro y miró alrededor. Sería mejor que se apresurara a regresar al lado de Tamhas y Muir. Había sido tonto separarse de ellos, pero había querido ponerse a prueba para ver si era lo suficientemente fuerte, si se sentía preparada. Lo cierto era que había temido salir del castillo desde que su clan la trajo de regreso de Dunollie. Se sentía avergonzada de ese temor. Avergonzada de no poder conquistarlo. Separarse de sus escoltas para esa pequeña misión había sido como dar un pequeño paso para superarlo.

Marjorie guardó la flecha en el carcaj y se colocó el arco sobre el hombro. Como oyó las voces más cerca, avanzó en esa dirección.

—No hay ningún foso, y las murallas no son muy altas. Con tan solo unas escaleras de asedio, entraremos en el castillo en un abrir y cerrar de ojos.

Marjorie se detuvo. Los hombres no eran sus escoltas.

—Sí, y la cima de la muralla norte se está desmoronando. El jefe estará contento.

Marjorie se escondió detrás del tronco de un árbol con el estómago revuelto y la respiración entrecortada. La muralla norte desmoronándose... la ausencia de un foso... Eso describía el castillo de Glenkeld.

Un escalofrío le recorrió la columna vertebral.

—Sí. ¿Cuánto falta para llegar a los caballos? No veo la hora de llevar las noticias a Dunollie. El jefe querrá venir a buscar a su nieto lo más pronto posible.

—No falta mucho.

«Dunollie... Su nieto...»

El suelo se movió debajo de sus pies. A Marjorie se le derritieron las rodillas, y se le congeló la sangre. La pesadilla que la había paralizado durante toda su vida volvía a acecharla.

«MacDougalls».

¿Dónde estaban sus escoltas?

Tenía los pies más pesados que el plomo, estaban pegados al suelo. Mientras intentaba recuperar la respiración, Marjorie hizo un gran esfuerzo y se volvió para mirar en la dirección de la que provenían las voces. Vio a dos hombres caminando y dándole la espalda. Sus túnicas oscuras se mecían mientras avanzaban a paso perezoso entre los árboles, como si fueran los dueños de esas tierras.

Marjorie podría matarlos. Podría dispararle una flecha a uno de ellos y, si fuera lo suficientemente rápida, podría matar al otro antes de que se volteara a verla. Aunque las manos le temblaban con intensidad, tomó el arco y una flecha. Intentó colocar la flecha en su lugar, pero se le cayó.

—Maldición —susurró.

Se estaban alejando.

Lo volvió a intentar y, en esta ocasión, logró asegurar la flecha en su sitio. Elevó el arco y jaló de la cuerda hacia atrás. Sin embargo, se le aceleró la respiración, y la flecha voló hacia arriba y aterrizó en el suelo delante de sus ojos.

Los hombres se estaban marchando. Si quería detener a los espías MacDougall, esa era su última oportunidad. Se le estaba acabando el tiempo. Marjorie nunca había lastimado a nadie; solo había causado algún que otro moretón o rasguño durante los entrenamientos.

Si disparaba ahora y la flecha no acertaba en el blanco, los hombres se darían cuenta del peligro y vendrían al ataque. En ese caso, Marjorie tendría que luchar contra ellos. No podía permitir que la volvieran a secuestrar.

El pasado le nubló la vista. Recordó cuando estaba acostada sobre una cama, totalmente indefensa, sin poder moverse, y el dolor desgarrador que nunca antes había experimentado. El pánico le cerró la garganta.

Los hombres desaparecieron detrás de los árboles, y Marjorie los perdió de vista. Bajó el arco, respiró agitada y sintió una mezcla de alivio y temor que la desgarró. La mente se le quedó en blanco.

El recuerdo del dolor y la desesperanza sin fin la invadió. Lo volvió a sentir todo: su cuerpo ultrajado y lastimado, la humillación, el agotamiento sin fin y la desesperación. Su cuerpo reaccionó antes de que Marjorie pudiera pensar en lo que estaba haciendo.

Se dio media vuelta y se lanzó a correr.

Pasó volando por delante de los árboles, y algunas ramas la arañaron. Se tropezó contra las raíces y se dio de bruces contra algunos troncos. El aire era como un pantanal que la frenaba y la atrapaba. Marjorie se volvió para mirar a sus espaldas, pero no vio que nadie la estuviera siguiendo. Lo único que oyó fueron su respiración entrecortada, el canto de los pájaros y el viento que agitaba las hojas de los árboles.

De repente, se detuvo en el borde de un profundo barranco, y unas rocas se deslizaron debajo de sus pies y cayeron por la pendiente. Majorie jadeó y miró alrededor. No se veía a los MacDougall por ningún lado.

Al principio, parecía que estaba sola y se sintió afortunada. Sin embargo, transcurridos unos segundos oyó a alguien gemir en el fondo del barranco. Su mano salió disparada hacia el arco, pero no lo tenía encima. Debió haber estado tan atemorizada, que se le había caído sin siquiera darse cuenta mientras corría.

Volvió a oír el gemido, más largo y más alto en esta ocasión, y entrecerró los ojos para recorrer la superficie del barranco en busca de su procedencia. A lo mejor Tamhas o Muir se habían caído... ¿O quizás habían sido atacados por los espías MacDougall?

Alguien se movió. Un hombre con los hombros anchos y prendas del color desteñido de las hojas de los árboles se arrastró hacia el exterior de las ruinas de una torre antigua a la que la mayoría de las personas evitaban acercarse. Se sentó y se sostuvo la cabeza como si tuviera una fuerte migraña o se la hubiera golpeado. Marjorie no lo reconoció del castillo. ¿Sería otro espía MacDougall? Debería marcharse antes de que la viera.

El hombre alzó la mirada y, por un breve momento, a Marjorie se le hizo familiar. No se trataba de un rostro que reconociera, pero había algo en él... era como si lo conociera de algún sitio.

—¡Oye! —gritó y se dobló del dolor por el esfuerzo—. Estoy bastante herido y no creo que pueda subir la pendiente. ¿Me puedes ayudar?

Marjorie dudó. Abandonar a un hombre que se encontraba en problemas era un acto de cobardía. Al igual que dejar ir a los dos espías en lugar de actuar como la guerrera que había pasado tantos años entrenando. No podía ser cobarde otra vez. Él estaba lastimado. ¿Qué tan peligroso podría ser?

—¿Puedes llamar al 911 o a lo que sea que tengan aquí en Escocia? —le preguntó.

Marjorie frunció el ceño. Había oído un acento similar al de él antes. La manera en que pronunciaba las palabras era similar a la de su nueva cuñada, Amy. Y eso de llamar a esos números no tenía sentido.

—Te debes haber golpeado la cabeza —le dijo—. No te muevas. Voy a bajar.

—No. Te puedes lastimar...

Pero ella comenzó a descender por la pendiente, pisando con cuidado sobre las piedras y las rocas que se desprendían y salían rodando debajo de sus pies. En más de una ocasión, perdió el equilibrio y estuvo a punto de caerse, pero por fortuna se aferró a los arbustos a tiempo para recuperar el balance.

Cuando llegó al fondo del barranco, observó al hombre más de cerca. Oh, cielos, desde arriba no se había dado cuenta de lo gigante que era. Marjorie estaba segura de que nunca antes había visto a alguien tan alto y musculoso... excepto Ian. Debajo de las prendas mojadas, sus músculos estaban tensos. Tenía puestos pantalones anchos con bolsillos, una túnica delgada y apretada, y un abrigo corto que no se asemejaba a ninguno que Marjorie hubiera visto antes. Todo estaba completamente empapado. ¿Acaso había nadado en el arroyo? Su cabello castaño estaba mojado y lo llevaba recogido en una cola de caballo. Unas largas pestañas enmarcaban unos ojos azules llenos de dolor. A Marjorie le dio la sensación de que él cargaba toda la miseria del mundo sobre sus hombros. Como si el dolor formara parte de su flujo sanguíneo.

Como si nadie pudiera entenderlo.

Ese pensamiento le resonó en todo su ser, como el eco de una voz dentro de una cueva, y a Marjorie se le contrajo el estómago

—¿Eres de por aquí? —le preguntó.

—No. Iba de camino a una granja cerca de aquí y me caí.

—¿Ibas a la granja Keir?

Su criada, Moire, había mencionado que tenía un primo que iría a visitarla.

—Sí, iba a la granja Keir —le respondió.

—Debes ser el primo de Moire. Lo siento, me olvidé tu nombre, pero estoy segura de que me lo dijo.

—Konnor —le dijo—. Pero no soy...

Una rama se quebró sobre ellos, y Marjorie se agachó y lo empujó detrás de un peñasco. Konnor se arrastró doblado de dolor, pero no emitió ni un sonido.

—¿Qué sucede? —le preguntó.

—Hay algunos MacDougalls rondando por aquí —le susurró.

—¿Te encuentras en peligro? —Había algo en su tono de voz que sonaba muy protector. Era como si uno de sus hermanos hubiera hecho esa pregunta. En su corazón, Marjorie se sintió a salvo.

—Quizás —respondió y pispeó por encima del peñasco—. ¿Puedes andar?

—No creo. ¿No puedes llamar a una ambulancia?

—¿Una qué?

Los ojos cálidos del hombre se iluminaron cuando le sonrió.

—Te juro que ustedes, los *highlanders*, son raros. Les encanta conservar el legado de sus antepasados, ¿no? Los disfraces, las flechas, la manera de hablar...

—No sé de qué hablas, Konnor. Eres tú quien me parece extraño. Sin embargo, no dejaré a un amigo de mi clan en problemas. Ven, apóyate sobre mi hombro. Tenemos una curandera en el castillo, y Moire querrá saber que has llegado.

Marjorie se acuclilló al lado de él y le dejó que le pasara el brazo por el hombro. Sintió su aroma: algo oscuro y extranjero, como una mezcla del olor fresco de la lluvia y el de la leña. Lo ayudó a ponerse de pie, y, aunque él era pesado, se sentía agradable tenerlo cerca de su cuerpo. Comenzó a respirar entrecortadamente, pero eso se debía al ejercicio, razonó y no a que se sintiera atraída hacia ese hombre de algún modo.

Porque luego de lo que Alasdair le había hecho, no había forma de que alguien llegara alguna vez a afectarla.

CAPÍTULO 3

KONNOR NO SABÍA durante cuánto tiempo había estado cojeando en el bosque. Entre el dolor agonizante que sentía en el tobillo y el esfuerzo de no intentar aplastar a la belleza escocesa con su peso, el tiempo no parecía pasar. Cada segundo parecía durar un año.

Cuando se despertó en el barranco, la lluvia se había detenido. Curiosamente, no había señales de que hubiera caído ni una gota. ¿Cuánto tiempo había estado inconsciente? Lo último que recordaba era esa extraña sensación de caer dentro de la piedra, pero estaba seguro de que eso había sido un efecto colateral del traumatismo en la cabeza. Sìneag había dicho algo sobre viajar en el tiempo. Pero las ruinas seguían siendo ruinas, y el barranco y el bosque se veían idénticos. A Sìneag no se la veía por ningún sitio.

¿De dónde diablos había salido esa belleza? ¿Había salido al medio de la nada luego de la tormenta? Y, ¿por qué estaba completamente seca mientras que la ropa de él estaba empapada? Todo era tan extraño...

—¿Cuánto falta? —preguntó Konnor—. Debo ser pesado para ti. No todas las mujeres pueden cargar a un hombre de ochenta kilos durante tantos kilómetros.

Ella frunció el ceño, y Konnor vio una expresión de confusión en su rostro. Luego lo miró fijo, con unos ojos verde musgo endurecidos. Su cabello largo y entrenzado olía misterioso, como un coctel de hierbas mezclado con algo dulce que supuso sería su propia esencia.

—Como no puedes subir por la pendiente, tenemos que tomar el camino largo y rodear el barranco.

—Está bien —respondió—. Está bien. —Consideró preguntarle si podía llamar a alguien que tuviera un automóvil, pero decidió no hacerlo. Al juzgar por las prendas que llevaba puestas, unos pantalones de cuero, una túnica de lino simple y algo que parecía un abrigo de cuero, y las flechas dentro del carcaj que le colgaba de la espalda, no parecía ser el tipo de persona que llevara un teléfono encima.

—¿Estabas cazando? —le preguntó bromeando para suavizar el ambiente. Se imaginó que quizás el tiro con arco era su pasatiempo y que había estado practicando cerca de allí. O quizás había una feria renacentista o algo por el estilo.

—Sí.

—¿Cómo te fue?

—Como puedes ver, atrapé a alguien.

Konnor se rio.

—Bueno, gracias por no dispararme.

—No le disparo a los que están heridos.

¿Acaso ese era un código de honor? ¿De verdad había salido a cazar?

—Tienes flechas, pero, ¿dónde está el arco?

Ella lo miró por el rabillo del ojo y elevó el mentón.

—Se me cayó.

—¿Por qué no lo recogiste?

Ella se inclinó hacia adelante para reacomodarse el brazo de Konnor sobre el hombro y apretó el paso.

—No es asunto tuyo.

«Mmm. Es misteriosa».

—¿Es un pasatiempo? —le preguntó—. Me refiero al tiro con arco. No conozco a nadie más que lo practique.

—¿Un qué? «¿Pasatiempo?» No sé qué es eso, pero cazo para alimentar a mi gente.

Hablaba en serio. ¿Acaso formaba parte de alguna comunidad cerrada, como los *amish*, pero en Escocia?

—Oh, eso es muy noble de tu parte —señaló—. ¿Cómo te llamas?

—Marjorie.

«Marjorie...» Konnor sintió un escalofrío. Ese era el nombre que le había dicho Sìneag. ¿Acaso sería una especie de broma? ¿Una trampa?

Marjorie se detuvo detrás de un arbusto lo suficientemente alto como para ocultarlos a los dos y pispeó con detenimiento a través de las ramas. Frente a ellos, los árboles iban disminuyendo, y el pequeño arroyo caía por el barranco para desembocar en el lago. Sobre la orilla del lago, emergía un castillo; no era grande, aunque era difícil asegurarlo desde esa distancia. Unas ovejas pastaban en las praderas, y el olor a estiércol flotaba en el aire.

Lo sorprendente era que el castillo no era una ruina. En realidad, parecía recién construido. Varias nubes de humo salían de las chimeneas de las torres, así como también de algún sitio detrás de la muralla. Escocia estaba llena de castillos. Él había visto algunas ruinas durante su viaje con Andy. Pero este... Podía tratarse de Glenkeld, el castillo más cercano que había visto en el mapa. Pero estaba marcado como una ruina, de modo que debería ser algún otro castillo.

—Vamos —dijo Marjorie—. No hay nadie a la vista.

¿Nadie a la vista? ¿Acaso tenía miedo de alguien? Konnor observó los alrededores en busca de algún movimiento repentino, de hombres armados, alguna sombra que estuviera acechando entre los árboles, guardias o francotiradores sobre las murallas del castillo, o algún destello que delatara un arma.

No vio nada.

—¿Estás en peligro? —le preguntó cuando Marjorie lo sujetó para seguir caminando.

—Sí —le respondió, y a Konnor se le formó un nudo en el estómago—. Creo que sí. Acabo de ver a dos espías MacDougall y los oí hablando de un asedio.

Konnor parpadeó. ¿Estaba alucinando otra vez?

—¿Un asedio? ¿Qué asedio?

—El asedio de Glenkeld, por supuesto —le informó.

¿Quién querría atacar un castillo en la actualidad, a menos que estuvieran participando de un juego de rol? Había varias personas que disfrutaban las ferias medievales o se batían en batallas de elfos contra enanos y ese tipo de cosas... ¿Sería que ella era parte de algo del estilo?

Todo eso le hizo acordar a su infancia. De niño, había leído *El señor de los anillos* y otras novelas de fantasía o ciencia ficción. Como se sentía indefenso ante su padrastro, Jerry, Konnor siempre había admirado a todos los personajes que se enfrentaban al mal y a la violencia. A lo mejor, había estado buscando fuerza para sí mismo. Pero, en la vida real, el mal había ganado. Jerry se había burlado de lo que leía y, cuando Konnor no abandonó sus libros favoritos, su padrastro lo molió a golpes hasta quitarle las ganas de leer.

Konnor miró el castillo con asombro mientras él y Marjorie se aproximaban. Era una construcción simple: cuatro murallas conectadas por cuatro torres en cada esquina. Una de ellas era redonda y parecía más grande y antigua que las otras. El resto eran más pequeñas y cuadradas. Dos torres más pequeñas rodeaban una enorme puerta de madera que se encontraba cerrada.

—Creí que Glenkeld era una ruina. ¿Tú vives aquí?

—Sí. Es el hogar de mi clan. Desde que los malditos MacDougall nos quitaron Innis Chonnel luego de que Alasdair MacDougall... —La voz le tembló al pronunciar ese nombre, y Marjorie dejó de hablar. Una sombra oscura le cruzó el rostro, y Konnor vio un dolor sin fondo en las profundidades de sus ojos.

Apartó la mirada, pues conocía ese tipo de dolor demasiado bien. Pero no era asunto suyo. A él no le hubiera gustado que nadie le hiciera preguntas al respecto. De modo que no debería meterse en la vida de ella. Además, se iría pronto de cualquier forma.

Konnor volvió a mirar el castillo mientras se acercaban. Ahora que estaban a unos metros de distancia, podía ver por las arpilleras que alguien se estaba moviendo sobre la galería de madera construida por encima de la muralla. Había aprendido la terminología cuando Andy y él visitaron un castillo antiguo.

La puerta se abrió con lentitud. Un hombre de cabello blanco y con un pesado abrigo acolchonado se hallaba de pie en el patio. Llevaba una espada envainada que le colgaba del cinturón. Konnor elevó la cabeza y observó el disfraz del hombre. Había algo en la postura del hombre que decía que no estaba jugando, y el soldado que Konnor llevaba dentro se tensó.

—Muchacha, ¿por qué no estás con Tamhas y Muir? —preguntó el hombre llevándose una mano a la espada—. Y, ¿quién es este?

—Es Konnor, el primo de Moire. Necesita a Isbeil. Se lastimó la pierna. ¿Tamhas y Muir no han regresado?

—No.

—Diablos. Seguramente me estén buscando.

Cuando se adentraron en el patio del castillo, cuatro hombres empujaron las pesadas puertas para cerrarlas, y Konnor sintió un peso en el pecho al oír el golpe seco que hicieron al cerrarse. El patio interno era un cuadrado perfecto con cuatro torres en las esquinas, de unos cincuenta metros cuadrados.

En el patio había varias edificaciones: una grande de piedra y con forma rectangular tenía un techo de paja y ventanas pequeñas sin cristales; una de madera del que un hombre sacó un caballo; y dos casitas de madera con techos de paja. Konnor sintió el aroma de sopas y lúpulos fermentados en el aire. Cielos, se trataba de una comunidad autosustentable.

La mayoría de las personas que había en el patio eran hombres que llevaban puestas una especie de calzas holgadas y unas túnicas largas. Tenían la barba tupida y el cabello despeinado y cargaban leña y sacos sobre los hombros o cestas con verduras y pan. Mientras andaban, sus pies levantaban polvo del patio de tierra, y las gallinas y los gansos salían disparados en todas las direcciones soltando graznidos.

¿Había entrado en el pasado? ¿Cómo era posible que ese sitio existiera? ¿Acaso estaban tan metidos en sus papeles que de verdad querían vivir como en la Edad Media? Si Sìneag había estado hablando de esa comunidad cuando mencionó lo del viaje en el tiempo, ciertamente había dado en el clavo.

—Tengo que decirte algo, Malcolm. —Marjorie miró alrededor y se acercó un poco más al hombre de cabello blanco—. Oí a dos espías MacDougall en el bosque. Estuvieron observando el castillo y hablaron de un asedio.

El rostro de Malcolm se ensombreció, y el hombre quedó sin habla durante un momento. ¿Acaso era pánico lo que se veía en sus ojos?

—Colin... —Los ojos de Malcolm destellaron y se le dilataron las fosas nasales—. ¿Estás segura, muchacha? —le preguntó.

—Sí. Muy segura. Van a venir. Saben del punto débil en la muralla norte. Pero no saben que los oí.

—Qué bueno. —Echó una mirada a Konnor y luego se volvió hacia Marjorie. —Permíteme. Debes estar exhausta de cargar a un gigante como este.

Marjorie soltó a Konnor, y Malcolm ocupó su lugar para brindarle equilibrio. Konnor sintió una oleada de desilusión ante la pérdida del fuerte hombro de ella bajo su brazo y la suave curva de su pecho apoyado contra el de él. Estudió el rostro de Marjorie, pero ella estaba concentrada en Malcolm.

—De acuerdo —dijo, se volvió con rapidez hacia Konnor y asintió—. Que te mejores. Ponlo en la recámara que está al lado de la mía, Malcolm. Es la mejor que tenemos para un invitado, sobre todo para uno que está herido.

—Sí, muchacha —respondió Malcolm.

Se volvió con Konnor para entrar en la torre grande y redonda.

—¡Aguarda! —exclamó Konnor—. ¿Puedo usar tu teléfono? Necesito hacer una llamada.

Tenía que llamar a la granja Keir para avisarles que llegaría tarde. Quizás Andy ya estaba allí y, de lo contrario, debía pedirles que fueran a buscar a su amigo para que Andy no perdiera tiempo buscándolo. Marjorie y Malcolm lo estudiaron como si hubiera hablado en chino. Tenían la misma expresión que Sìneag.

—¿Un «teléfono»? —preguntó Marjorie—. ¿Qué es un «teléfono»?

Konnor se rio. Estaban bien comprometidos con sus personajes. Y, a decir verdad, el disfraz medieval le quedaba bien a Marjorie. Los colores le resaltaban la piel suave y brillante; era hermosa sin usar ni una pizca de maquillaje. Tenía los ojos levemente rasgados, los labios carnosos y el cabello brillante y oscuro.

Lo cierto era que podría disfrutar esa experiencia, pero quería llamar a su madre y avisarle a su amigo que se encontraba bien.

—Claro. Qué gracioso. «¿Qué es un teléfono?» Entonces, ¿no tienen un teléfono en un castillo como este?

—No.

—Diablos. ¿Dónde está el más cercano?

—Creo que nunca oí hablar de un teléfono —le respondió Marjorie—. Lo siento, Konnor. A lo mejor te has golpeado la cabeza...

Ella se estaba burlando de él, y Konnor comenzaba a perder la paciencia.

—Vamos, gente. ¿Tienen una contraseña o algo de eso para usar cuando ya no quieren jugar más a la Edad Media? Porque, en ese caso, me gustaría usarla. Me urge usar un teléfono. Hay gente que podría estar preocupada por mí.

Marjorie parecía aturdida.

—¿Qué son esos disparates?

—Ya, ya, muchacho.

Konnor abrió y cerró los puños. Detestaba estar a merced de completos desconocidos.

—No los entiendo. ¿Son alguna especie de culto o qué?

Marjorie y Malcolm intercambiaron miradas.

—¿Un culto?

—¿O neopaganos?

—Somos cristianos.

—De acuerdo. Quizás son de lo más ortodoxos entonces, si se oponen a usar la tecnología moderna.

—Malcolm, llévatelo antes de que diga algo más y decida encerrarlo. Menos mal que eres el primo de Moire, porque si fueras un desconocido, a estas alturas ya estarías encerrado en una mazmorra.

Konnor apretó los labios. Qué gente más obstinada. No entendía por qué Marjorie pretendía no saber de qué hablaba. Pero un instinto le dijo que no insistiera en el asunto. Si quería su ayuda, al menos asistencia médica, era probable que lo mejor sería ignorar eso de momento. Sin embargo, cuando la tal Moire les dijera que nunca antes lo había visto, estaría en problemas.

—Enseguida —dijo Malcolm, y los dos se alejaron por el patio de tierra para adentrarse en la torre y subir una escalera angosta y en forma de espiral.

Pasaron por delante de dos imponentes puertas de madera con gruesos pestillos de hierro y subieron un piso más por las escaleras. Malcolm abrió una puerta y lo condujo al interior de una habitación pequeña que tenía una cama de madera individual y un hogar. Una pequeña ventana dejaba entrar algo de luz y aire fresco. Sobre una de las paredes había un baúl y una antorcha apagada sobre el candelero. Eso era todo. Ningún aplique eléctrico. Ninguna lámpara. Ni siquiera un cristal en la ventana.

Malcolm ayudó a Konnor a sentarse en la cama. Se inclinó hacia él con una expresión amenazante en el rostro y, aunque Konnor no le tenía miedo, sintió una especie de inquietud en la boca del estómago. Malcolm unió sus espesas cejas blancas y sus ojos azules destellaron.

—Mira, muchacho, soy el guardián del castillo, así que será mejor que te andes con cuidado. No sé a qué estás jugando, pero si le haces daño a nuestra señora, o siquiera la miras mal, te cortaré los testículos y te los serviré de cena. ¿Entendido?

Konnor le devolvió la mirada hostil.

—No tengo ninguna intención de lastimar a nadie. Mucho menos a tu señora.

Las palabras que había dicho Konnor eran ciertas. Nunca podría lastimar a ninguna mujer y, en especial, a la más hermosa e intrigante que había conocido.

CAPÍTULO 4

MARJORIE SALIÓ de la torre y se dirigió a la muralla norte. Por supuesto que estaba dañada. Al terraplén le faltaban varios merlones que se habían desmoronado y caído con el trascurso de los años. Además, varias piedras de la muralla se habían ido descascarando.

Escocia había quedado destrozada durante la guerra contra Inglaterra, y los clanes escoceses estaban divididos entre aquellos que apoyaban a su rey y aquellos que se habían aliado con el rey inglés. El clan Cambel era leal a Roberto I de Escocia, mientras que los MacDougall le habían jurado lealtad a Eduardo II de Inglaterra. En los meses anteriores, Roberto había logrado un gran progreso. Había recuperado mucho territorio en las Tierras Altas y, en ese momento, se encontraba luchando en el este, en Badenoch, donde el clan Comyn, rival del trono escocés, tenía la mayoría de sus tierras. Tras todas las batallas que su clan había peleado por Roberto, a los Cambel casi no les quedaba ni dinero ni fuerza de trabajo para reparar Glenkeld.

Marjorie debía hacer algo. El problema era que no sabía qué.

Marjorie soltó una maldición y bajó la mirada a la pradera que se extendía frente al castillo, donde las ovejas pastaban. El lago se extendía como una daga larga y ancha desde el sudeste hasta el noreste.

Hacia el sur del castillo, al lado de una arboleda, estaba el cementerio del clan. Ian yacía allí... o, mejor dicho, una mortaja vacía. Marjorie recordó observar el funeral desde la ventana de su habitación, todo el clan estaba reunido alrededor de la tumba como estatuas llenas de pena. El padre de Ian, Duncan, se había doblado como un gancho. Los MacDougall nunca les habían devuelto el cuerpo de Ian.

La orilla del lago bordeaba campos, bosques y colinas que se volvían más y más altas hacia el este, donde se encontraba el barranco en el que había encontrado al extraño y apuesto Konnor. Había algo acerca de él que no lograba descifrar. Aunque le resultaba peculiar y extranjera, su forma de hablar se le hacía placentera y suave.

Marjorie admitió que Konnor era agradable de mirar. Tenía hombros anchos y unos bíceps enormes debajo de esa extraña túnica. Curiosamente, a Marjorie no le había molestado sentir su peso por más que, desde que regresó de Dunollie, nunca le había gustado tener a un hombre tan cerca. Sin embargo, no se sentía amenazada por él. Aunque no podía explicar por qué.

—¡Mamá! —exclamó la voz más dulce del mundo al tiempo que Colin cruzaba la puerta de la torre.

El cabello oscuro le llegaba hasta el mentón y brillaba bajo el sol mientras se apoyaba contra ella. Llevaba una túnica que casi le llegaba hasta las rodillas y una espada de madera que le colgaba del cinturón. Había estado creciendo tan rápido en el último tiempo que los pantalones le comenzaban a quedar pequeños. Al igual que todos los Cambel, Colin era alto.

Cada vez que lo miraba, Marjorie veía los rasgos de los Cambel: los ojos verdes, el cabello oscuro, los pómulos altos, una boca ancha y cejas rectas y densas. Tenía pestañas largas y una nariz recta a la que Marjorie disfrutaba besar antes de que Colin comenzara a esquivar sus muestras de afecto. Estaba creciendo, se dijo. Ya había comenzado a entrenar con espadas de madera, podía montar un poni, disparar flechas y montar trampas para cazar.

Estaba creciendo para convertirse en un guerrero.

Algún día, tendría que protegerse. La gente lo tildaría de bastardo y no tendría muchas posibilidades de lograr un buen matrimonio. Pero todo eso sería dentro de muchos años.

Ahora, Marjorie era quien debía protegerlo, y más pronto de lo que le hubiera gustado. Marjorie se lo acercó y lo abrazó fuerte contra su cuerpo. Como él se retorció para escaparse de sus brazos, Marjorie le depositó un beso en la frente antes de que se apartara por completo de ella. Olía a sol, a polvo de verano y a pan recién horneado. Su muchacho dulce y aventurero debió haber pasado toda la mañana en la cocina para comer pan recién hecho. La panadera no se podía resistir al niño.

—¿Has tenido una buena caza? —le preguntó—. Ojalá me hubieras llevado contigo.

—Tesoro, ya sabes que no puedes salir del castillo cuando tu abuelo y tus tíos no están aquí. ¿De acuerdo?

—Sí, ya lo sé. —Dejó caer la cabeza y miró con anhelo la pradera—. Pero, ¿qué me podría pasar, mamá?

¿Qué le podría pasar? Al parecer, ahora que los MacDougall sabían de su existencia, muchas cosas. Sin lugar a dudas, se lo querían llevar, pues era el único hijo de Alasdair. Dado que John MacDougall tenía otros nietos, Marjorie solo podía asumir que le importaba Colin porque Alasdair era su padre. Se preguntó cómo se habría enterado de la existencia del niño. Sabía que solo era cuestión de tiempo, pero de todos modos se sentía abatida. Los criados hablaban. Era posible que John lo hubiera sabido durante años, pero que haya decidido actuar ahora porque sus defensas estaban debilitadas y la mayoría de los Cambel se encontraban lejos de su hogar.

Sin embargo, Marjorie de ninguna manera le iba a entregar a su hijo a ese clan cruel. Colin era un Cambel. Era suyo y solo suyo.

—Cualquier cosa podría pasar, hijo. —Se arrodilló y lo miró a los ojos. Una vez había intentado escabullirse de Glenkel, tras pasar meses muerto de aburrimiento dentro de las murallas del castillo. Quizás debería guardarse la información sobre el asedio que se avecinaba, pero no podía hacerlo. Colin debía estar al tanto de todo; así sería más responsable y no intentaría salir de la fortaleza. —Te diré la verdad, tesoro.

Él frunció el ceño.

—Bueno.

—Nuestro clan enemigo, los MacDougall, nos atacarán pronto.

Colin frunció aún más el ceño y miró hacia afuera de las murallas del castillo. El lago se veía azul intenso contra las colinas verdes que lo rodeaban, y unas nubes blancas se reflejaban en su superficie. Esa mirada severa y feroz le hizo acordar a Alasdair, y que le clavaran cien dagas en el estómago hubiera sido mejor que tener ese pensamiento.

Sin embargo, aunque la existencia de Colin fuera un recordatorio de la época más horrible de su vida, Marjorie amaba al muchacho. La vida la había recompensado con su hijo por soportar todo ese dolor, de modo que no podía desear que nunca le hubiera ocurrido nada.

—No debes salir, Colin. Es muy peligroso.

—Pero tú saliste, mamá —señaló—. Tú no esperaste al abuelo o a mis tíos.

Marjorie respiró hondo.

—Yo me puedo proteger. Tú eres un muchacho.

—Pero eres una mujer, mamá. Yo te puedo proteger.

Marjorie lo abrazó y le dio un gran beso en la mejilla que lo hizo reír. Por más que intentara actuar como un adulto, Colin seguía siendo su niño.

—Yo soy quien te protegerá a ti, hijo —le susurró—. No te preocupes. Solo debes aguardar un poco más, ¿sí? Tu abuelo y tus tíos regresarán pronto, y podrás ir a cazar con ellos, a disparar flechas en el campo y a ver a tus amigos en la aldea. Prométeme que te portarás bien y no huirás.

Colin suspiró y sonrió, pero un dejo de travesura brilló en sus ojos.

—Te lo prometo.

—¿Y qué vale la palabra de un Cambel?

—Todo.

—Eres un buen muchacho. —Lo despeinó con las manos—. Más tarde entrenaremos con las espadas, ¿de acuerdo?

Dos figuras surgieron de detrás de unos árboles al fondo del acantilado. Marjorie entrecerró los ojos para ver mejor.

Eran Tamhas y Muir.

—Ve a jugar, Colin. Tengo que hablar con Tamhas y Muir.

Marjorie se apresuró a bajar al patio. Anduvo de un lado de la muralla al otro tres veces hasta que las puertas por fin se abrieron. Los hombres entraron con los rostros llenos de preocupación y las cejas unidas.

—¿Dónde has estado, muchacha? —preguntó Tamhas.

—Vi un ciervo y lo seguí.

—¿Por qué no nos esperaste?

Marjorie se cruzó de brazos.

—Porque estaban lejos y no quería asustar al ciervo.

—Eso fue imprudente, muchacha —señaló Muir, rascándose la barba canosa—. Discúlpame por decirlo, pero sabes que no debes ir por ahí sola.

Marjorie se mordió el labio inferior. Él estaba en lo cierto, sin dudas, y ella sabía que estaba preocupado por ella como se preocuparía por su propia hija. Pero, como estaba al mando del castillo, debía ser más valiente.

—¿Han visto a dos hombres? —les preguntó—. ¿A dos MacDougall?

—No, muchacha —respondió Tamhas—. Pero Muir tiene razón. ¿Y si te veían? Tu padre y tus hermanos nos hubieran cortado el pescuezo y nos hubieran arrojado de comer a los cerdos si te hubiéramos perdido.

Marjorie alzó la cabeza.

—El que hayamos crecido juntos no te da derecho a regañarme, Tamhas. Ahora soy la señora del castillo. Además, no me pasó nada, solo los escuché hablando de un asedio. Y, ahora que sabemos que planean atacarnos, nos podemos preparar. Envíen un mensajero para que les informe a mi padre y a mis hermanos.

—Quizás eso sea lo que quieren —le advirtió Malcolm.

Marjorie volteó la cabeza para ver a Malcolm acercarse al círculo con los brazos cruzados sobre el largo abrigo acolchonado típico de las Tierras Altas, el *lèine croich*. Marjorie sabía que siempre podía contar con él. Malcolm era como un segundo padre para ella, como otro tío, aunque no los ataran los lazos de la sangre. Malcolm le había servido a su padre, Dougal Cambel, desde que ella tenía uso de memoria. Los unía una especie de juramento, aunque Marjorie no estaba al tanto de los detalles. Lo único que sabía era que Malcolm preferiría morir antes que permitir que algo les ocurriera a los hijos de Dougal.

—Quizás John MacDougall quiere que tu clan abandone a Roberto para protegerte a ti y a Colin —señaló—. Eso debilitaría a Roberto y podría alterar el curso de la guerra.

El rey Roberto I de Escocia había ganado todas las batallas tras haber tomado el castillo de Inverlochy el noviembre anterior, y, sin dudas, los ingleses estarían buscando la forma de sacar ventaja. El clan MacDougall era uno de los clanes escoceses que se había aliado con la corona inglesa. Como el clan Cambel era una parte significativa del ejército de Roberto, mantener el castillo de Glenkel a salvo no solo importaba para su clan, sino también para ganar la guerra. Si el padre y los hermanos de Marjorie se enteraban de que su hogar sería atacado, en especial si ella volvía a caer en las manos del enemigo, vendrían a pelear para recuperarla. Lo que implicaría que unos trescientos hombres, es decir un tercio de la fuerza armada de Roberto, abandonarían el ejército.

Los hombres intercambiaron miradas pensativas.

—Déjame tomar el control. No me gustaría ponerte bajo esta presión, muchacha —le dijo Malcolm—. Tener que coordinar la defensa de un castillo no es una tarea...

No hacía falta que lo dijera. A Marjorie le temblaban las manos de solo pensar en ser responsable del peor resultado que se podía imaginar para su clan, su hijo y la guerra. Marjorie tenía años de entrenamiento con su padre y sus hermanos y técnicamente era la más conocedora del castillo. Pero carecía de experiencia en guerra o en batalla. Por todos los cielos, ni siquiera había podido dispararles a los malditos espías MacDougall. Era una cobarde. ¿Cómo podría proteger a las cincuenta personas que vivían entre esas murallas, incluido su hijo?

—No permitiré que tomen Glenkeld —aseguró con más firmeza de la que sentía por dentro—. El castillo resistirá.

Los hombres intercambiaron miradas que variaron entre dubitativas y respetuosas. Tamhas y Muir asintieron.

A Marjorie se le tensó la mandíbula.

—Entrenaremos más. Ya conocemos las debilidades del castillo. No podemos reparar todo el daño a tiempo, pero ya se me ocurrirá algo.

CAPÍTULO 5

KONNOR FIJÓ la vista en la mujer que estaba parada al lado de Marjorie en la puerta de la habitación y que tenía una cesta en la mano. Parecía tener al menos cien años. Llevaba puesto un vestido de color café, tenía la cabeza cubierta con un pañuelo blanco y el rostro arrugado y curtido, pero sus ojos se veían radiantes.

¿Esa sería la «curandera» que se suponía iba a darle asistencia médica para la pierna? Aunque todos los habitantes parecían estar interpretando roles en algún tipo de juego medieval, Konnor tenía la esperanza de que al menos alguien practicara medicina moderna. Bien podría ser que ni siquiera se vacunaran, pero para él el tema de la salud no era broma. Lamentablemente, parecía que allí utilizaban remedios a bases de hierbas y brujería.

A continuación, Konnor miró a Marjorie, que estaba parada y se veía determinada y sublime, como una reina misteriosa. Con el cabello oscuro y brillante que le caía como una cascada sobre las prendas medievales y esos ojos gatunos, parecía la magnífica reina en alguna versión moderna de una película de cuentos de hadas tradicionales. Cuanto más la miraba, más se deslumbraba. Recordó cómo se había sentido el cuerpo de ella contra el de él y su aroma delicioso cuando lo ayudó a caminar hasta el castillo. Quería volver a tenerla así de cerca.

—¿Es él? —le preguntó la anciana a Marjorie—. ¿Se supone que ese es el primo de Moire?

—Sí —respondió Marjorie.

—¿Eres inglés, muchacho? —le preguntó la mujer.

—No —le respondió Konnor.

—Qué bueno. Los *sassenach* no son bienvenidos aquí.

La mujer avanzó cojeando hasta Konnor y se sentó en el borde de la cama sobre la que él estaba acostado. Marjorie la siguió y se detuvo cerca de ellos con los brazos cruzados.

—¿Qué te duele, muchacho? —le preguntó la mujer.

—Mire, señora, no hace falta que se moleste. ¿Alguien me podría llevar al hospital?

Desde allí, podría llamar a la granja. La mujer entrecerró los ojos y lo observó con otro tipo de curiosidad.

—Nunca en mi vida oí a nadie hablar de ese modo. ¿De dónde vienes, muchacho?

—De Estados Unidos. Específicamente, de Los Ángeles.

—No tengo ni idea de qué significa eso. ¿Y tú, Marjorie?

Marjorie negó con la cabeza y le dirigió una mirada penetrante. Konnor se sintió como si lo estuvieran escaneando con una máquina de rayos X.

¿Por qué Marjorie se reusaría a admitir que sabía algo del mundo moderno? ¿Acaso la aislación era tan importante para ellos? ¿No estarían llevando el juego de rol demasiado lejos? Sea como fuere, sería mejor que Konnor mantuviera un perfil bajo hasta que recibiera ayuda y pudiera marcharse de allí.

—Claro —comentó Konnor—. Queda un poco lejos.

—Pero, ¿no escuché que eres el primo de Moire?

Konnor suspiró.

—Mire, señora...

—Me llamo Isbeil. No señora.

—Sí. Por supuesto. Miren, no soy el primo de Moire. Marjorie, tú me confundiste con él... —el rostro de Marjorie perdió el color, y los brazos le cayeron a los lados—. Supongo que no te corregí porque eras la única persona que me podía ayudar a salir del barranco. Solo ayúdame a llegar a la granja Keir o a Dalmally, y desapareceré de tu vida.

Marjorie estaba enfadada, y sus cejas habían formado dos arcos furiosos. Dio un paso hacia Konnor. Decirles la verdad había sido un error, pero Konnor no soportaba más ese circo.

—¿Me mentiste? —tronó la voz de Marjorie—. ¿Quién eres entonces, si no eres el primo de Moire?

Cielos, qué hermosa era cuando se enfadaba.

—Un tipo común y corriente.

Isbeil negó con la cabeza.

—Dice cosas extrañas que no comprendo. Pero está convencido de que es cierto.

—Eso quiere decir que está loco —señaló Marjorie.

—O que es alguien que está aquí de casualidad —sugirió Isbeil—. No veo señales de locura.

—No estoy loco —afirmó Konnor.

—No, eso es cierto. —Isbeil aplaudió y apartó la sábana que cubría la cesta. Konnor sintió la esencia de una mezcla de hierbas aromáticas en el aire.

—Déjame ver tu tobillo —le dijo Isbeil.

Konnor movió la pierna para darle mejor acceso. Tenía el tobillo hinchado, y varios moretones rojos y azules que destellaban sobre su piel. También tenía un corte que aún sangraba un poco.

—El corte no es demasiado profundo —señaló—, pero tiene tierra y tenemos que limpiarlo. Te pondré miel para evitar que se te pudra. En cuanto al tobillo...

Isbeil le cogió el pie y se lo rotó en un círculo. Un dolor agudo le atravesó la pierna, y Konnor apretó los dientes.

—Siento que la articulación está inestable —comentó—. Tienes un esguince, forastero, pero no es nada serio. No deberías caminar sobre este tobillo durante uno o dos días. Te puedo dar corteza de sauce para aliviar el dolor. Te pondré unas férulas y te lo vendaré. En dos días, podrás caminar, pero con cuidado. Lo que más necesitas es descansar, ¿de acuerdo?

El dolor no era insoportable. Konnor había tenido heridas más dolorosas.

—De acuerdo, es un esguince. En ese caso, no se preocupen. Denme unas muletas o algo y déjenme ir.

Isbeil se encogió de hombros.

—No te recomiendo que te marches, muchacho. Necesitas descansar.

—Descansaré en un hotel.

—No me llevará mucho tiempo. Marjorie, ¿me alcanzas ese bol con agua?

Marjorie se lo llevó a la cama.

—¿Le puedes limpiar la herida mientras preparo la férula?

—Sí —respondió Marjorie al tiempo que se sentaba en la cama.

Ella lo miró con ojos llenos de curiosidad y enojo, pero también había compasión en ellos. Isbeil se dirigió al baúl, colocó algunos frascos y cajitas con polvo sobre la tapa y comenzó a mezclar cosas. Marjorie humedeció un trapo de lino y lo miró a los ojos. Cuando él le devolvió la mirada, a Marjorie se le secó la boca.

«Vaya, es preciosa».

—Esto te va a doler, Konnor —le dijo con suavidad.

—Está bien. Estoy acostumbrado al dolor.

A ella se le abrieron los ojos y le temblaron las pestañas largas y negras. Cuando estaba de servicio, Konnor había resultado herido dos veces, pero su padrastro también lo había molido a golpes en incontables ocasiones cuando era niño. De modo que el dolor no era nada nuevo para él.

—Yo también —le dijo ella mientras colocaba el trapo sobre el corte.

Konnor quería preguntarle qué había querido decir con eso,

quería preguntarle qué le había pasado, pero Marjorie apretó el trapo contra la herida y comenzó a limpiarla. Había algo reconfortante en sus movimientos y, a pesar del dolor, Konnor se recostó sobre las almohadas y la observó mientras trabajaba.

—Ya está limpia, Isbeil —dijo demasiado pronto y se puso de pie con el bol en las manos. Isbeil se acercó a inspeccionar la herida y soltó un gruñido de satisfacción. Luego se sentó en el borde de la cama y lo miró.

—Te voy a poner una cataplasma y te vendaré el tobillo. Luego te pondré la férula.

Konnor asintió una vez.

—Gracias por asistirme.

Ella no respondió, sino que le colocó la mezcla aromática sobre el corte y comenzó a vendarlo. Konnor se sorprendió de que las hierbas le resultaran frescas y relajantes, su pierna se sentía mucho mejor. A continuación, Isbeil extrajo dos tablitas de la cesta y unas vendas de lino que se veían limpias. Mientras le colocaba las férulas, Konnor miró el bonito rostro de Marjorie. Ella le devolvió la mirada desde el otro extremo de la habitación, y Konnor no pudo apartar la vista de ella.

Luego de lo que pareció una eternidad, Isbeil por fin había terminado.

Konnor asintió y se movió para levantarse de la cama.

—Gracias. Ahora me marcho de aquí.

Al ver a Marjorie, deseó haberse tragado sus palabras. Se había llevado las manos a la cintura y lo fulminaba con la mirada.

—¿Te marchas de aquí? —preguntó—. ¿A qué se debe tanto apuro? ¿Quién eres, Konnor? Si es que ese es tu verdadero nombre. ¿O eres un MacDougall?

Sus gatunos ojos rasgados destellaron, y un tinte rosado le cubrió las mejillas. Tenía el cabello algo desarreglado. Era preciosa. Konnor estaba desgarrado entre las ganas de sonreír y la sensación de correr por su vida. Ella no le ordenaría a Malcolm que le cortara la cabeza, como una reina déspota, ¿cierto?

—No soy un MacDougall. Me llamo Konnor. Konnor Mitchell.

—¿Cómo te puedo creer? ¿Y si eres un espía MacDougall?

¿Un espía MacDougall? Ese jueguito medieval estaba yendo demasiado lejos.

—No tengo ni la más remota idea de cómo me puedes creer, ¿*okey*? Mi pasaporte quedó en la mochila que dejé donde están los restos de esa maldita torre. Disculpa si no te dije que no era quien tú creías. Pensé que no me ibas a ayudar si te decía la verdad. Y estaba en lo cierto.

Marjorie apretó los labios y no dijo nada durante un instante; a Konnor eso le confirmó que había asumido lo correcto. Isbeil arqueó una ceja y comenzó a guardar los frascos y las cajitas en la cesta.

—Mira —comenzó Konnor—. Como ya te dije, no te quiero molestar y te agradezco la ayuda, pero ya puedes dejar de jugar a esta fantasía y dejarme marchar. Estaré bien.

—No va a estar bien —señaló Isbeil—. Tiene que descansar, de lo contrario el tobillo empeorará.

Marjorie se encogió de hombros.

—No es mi problema. Es un mentiroso. ¿Quién sabe sobre qué más miente?

Isbeil metió el último frasco en la cesta y observó a Marjorie.

—No creo que represente ninguna amenaza, querida.

—Explícate, Konnor —ordenó Marjorie—. Di la verdad. ¿Quién eres y cómo terminaste en ese barranco?

—Soy estadounidense. Por favor no me digas que no sabes qué significa eso.

Marjorie negó con la cabeza y se encogió de hombros.

Konnor dejó escapar un suave gemido.

—Vamos, Marjorie, sé que eres lo suficientemente lista como para aceptar la realidad al otro lado de estos muros.

—No sé de qué hablas.

Su terquedad era impresionante. Konnor deseó que dejara de pretender.

—Sabes muy bien de qué hablo, aunque no quieras admitirlo. Soy el dueño de una empresa de seguridad en Los Ángeles. Soy un soldado del Cuerpo de Marines y luché en Irak. Estaba haciendo senderismo con mi amigo en las Tierras Altas. Una mujer me pidió ayuda porque se había caído del barranco y parecía estar lastimada. Mientras bajaba a ayudarla, me caí. Cuando me quise dar cuenta, se había esfumado. Y luego te vi a ti, Marjorie. Esa es la pura verdad de lo que ocurrió.

Konnor miró a Marjorie a los ojos y se olvidó de que Isbeil también se hallaba en la habitación. Ella lo miraba enfadada, y Konnor sintió que se le encendía la sangre.

«Anda, Marjorie, créeme. Actúa como la mujer razonable que sé que eres y dame una señal, algo que me diga que estás de mi lado».

Ella apartó la mirada y negó con la cabeza como si estuviera desilusionada.

—¿Todo esto ocurrió cerca de la antigua fortaleza de los pictos? —preguntó Isbeil.

—Sí —respondió Marjorie.

—Hay leyendas y rumores sobre ese sitio —señaló Isbeil—. He oído que cerca de allí pasan cosas muy extrañas.

—¿Como qué? —preguntó Marjorie.

—Como una antigua magia picta que puede abrir un túnel para cruzar el río del tiempo.

Konnor frunció el ceño. Eso se parecía mucho a lo que había dicho Sìneag.

—Hay una vieja leyenda —continuó Isbeil— que me contó mi abuela cuando era pequeña. Era una mujer sabia, quizás incluso una hechicera, y temía que la Iglesia la quemara en la hoguera por brujería, de modo que no me contó esa historia muchas veces. Pero me dijo que había hadas que traían buena salud y otras, buena fortuna. Algunas jugaban con el destino de los humanos y los hacían cruzar el túnel. Hay quienes dicen que lo hacen para que la gente pueda encontrar a la única persona destinada para ellas.

¿Hadas? «Por favor». Aunque si Konnor creyera en las hadas, Sìneag probablemente podría parecer una. Pero ya no era un niño y no creía en la magia.

Marjorie se acercó a la ventana.

—De todas tus historias sobre las Tierras Altas, esta es la más extraña, Isbeil.

Konnor no estaba del todo de acuerdo. La historia era de lo más peculiar, pero ese sitio era aún más extraño.

—Entonces, ¿tú le crees, Isbeil? —preguntó Marjorie.

La anciana asintió.

—Bueno, tú nunca te has equivocado hasta ahora. Pero, ¿qué hay de las cosas forasteras que dice? ¿Lo de la empresa de seguridad, lo de esos Los Ángeles? ¿Qué es todo eso? Suena como si fuera de un mundo completamente distinto.

—A lo mejor lo sea —señaló Isbeil—. Mi abuela me advirtió sobre ese sitio. Me dijo que nunca me acercara allí para no tentar a las hadas.

—Acabo de venir de allí —repuso Marjorie—. No noté nada extraño.

—¿No notaste nada extraño? —Isbeil se rio entre dientes y miró a Konnor—. Pues, yo creo que has traído algo extraño al castillo.

Marjorie parpadeó y puso los ojos en blanco.

—En serio, Isbeil, a veces me hablas como si aún fuera una niña.

—Eso es porque a veces te comportas como una —respondió Isbeil.

Marjorie suspiró ensimismada.

—Mira, Konnor, no te irás a ningún sitio. De todos modos, no puedes caminar. Hasta que no esté segura de que no eres un MacDougall o miembro de cualquier otro clan que pueda ser un espía de los *sassenach*, te quedarás aquí.

Konnor no podía creer lo que oía. Al parecer, era el prisionero de una secta medieval.

—No me puedes retener aquí.

—No creo en los cuentos de hadas —le dijo Marjorie—. De modo que no me creo tus historias de Los Ángeles o lo que sea, ni de las empresas, ni del senderismo. No te creo nada. —Se dio media vuelta y se dirigió hacia la puerta—. Ya me has quitado mucho tiempo. Hasta que no me digas algo que te pueda creer, te quedarás aquí.

CAPÍTULO 6

Esa noche, Marjorie se acostó al lado de Colin en la cama y le besó la frente.

—¿Quieres que te cuente una historia, tesoro? —le preguntó.

—Sí —le respondió y apoyó la cabeza sobre el hombro de su mamá—. El abuelo me contaba historias de sus viajes. Pero tú no has ido a ningún sitio, ¿verdad, mamá?

Marjorie tragó saliva y miró alrededor de la recámara. La vela de sebo titilaba con la brisa del anochecer que se colaba por la ventana, y la luz bailaba sobre las paredes de piedra.

Se preguntó si los fantasmas de sus ancestros vivían en la oscuridad y la cuidaban: su abuelo Colin, su primo Ian, Diarmid *el Jabalí* —un guerrero legendario que, según contaba la leyenda, había sido el primer miembro del clan Cambel—, su propia madre, a quien nunca había conocido, y su madrastra, quien la había amado como si fuera su propia hija.

El fuego crujía en el hogar e iluminaba los escudos de madera, las espadas y el arco que decoraba las paredes de la habitación de Colin. Había una espada de acero que brillaba en la pared y reflejaba el fuego del hogar. Le había pertenecido al abuelo de Marjorie, *sir* Colin, quien había muerto en la batalla de Dunollie para rescatarla de los MacDougall. Todo el clan, incluido el tío Neil, que era el nuevo jefe del clan, había decidido que la espada debía pertenecer al hijo de Marjorie y colgaba de la pared, larga y hermosa, y casi tan alta como su dueño actual, a la espera del día en que Colin creciera lo suficiente como para blandirla.

«Tú no has ido a ningún sitio, ¿verdad, mamá?» La pregunta de su hijo le dolía, aunque él no se diera cuenta. Ella siempre había querido viajar como su padre y su tío Neil. Había querido conocer Inglaterra, Francia y quizás hasta visitar los Santos Lugares. Había oído tantas historias sobre las cruzadas.

Pero no podía. Ese día había salido del castillo sola por primera vez en doce años.

—No, hijo —respondió, se tragó el dolor y se forzó a sonreír—. Pero me gustaría.

—Quizás un día podamos viajar juntos.

—Oh, me encantaría, tesoro. —Ir juntos al mundo extenso y peligroso y saber que nada podría lastimarlos, ni a su hijo, ni a ella, porque ella era lo suficientemente fuerte como para protegerlos... Eso era lo que quería. Quizás, un día lo lograría.

Marjorie miró la espada de su abuelo y recordó cómo la había visto hacía doce años: tirada en el barro, al lado de él. Su abuelo estaba quieto y pálido. A menudo, le contaba historias a Colin de su bisabuelo para mantener vivo el recuerdo del hombre al que tanto echaba de menos. Ian también había luchado para salvarla en Dunollie. Había muerto más adelante, como resultado de la enemistad entre los MacDougall y los Cambel.

Marjorie le quería contar a Colin la historia de cómo Ian la había salvado, cómo habían perdido Innis Chonnel en manos de los MacDougall. Pero no quería que Colin supiera todo lo que ella había sufrido, de modo que decidió cambiar el nombre de Ian.

—Como no te puedo hablar de mis propios viajes, te contaré la historia de un gran guerrero de cabello rojizo que se llamaba Seaghán. Era alto, grande y valiente, más fuerte que un roble. Su cabello relucía como las llamas, y él peleaba con la valentía de cien hombres.

Los ojos se le llenaron de lágrimas al recordar a Ian entrenando con la espada con ella y su hermano Owen en el patio. La última vez que lo vio en el patio de Glenkeld, Marjorie tenía dieciocho años. Ian había vivido con su familia desde que Marjorie tenía uso de memoria y era como un hermano para ella.

—Seaghán tenía una hermana y tres hermanos, y todos se querían mucho. Aun cuando era pequeño, la gente lo miraba con respeto, y sus enemigos se encogían de miedo al verlo. Mientras crecían, el hijo del rey vino a vivir con ellos. Todos crecieron juntos y se conocían muy bien. Sin embargo, al cabo de un tiempo, se dieron cuenta de que el príncipe era tan malvado como su padre. Lamentablemente, el príncipe deseaba a la hermana de Seaghán. Cuando eran niños, hacía cosas... —la garganta se le cerró al recordar el modo en que Alasdair torturó a una rana o le rompió el cuello a un patito—. Hacía cosas que a ella le hacían temerle, de modo que comenzó a evitarlo, y eso hizo que él quisiera perseguirla aún más. La sujetaba del brazo muy fuerte o le jalaba el cabello hasta que ella gritaba. Pero cuando Seaghán veía algo de eso, la protegía, y el príncipe se detenía.

—Maldito bastardo —masculló Colin medio soñoliento. Aún tenía los ojos abiertos, pero ya comenzaba a adormecerse.

—Pues, sí. Un día, el rey malvado quiso tomar su hogar. —Marjorie se saltó la parte en que Owen, su medio hermano menor, perdió el oro de los MacDougall destinado al rey Juan de Balliol, que fue lo que dio inicio a la enemistad entre los dos clanes. También se saltó la parte en que Alasdair la secuestró y en que su clan vino a rescatarla—. Seaghán vivía en el castillo con su familia. Era una fortaleza grande y hermosa, con murallas tan altas como las montañas y gruesas como los peñascos. La habían construido sobre una pequeña isla, en el medio de un lago.

Estaba hablando del castillo de Innis Chonnel. Había sido el anterior hogar del clan, donde había vivido el abuelo Colin y a donde Craig la había llevado luego de rescatarla. Unos meses después de que la liberaran de Dunollie, Marjorie aún se estaba recuperando mentalmente y vivía en una especie de niebla. Se había encerrado en su recámara y había estado aterrorizada de salir. Las pesadillas la torturaban y en lugar de un corazón, tenía un hueco frío. Se había preguntado si alguna vez volvería a sentir algo y había aceptado el hecho de estar gestando una parte de Alasdair en sus entrañas.

—El rey malvado llegó en *birlinns* con cientos de guerreros. Todos los miembros del clan de Seaghán pensaron que el castillo era invencible. Pero no lo era. Los enemigos subieron por las murallas como si fueran arañas. Dispararon flechas de fuego sobre los techos de paja y las construcciones de madera.

Marjorie recordó los gritos, el olor del humo y la muerte. Y todo eso le hizo acordar a Dunollie. Los recuerdos la transportaron en el tiempo...

El pánico y el miedo se asentaron en el estómago de Marjorie. Gritó y su propia voz le parecía venir de la distancia. De pronto, alguien entró en su recámara, la envolvió en sus fuertes brazos y la hizo sentir a salvo.

—Marjorie.

Vio unos ojos de color café y un cabello de un tono rojo intenso.

—Marjorie, soy Ian. He venido a sacarte de aquí. Nos vamos de Innis Chonnel.

Entonces, Marjorie dejó de gritar.

—Eres una buena muchacha. ¿Puedes caminar?

—Sí.

—Perfecto. Vamos.

Ella caminó detrás de él con piernas temblorosas y el estómago revuelto. Bajaron las angostas escaleras de piedra. Primero un piso, luego otro y otro más. Antes de salir al patio, Ian se detuvo y se volvió hacia ella.

—Quiero que me escuches. Los MacDougall han venido a tomar el castillo.

Ella se estremeció al oír ese apellido, el estómago se le tensó en un nudo. Una ola de terror fría y negra la aplastó.

—No te preocupes, no te llevarán —le aseguró Ian—. Prefiero morir antes de dejar que te lleven.

Marjorie se mordió el labio y luchó para detener que el pánico del recuerdo la volviera a paralizar.

—El rey malvado estaba ganando —le continuó contando a Colin—. Sus hombres se infiltraron en el castillo e invadieron el patio como avispas. Seaghán quería llevar a su hermana a uno de los botes en los que estaban evacuando a las mujeres y los niños del clan. Pero cuando salió del castillo y se acercó a un bote, un grupo de guerreros del rey lo alcanzó.

Marjorie apretó la mano de su hijo y enterró la nariz en su cabello para inhalar su aroma limpio y a hierbas.

—Uno de ellos tenía una espada enorme, el otro usaba una lanza y el tercero, un hacha. Lo atacaron los tres juntos, de tres ángulos, al tiempo que su hermana se subía al bote. El barquero empujó al bote hacia el lago y comenzó a remar. La hermana de Seaghán observó horrorizada cómo luchaba contra los tres atacantes. Mató al que blandía la espada, pero mientras se debatía con el del hacha, el otro le clavó la lanza en el hombro. Lo último que vio su hermana antes de que el bote llegara a la otra orilla y tuviera que echar a correr con el resto de las mujeres y los niños fue a Seaghán que había recibido una herida grave cerca del corazón y había dejado de moverse.

Se secó una lágrima de una mejilla, y Colin estiró la mano para secarle las que le corrían por la otra.

—¿Se murió? —le preguntó.

Marjorie asintió.

—El clan se tuvo que retirar luego de ello, y no solo le cedió su hogar al enemigo, sino también el cuerpo de su héroe. Murió para salvar a su hermana.

No solo a su hermana, sino también a su sobrino. Y Marjorie nunca olvidaría eso.

Marjorie echó un vistazo hacia las sombras de la habitación. «Gracias por cuidarlo, Ian».

Le dio un beso en la frente a Colin y lo arropó.

—Buenas noches, tesoro, que duermas bien y sueñes con los angelitos. Los héroes de tu clan te están cuidando.

Sopló la vela y se dirigió hacia la puerta. Solo las brasas que ardían en el hogar iluminaban tenuemente la habitación.

—¿Mamá? —la llamó Colin a sus espaldas.

—¿Qué sucede, hijo? —Marjorie se volvió para mirarlo.

—Seaghán es el tío Ian, ¿cierto? ¿Y tú eres su hermana?

Ella soltó un suspiro tembloroso. Colin era demasiado listo para su edad.

—Sí, tesoro.

—Me hubiera gustado conocerlo.

—A mí también me hubiera gustado que lo conocieras.

Le dio las buenas noches por última vez y salió de la habitación. Se apoyó contra la puerta y respiró durante unos instantes. Estaba a salvo. Estaba bien. Gracias a Ian. Gracias a todos los hombres de su clan. Hombres en los que podía confiar.

Aunque Colin nunca tendría un padre como modelo a seguir, y ella nunca le confiaría su corazón a ningún hombre, su hijo tenía muchos guerreros fuertes de los que aprender, como el padre y los hermanos de Marjorie. Eso era suficiente.

CAPÍTULO 7

LUEGO DE PASAR una noche en el castillo, Konnor comenzaba a perder la certeza de encontrarse en algún tipo de comunidad aislada. Miró fuera de la ventana y vio a los centinelas sobre las murallas. Se veían demasiado serios y demasiado armados como para estar interpretando un papel. Si eso fuera un juego de rol, ¿cuánto tiempo duraría? Y si era una comunidad aislada, ¿no tendrían algún tipo de conexión con el mundo exterior?

Si de verdad esperaban un asedio —y a juzgar por las expresiones sombrías ese era el caso—, eso quería decir que había otro grupo de personas por allí que vivía del mismo modo.

Es decir que no podrían estar completamente aislados. Cultivar y almacenar alimentos implicaba tener campos, jardines y animales. Lo cierto era que Konnor había visto animales en el patio, pero no había visto ni jardines ni campos con cultivos cerca del castillo. De modo que debían comprar suministros en alguna tienda.

Algo iba mal. Todo lo que había en la habitación parecía hecho a mano: la manta, la cama, el baúl y las antorchas. Tenía que haber una explicación lógica para todo eso. Había una explicación posible, pero Konnor se negaba con todo su ser a creerla. Sin embargo, tampoco la había descartado por completo.

Tanto Sìneag como Isbeil habían hablado de la magia de los pictos que podía abrir el río del tiempo.

No había chances de que existiera ni la magia ni los viajes en el tiempo. Se podía imaginar a Andy y a sus amigos riéndose a carcajadas cuando escucharan que siquiera lo había considerado. Konnor no sabía qué estaba sucediendo en ese lugar, ni cómo explicarlo, pero tenía el estómago y los pies tensos, como si estuviera en un barco que se tambaleaba en plena tormenta. Quizás estaba pagando las consecuencias de todo el *whisky* que había ingerido el día anterior y le había nublado el juicio.

Esa mañana, el tobillo no le dolía tanto; al parecer, estaba menos hinchado. Se sentía agradecido por el tratamiento que le había dado Isbeil, a pesar de la falta de medicina moderna.

Como no se pensaba quedar sentado en un lugar, le preguntó a la muchacha que le había llevado gachas con leche si le podía traer una muleta. Ella le había asegurado que iba a preguntar antes de abandonar la habitación.

Iba a encontrar la manera de escapar, con suerte, antes de que comenzara el asedio. El soldado que llevaba dentro no podía evitar preguntarse qué tipo de armas utilizarían. Seguro que los tal MacDougall no utilizarían armas contra espadas y flechas, ¿cierto? No podía limitarse a huir y dejar a las personas que lo habían ayudado a la merced de un ejército bien armado, ¿verdad?

Konnor se removió, colocó los pies en el suelo y se ató los zapatos.

—¿Planeas algo? —preguntó Marjorie desde el umbral.

Konnor volvió la cabeza hacia ella y se olvidó de respirar. Tenía el cabello atado y llevaba una túnica simple y casi masculina que le llegaba hasta las rodillas. Las prendas holgadas resaltaban su feminidad aún más. Un cinturón le abrazaba la cintura delgada y las curvas sensuales de las caderas. Ella era fuerte y esbelta, como la cuerda tensa de un arco. Tenía una muleta en las manos: un palo grueso y derecho con una pieza de madera en la punta para darle apoyo bajo el brazo.

Konnor elevó la cabeza.

—Gracias. Quiero echar un vistazo por el castillo.

—No piensas marcharte, ¿cierto? Creo que fui muy clara ayer.

—Sí. —Konnor se rio, disfrutaba mucho el fuego que ardía hasta en la voz de ella—. Pero no me puedo quedar sentado y esperar a que caigan las murallas. Has mencionado un asedio. ¿Puedo ayudar?

—¿Tú? —Ella lo recorrió con la mirada.

—Pertenezco al Cuerpo de Marines. Luché en Irak.

—¿Irak? De nuevo esas palabras raras. —Ella suspiró—. ¿Para qué pierdo el tiempo contigo si tengo que entrenar a mis guerreros?

Dio una zancada y entró en la habitación para detenerse delante de él. Le entregó la muleta. Konnor la tomó y dejó que su mirada le recorriera el cuerpo hasta detenerse en su rostro. Era la reina de una leyenda antigua de las Tierras Altas, con sus grandes ojos verdes que hacían contraste con su piel pálida. Tenía las mejillas sonrosadas por el ejercicio y los labios carnosos y rojos. A Konnor le cosquilleaban los dedos de las ganas de acariciarle la mejilla con los nudillos. Marjorie no usaba maquillaje, y no necesitaba hacerlo. Unas pestañas largas y espesas le enmarcaban los ojos, y sus labios lo invitaban a besarlos.

—Eres muy hermosa —soltó sin pensar.

Ella se congeló, y se le abrieron los ojos alarmados de par en par. Las mejillas se le encendieron al instante, del color intenso del atardecer a la orilla del mar. Dio un paso hacia atrás y... ¿Era temor lo que registró su rostro? Se llevó una mano al cuello y lo miró horrorizada.

«¿Qué diablos dije?»

Marjorie parpadeó y apoyó la mano sobre la espada que le colgaba del cinturón.

—Si me tocas, a mí o a cualquier mujer del castillo, te juro por Dios que vas a andar con esa muleta durante el resto de tu vida, porque te faltará una pierna. O quizás otra parte del cuerpo con la que estés pensando en este momento.

Ver su reacción fue como darse de bruces contra una pared fría y dura. Konnor había visto esa misma mirada en el rostro de su madre. Era la mirada de un animal herido y atormentado. En sus ojos se veía todo el temor y la impotencia que Konnor había sentido de niño.

Su madre había salido con Jerry durante unos cuantos meses, y, a los ocho años, Konnor había aceptado al hombre que le llevaba juguetes y le hacía deliciosos sándwiches. Konnor había estado listo para proteger a su madre, como su padre le había pedido que lo hiciera antes de morir en el hospital hacía dos años, pero no parecía haber ninguna necesidad de protegerla de Jerry.

Una noche, ella había vuelto a casa con los ojos radiantes y un anillo en el dedo.

—Cielo —le dijo mientras lo arropaba en la cama—. Jerry me pidió que me casara con él, pero le dije que no aceptaría a menos que tú también lo hicieras.

—¿Qué significa eso? —le preguntó Konnor—. Si te casas con él, ¿las cosas van a cambiar?

—Bueno... —Tomó la mano de Konnor entre las de ella y la besó—. Para empezar, nos mudaríamos a su casa. Jerry tiene una piscina grande y un patio enorme, y prometió que te compraría un automóvil para que juegues allí, o un tractor.

Su mamá estaba hablando del automóvil a batería y del tractor de juguete que él le había rogado que le comprara. Konnor estaba muy entusiasmado.

—¿De verdad?

—Sí. —Ella le ofreció esa sonrisa feliz y algo exagerada de madre—. De verdad. También significa que podremos irnos de vacaciones, y yo puedo renunciar a mi trabajo y quedarme en casa para ayudarte con los deberes y preparar cenas deliciosas todas las noches.

Konnor no pensaba que hubiera nada malo con las cenas de microondas que preparaba su mamá cuando regresaba a casa y le contaba entusiasmada cómo le había ido en su trabajo de gerente del supermercado local. A ella le encantaba organizar cosas y hablar con la gente a diario. Luego de la muerte de su papá, le pareció que el trabajo la ayudó a superar la pérdida.

Sin embargo, Konnor quería que fuera feliz, de modo que respondió:

—Sí, mamá. Deberías decirle que sí a Jerry.

Unas semanas después, Konnor y su mamá se mudaron a la casa de Jerry. Y, al poco tiempo, Konnor se despertó una noche al oír gritos y chillidos que venían del primer piso. Salió de su nueva habitación, que aún no había decorado con los pósteres y las fotografías que quería colgar en las paredes, y caminó descalzo sobre la suave alfombra, mientras el corazón le latía desbocado y furioso.

Al llegar a la escalera, se quedó de piedra y se aferró al pulido pasamanos de madera con las dos manos.

—No te atrevas a cuestionar mi autoridad —oyó la voz estruendosa de Jerry. Parado sobre el descanso del primer piso, Konnor solo podía ver los pies en la sala de estar. Las luces se reflejaban sobre el suelo de madera al lado de los enormes pies con medias negras de Jerry. —Mucho menos delante de tu hijo. Él debería aprender a escucharme. Debería hacer lo que le digo. Soy su nuevo padre.

—No eres su padre, Jerry. Konnor adora a su papá...

A continuación, una bofetada.

El sonido de los golpes que Jerry le daba a su mamá atravesó las puertas abiertas. Cuando ella se cayó sobre el sofá de color beige, Konnor vio su rostro, que registraba sorpresa y aturdimiento. Sin embargo, esa no era la mirada que había visto en el rostro de Marjorie. La mirada de impotencia y desesperanza que su madre y Marjorie tenían en común había venido después. Konnor se quedó de pie congelado, conmocionado, sin poder comprender lo que acababa de hacer y sin saber cómo reaccionar.

—Jerry. —Su madre tenía una mano apretada contra la mejilla.

Jerry no la dejó terminar. Se puso de rodillas y le tomó las manos entre las suyas.

—Lo siento, mi amor. No quise hacerlo. Bebí unos tragos y, cuando bebo, no controlo mis emociones. Es que Konnor me hace enfadar cuando se muestra tan frío conmigo.

En realidad, Konnor no era frío. Era innegable que había cierta distancia entre ellos, pero Konnor no podía limitarse a reemplazar a su papá con Jerry. Por eso, no quería hacer algunas cosas, como jugar al fútbol con él, porque era algo que había hecho con su papá.

Su mamá terminó perdonando a Jerry. Se besaron, y Konnor regresó a su habitación, aunque no pudo conciliar el sueño.

«Cuida a tu mamá, hijo». Esas habían sido las últimas palabras de su padre y no dejaban de darle vueltas en la cabeza. Porque no la había cuidado. Había permitido que Jerry la golpeara. Su padre nunca hubiera hecho eso.

Le había llevado un mes ver en su madre la expresión que ahora veía en el rostro de Marjorie. Una ola de pánico, tensión y retracción, como si estuviera esperando un golpe. Su madre no había vuelto a ser la misma. Incluso luego de la muerte de Jerry, nunca se recuperó por completo, y por eso Konnor tenía que regresar a Los Ángeles, como había planeado.

¡Maldición! Alguien había lastimado a Marjorie. Algo malo le había pasado. Algo malo con lo que él estaba demasiado familiarizado. Se moría de ganas de encontrar al sujeto que se había atrevido a generar esa mirada en sus ojos y molerlo a golpes. Pero la mejor forma de lidiar con las víctimas de violencia era no presionarlas. Era asegurarse de que supieran que se encontraban a salvo.

—Lo siento. —Alzó una mano—. No tienes «nada» que temer conmigo. Solo lo dije como un cumplido.

Ella tragó saliva y respiró hondo. Sus ojos parecían gemas de malaquita oscura.

—Nunca más me vuelvas a mirar así —le advirtió.

Konnor tensó el mentón. Detestaba que ella asumiera que él podría tener algo en común con Jerry.

—De acuerdo. —Sintió un estremecimiento frío—. ¿Hay alguien que te esté molestando en el castillo?

A ella se le abrieron los ojos con sorpresa.

—¿Aquí? ¡No! Este es mi hogar. Este es mi clan. Mi gente moriría antes de permitir que me pasara algo, a mí o a cualquier otra mujer. Y yo moriría por ellos.

Eso le gustaba, ese código de honor de las Tierras Altas. Él había estado listo para morir por los hombres de su pelotón y aún moriría por Andy. A lo mejor, él y Marjorie no eran tan distintos.

—Está bien, pero si sospechas de algo o de alguien, me lo dices, ¿de acuerdo?

—No necesito tu protección —le aseguró, aunque no quedaba nada de su espíritu anterior en su voz—. Mis hermanos y mi padre me entrenaron para convertirme en guerrera. Puedo defenderme sola. De hecho, yo soy quien supervisa el entrenamiento de los hombres cuando ni mi padre ni mis hermanos se encuentran aquí.

Konnor parpadeó. ¿Una guerrera? Se veía atlética y llevaba la espada con seguridad, como si siempre le hubiera pertenecido.

«Vaya».

No pudo evitar sentirse más atraído hacia ella con cada segundo que pasaba, a pesar de sus amenazas. Se pasó una mano por el cabello.

—Excelente. Estoy seguro de que eres perfectamente capaz de defenderte. Parece que sabes lo que haces.

—Sí.

Konnor usó la muleta para ponerse de pie.

—Iré a dar una vuelta —le dijo.

Marjorie le clavó una mirada escrutiñadora y negó con la cabeza.

—Aún no sé si te creo. Si estás con los MacDougall y has venido a espiarnos...

—No estoy con los MacDougall. No estoy con nadie. Solo con mi amigo Andy.

Ella suspiró.

—Puede que me arrepienta de esto, pero te doy permiso para salir de la habitación. Todos los hombres del castillo han sido advertidos sobre ti. Si das un paso en falso, tienen permiso para detenerte por el medio que sea necesario. —Bajó la mirada al tobillo de Konnor—. De cualquier modo, no puedes ir muy lejos con esa pierna.

Si se hubieran encontrado en otro tiempo y en otro lugar, Konnor la hubiera invitado a salir. Le hubiera gustado discutir con ella y disfrutar de un coqueteo. Y si había química entre ellos, y Konnor estaba seguro de eso, le hubiera gustado llevarla a la larga y deliciosa cima de un orgasmo alucinante. Le hubiera gustado mostrarle que no a todos los hombres les gustaba hacerles daño a las mujeres. Que, si ella se lo permitía, él solo le daría placer.

Ese pensamiento lo sorprendió. Él no invitaba a nadie a salir. No quería a ninguna mujer en su vida.

Solo durante una noche.

Pero no podía acostarse con alguien como Marjorie y luego dejarla. Era mejor no pensar en ella de ese modo.

—Trato —le dijo y se aclaró la garganta para intentar quitarse las imágenes de su cuerpo desnudo de la cabeza.

—Oh, otra vez esas palabras raras. —Ella se dio media vuelta y se dirigió hacia la puerta dejando un rastro de aroma a flores silvestres y cuero en el aire—. Tengo que seguir entrenando a los guerreros. Disculpa por no darte una visita guiada.

Se marchó, y Konnor se quedó de pie un momento inhalando su esencia. ¿Por qué se sentía tan atraído hacia ella? Era una mujer exquisita, fuerte y frágil al mismo tiempo, y le había dejado bien claro que no estaba interesada en él.

Konnor negó con la cabeza. Lo mejor sería dejar de pensar en ella.

Con la ayuda de la muleta, avanzó lentamente hacia la puerta.

La muleta era un poco corta para él, pero era mejor que nada. Le llevaría un tiempo acostumbrarse. Bajar las escaleras fue todo un desafío. En varias ocasiones, la muleta se deslizó contra la superficie de piedra y, solo de milagro y luego de tambalearse muchas veces, Konnor llegó a la planta baja. Salió de la torre y se encontró en el patio cubierto de tierra.

En el patio resonaban los sonidos metálicos de las espadas al chocar. Unas treinta personas luchaban de a dos. Todos iban vestidos como guerreros medievales, con túnicas largas y holgadas o abrigos acolchonados, pantalones y unos puntiagudos zapatos de cuero. Todos eran hombres. Excepto una.

Marjorie.

Konnor se quedó sin aliento al verla. Era grácil y fuerte. Cortaba y atacaba con precisión y elegancia. Cuando su musculoso compañero la arremetió con la espada, ella giró para esquivarlo como un trompo, lo atacó con su espada y se detuvo justo antes de perforarle el lateral del cuerpo.

Marjorie le robó la capacidad de respiración. No solo era hermosa, sino que también era fuerte, amable y valiente. Era como Juana de Arco en la vanguardia, luchando por los otros. Konnor nunca había visto a nadie como ella. Algo se encendió en su pecho, algo tembloroso y vibrante.

Eso era malo.

Debía marcharse de allí, alejarse de ella lo más pronto posible. No necesitaba más problemas de los que tenía en su vida. En su futuro, no había ninguna mujer porque él nunca sería ni un buen marido, ni un buen padre luego de lo que había experimentado en su infancia. Lo único que le podía dar a una mujer era buen sexo y un rostro taciturno. No volvería a lastimar a una mujer emocionalmente.

CAPÍTULO 8

MARJORIE EMBISTIÓ la espada elevada de Muir con toda la fuerza de un herrero. Le ardían todos los músculos de los hombros y los brazos del ejercicio. Una capa de sudor le cubría el cuerpo entero. Y, todo el tiempo, sintió la mirada de Konnor en la piel como la caricia de una brisa refrescante.

«Eres muy hermosa». Sus palabras resonaron en su cabeza una y otra vez. Se sentía halagada. Nadie le había dicho algo como eso desde que regresó de Dunollie. Marjorie no pensaba que él había querido ofenderla. Sin embargo, el recordatorio de que ella era una mujer y él, un hombre que podría desearla le desencadenó todos los recuerdos del tiempo que había pasado a merced de Alasdair.

Ciertamente, había reaccionado con dureza. Lo único que había hecho Konnor había sido hacerle cumplido acerca de su apariencia y mirarla como un hombre que desea a una mujer. Ella había visto esa mirada entre maridos y sus esposas, entre amantes, entre su hermano Craig y su nueva esposa Amy, cuando Colin y ella habían ido a Inverlochy hacía unas semanas.

En la mirada de Konnor no había nada malicioso. De hecho, encendería el deseo de cualquier mujer que no estuviera dañada. En especial, viniendo de un hombre como él.

Malcolm bajó la espada y la embistió desde un lateral. Marjorie apenas logró esquivar la espada.

«Mantente enfocada en la pelea». Las palabras de Owen hicieron eco en su cabeza. Su medio hermano le había dicho eso una y otra vez durante el primer año de entrenamiento, luego del nacimiento de Colin. «Mantente enfocada en la pelea. No regreses al lugar oscuro y peligroso del que acabas de salir».

Owen era cuatro años menor que ella. Era un rebelde y un libertino que a menudo hacía sentir a su padre tan frustrado que se agarraba los pelos, pero Owen siempre había estado allí para ella. Él e Isbeil eran las únicas dos personas que la habían sacado del pozo sin fondo de desesperanza en el que había estado atrapada.

Owen la había distraído con relatos absurdos y hasta la había hecho reír en varias ocasiones. Durante todo el embarazo, Marjorie se había negado a creer que llevaba una parte de ese monstruo dentro. No había querido tener nada que ver con el bebé e incluso había considerado pedirle a Isbeil que le diera el niño a una buena familia en alguna de las aldeas que había en las tierras de los Cambel.

Sin embargo, no lo había hecho. En cuanto el niño estuvo en su pecho, supo que no había ni una gota de Alasdair en él. Era puro, hermoso y suyo. Su hijo. Solo de ella. Era un Cambel de los pies a la cabeza. Y solo en ese momento había comenzado a sanar. De alguna manera, su hijo la había salvado.

Marjorie dio un paso hacia adelante y se detuvo antes de partirle la cara a Malcolm con su espada.

—Sí. Bien hecho, muchacha —le dijo Malcolm con la respiración agitada y la frente arrugada cubierta de sudor—. En una verdadera batalla, ese movimiento inesperado te hubiera concedido la victoria.

Marjorie también jadeaba. Se inclinó hacia adelante y se apoyó las manos sobre las rodillas.

Una verdadera batalla... Un escalofrío le recorrió la columna vertebral.

—Sabré lo que es una verdadera batalla más pronto de lo que creía —respondió.

Sí, quisiera o no, el caso era que pronto lo sabría.

Marjorie echó un vistazo a la entrada de la torre, donde Konnor había estado observándola, pero ya se había marchado. El estómago le dio un vuelco de desilusión. Él le hacía sentir una guerra interior. Por un lado, se mostraba cautelosa, porque él era un desconocido que le había mentido para meterse en el castillo. Un desconocido que hablaba de cosas de las que nunca antes había oído y demandaba que llamaran a unos números. Quería un «teléfono». ¿Qué diablos significaba todo eso?

Un espía no llamaría la atención de ese modo. Un espía mantendría el perfil bajo para que nadie lo notara. De modo que lo más probable era que Konnor no fuera un espía de los MacDougall. Debía ser un hombre que se encontraba en problemas y quizás estaba más lastimado de lo que pensaba.

Al mismo tiempo, era atractivo. Tan atractivo que, por primera vez desde lo que ocurrió en Dunollie, Marjorie había reparado en un hombre. Por primera vez en doce años, alguien le había provocado sentimientos que nunca creyó que iría a tener. Un sentimiento de entusiasmo le borboteaba en el estómago y le nublaba la mente como una cerveza fuerte.

No. Marjorie no necesitaba nada de eso. Quien fuera que sea Konnor, era una distracción. Debía tomarse esa atracción repentina hacia él como una señal de que estaba sanando. Poco a poco, se estaba curando. Pero eso era todo. Aunque estuviera mejorando, nunca tendría ni un amante, ni un marido. Esa decisión no cambiaría. Nunca actuaría sobre los sentimientos que le despertara un hombre como Konnor. Él era atractivo, poderoso y hacía que su corazón latiera más rápido.

—Muchacha, mientras descansas, ¿podemos hablar? —le preguntó una voz al lado.

Marjorie se volvió y vio a Tamhas parado cerca de ella con el cabello oscuro atado en una media cola y cubierto de sudor.

—Gracias por el entrenamiento, Malcolm —dijo y se giró hacia Tamhas—. Sí, claro.

Como tenían la misma edad y habían crecido juntos, Tamhas se había tomado el secuestro de Marjorie como algo personal. Él había estado de guardia en el castillo el día que se la llevaron. Cuando Marjorie comenzó a entrenar para liberar la ira y la oscuridad que tenía dentro, él se había opuesto a la idea.

«Una muchacha no debería ocupar su tiempo con espadas y arcos. En especial cuando tiene un hijo que criar. Deberías cuidarte».

Sin embargo, Marjorie había comenzado a entrenar de todos modos, y Tamhas la había ayudado y había luchado con ella. Tras pasar años ejercitando a diario, él tenía más destreza que Marjorie porque tenía más experiencia en el campo de batalla.

Marjorie le dio la vuelta al pozo de piedra que había en el medio del patio. Jaló de la soga para subir el balde de agua y los bíceps le dolieron por el esfuerzo. Tomó un gran cucharón de madera y bebió hasta saciar la sed. El agua estaba fría y le refrescó los labios. Llenó el cucharón con más agua y se lo ofreció a Tamhas, quien le dio las gracias y bebió como si fuera *uisge*.

—Bien —comenzó Marjorie mientras apoyaba la cadera contra el pozo—. ¿Qué sucede?

—Se trata del hombre nuevo, Konnor. —Hundió las manos en el balde, juntó agua y, cuando se lavó el rostro, soltó un gruñido.

A Marjorie se le aceleró el corazón al oír el nombre de Konnor.

—¿Lo has conocido? —le preguntó.

—No. Pero Malcolm me habló de él. Y lo he visto cojeando por el castillo.

Marjorie cambió de posición.

—¿Y?

Tamhas se limpió la boca y negó con la cabeza.

—No me agrada. Malcolm también tiene sus sospechas con respecto a él.

Marjorie se rio.

—¿Qué quieres que haga al respecto?

Él la miró fijo.

—Quiero que lo dejes marchar.

Marjorie tomó una profunda bocanada de aire. Lo cierto era que lo había pensado, pero no podía hacerle eso a una persona lastimada. Además, aún cabía la posibilidad de que fuera un espía de los MacDougall. Y él la intrigaba. Había algo en él que la hacía querer retenerlo... No, no debía pensar de ese modo, mucho menos decirle eso a Tamhas.

—Aún está lastimado. No puedo hacer eso —señaló.

—Ya se está moviendo por el castillo. Va a estar bien.

Marjorie se cruzó de brazos y lo miró.

—Tú no eres así, Tamhas. Por lo general, eres más compasivo. ¿Qué sucede?

Tamhas soltó un suspiro y se le tensaron los músculos del mentón detrás de la oscura barba incipiente.

—No me gusta cómo te mira —respondió con calma. Había algo amenazador en su voz que Marjorie nunca antes había oído. Algo que le provocó un escalofrío.

—¿Cómo me mira?

—De un modo que me hace querer romperle el cuello.

Y eso, ¿qué significaba? ¿La miraba como si la deseara? Eso era lo que Marjorie había visto, ¿cierto? ¿O había algo más que deseo? ¿Acaso había algo más en sus ojos? ¿Sería que la miraba del mismo modo en que Alasdair lo había hecho?

Ella no notó eso, pero quizás Tamhas había visto algo que ella no. Ese pensamiento hizo que se le congelara la sangre. Quizás Tamhas tenía razón. A lo mejor sería una buena idea dejarlo marchar. Nadie lo conocía y nadie tenía idea si podía representar una amenaza: para ella, para Colin o para cualquier habitante del castillo.

—Puede que estés en lo cierto —concedió—. Debería marcharse. Sé que puedo confiar en ti.

Algo ardió en los ojos de Tamhas. Había algo en su mirada que la hizo sentir incómoda, y Marjorie sintió ganas de que la dejara a solas. Era demasiado. Demasiado amor, demasiado apoyo, demasiada devoción. Él era su amigo de la infancia, y ella lo había conocido durante toda su vida. Era como un hermano para Marjorie. Ella sabía que él había estado enamorado de ella cuando eran adolescentes. Sin embargo, ahora era un hombre que tenía deseos y necesidades, y Marjorie se preguntó por qué nunca se había casado.

No quería pensar en Tamhas de ese modo.

Cuando él asintió, un mechón de cabello negro le cayó en la frente.

—Se lo diré.

Se dio media vuelta para marcharse, pero Marjorie le dijo a sus espaldas:

—Dile que se marche por la mañana. Puede descansar aquí una noche más.

Tamhas volvió a asentir y comenzó a andar hacia la torre. Era curioso, pero pensar que Konnor se marcharía la hizo sentir triste.

CAPÍTULO 9

Ese día al atardecer, Konnor entró en el gran salón. Era una edificación de piedra que estaba separada de la torre principal y parecía una iglesia sin campanario. Tenía muros altos de piedra dura y argamasa, ventanas horizontales y largas sin paneles por las que se proyectaban las sombras de los muros cortina y la luz anaranjada del sol antes del crepúsculo.

A Konnor le hizo ruido el estómago cuando entró cojeando con la muleta. Unos rayos anaranjados y dorados se colaban por las ventanas horizontales y se proyectaban sobre las mesas largas en las que había hombres sentados comiendo de los boles o bebiendo de las copas. La habitación era grande y olía a pan recién horneado, carne cocida, verduras y cerveza. Konnor no pudo distinguir los escudos de madera con emblemas pintados a mano que colgaban de las paredes. Había un hogar de tamaño considerable sobre el cual el fuego crepitaba animado. El suelo estaba cubierto con alfombras de juncos.

Había alrededor de unas cuarenta personas en el salón y ocupaban la mitad de las mesas alargadas que había disponibles. Entre las mesas, había braceros de acero, cuyos fuegos proyectaban sombras sinuosas sobre las paredes rugosas. Una criada con un largo vestido de lana y un pañuelo blanco en la cabeza circulaba entre las mesas con una cesta y repartía hogazas de pan.

Cuanto más tiempo pasaba allí, más pensaba en la posibilidad de haber viajado en el tiempo. Una pequeña parte de él se preguntaba si Sìneag había estado en lo cierto.

Pero el resto de su ser, la parte adulta y racional, no estaba convencido. Konnor había visto la muerte y había sido testigo de cómo lastimaban a la persona más importante en su vida del peor modo concebible. Por ende, no creía ni en los milagros, ni en la magia. Tenía que haber otra explicación, y si Marjorie se negaba a decírsela, tendría que encontrar a alguien dispuesto a hacerlo.

Varias miradas frías y calculadoras lo siguieron. Los guerreros que habían estado teniendo conversaciones amistosas se mostraron cautos e incluso hostiles. Genial. No obstante, Konnor no estaba allí para hacer amigos. Necesitaba información.

Echó un vistazo a la mesa principal. Vio un gran trono de madera con unos complejos tallados decorativos. Y allí se encontraba Marjorie, la reina de las Tierras Altas. Tenía puesto un vestido medieval de color azul con mangas ornamentadas. Llevaba el cabello trenzado y los labios rojos le brillaron cuando mordió un trozo de pan y comenzó a masticarlo. Konnor deseó ser el pan que ella sostenía en las manos y había tocado con los labios. Cuando la mirada de Marjorie se clavó en él, se enderezó y se le formaron unas arrugas alrededor de los labios.

Konnor apartó la vista y buscó un sitio para sentarse. Vio dos rostros conocidos, los guerreros que había visto hablando con Marjorie, y fue a sentarse a la mesa de ellos.

—¿Está ocupado este asiento? —preguntó cuando se detuvo en la esquina de la mesa.

Todos los hombres sentados allí se volvieron a mirarlo. El *highlander* con el cabello largo y blanco recogido en una coleta lo observó con el ceño fruncido. Era Malcolm.

—No —le respondió y, cuando se removió en el asiento, interrumpió el contacto visual—. Toma asiento.

Al otro lado de la mesa, había un hombre alto y esbelto que parecía tener unos treinta años. Tenía el cabello largo y oscuro recogido en una media cola, y una barba incipiente le cubría el mentón.

—Tamhas —se presentó el hombre, pero su rostro decía que quería asesinar a Konnor en la primera oportunidad que se le presentara.

¿Por qué Konnor se sentía como si estuviera por entrar en una trampa? Sus instintos lo pusieron en alerta. Se le tensaron todos los músculos del cuerpo y se le doblaron las rodillas. Relajó el brazo con el que sujetaba la muleta por si necesitaba usarla de arma.

El hombre sentado al lado de Tamhas era un poco más joven que Malcolm, más bajo y robusto y tenía la barba y el cabello canosos. Tenía una mirada inteligente y una nariz grande y sustanciosa. A Konnor le agradó de inmediato.

—Muir. —El hombre asintió con una sonrisa que le iluminó los ojos.

—Konnor Mitchell —respondió.

—Te he estado buscando por todo el castillo —dijo Tamhas.

A Konnor se le tensó el mentón.

—¿Ah, sí? ¿Qué querías?

Tamhas tomó una copa vacía y vertió cerveza de una jarra. Luego le pasó la copa a Konnor.

—Siéntate. Bebe. Te lo diré.

Konnor observó a los otros dos hombres sentados a la mesa, quienes miraban el intercambio con los ceños fruncidos.

Konnor alzó la cabeza, se sentó en el banco y bebió la cerveza. Estaba caliente y sabía como una Guiness ligera.

—¿Hay algo más fuerte? —Se secó el labio superior con la manga.

—Sí. —Malcolm se llevó la mano al cinturón y extrajo una cantimplora de cuero—. *Uisge*.

Sirvió el líquido en cuatro copas. Los hombres las tomaron y vaciaron el contenido. El líquido le abrasó la garganta como si fuera fuego, y Konnor se dio cuenta de que no era *whisky*, sino aguardiente.

—Mmm. Vamos, chicos, ¿por qué beben aguardiente en vez de un buen escocés?

Los hombres intercambiaron miradas anonadadas.

—¿Quién habla así? —Muir se rio entre dientes—. ¿Qué es un buen escocés? ¿De qué cosa escocesa hablas?

—Creo que quizás tenga algún retraso —señaló Malcolm.

A Konnor se le tensaron las manos alrededor de la copa.

—Vamos, chicos. Dejemos el juego. Todos sabemos que forman parte de una comunidad ecléctica. Pero esperaba que pudiéramos dejar las tonterías y hablar de hombre a hombre.

El rostro de Malcolm se tornó sombrío.

—¿Tonterías? Tú deberías dejar las tonterías. —Saco una daga y la clavó sobre el mantel apretando la mano en la empuñadora.

Tamhas se inclinó hacia adelante.

—Todo es extraño contigo. La forma en la que hablas. Tus prendas. Hasta el maldito cabello. No sé de dónde vienes. ¿Eres un noble? ¿Un *sassenach*? ¿Siquiera perteneces a algún clan? Porque lo más probable es que si no entiendo de dónde vienes, seas una amenaza para nuestra señora. Y eso es algo que no pienso permitir.

Konnor apretó los dientes.

—Soy un tipo común y corriente de los Estados Unidos. ¿Qué te pasa? Estos son pantalones de camuflaje. —Se señaló las piernas—. Esta es una chaqueta militar. Y esto es una camiseta.

Los hombres lo miraron con rostros furibundos mientras Konnor se señalaba las prendas.

—Nunca en mi vida vi nada como eso —señaló Malcolm—. ¿Y qué es esa tela delgada? ¿Lana? ¿Lino?

—No lo sé —respondió Tamhas—, ni quiero saberlo.

Konnor estaba familiarizado con la hostilidad. En el Cuerpo de Marines había todo tipo de sujetos, y él no le tenía miedo a ninguno. Lo cierto era que ellos no le agradaban, pero entendía por qué actuaban de ese modo. Creían que estaban protegiendo a Marjorie. Él los contrataría como guardaespaldas en su compañía. La dedicación de ellos era admirable.

—Mi trabajo es proteger a la señora —le advirtió Tamhas—. Y, en este momento, eres más una amenaza que un amigo, porque no te creo nada ni me fío de ti.

Tamhas echó un vistazo a la mesa principal y se concentró en la señora del castillo. ¿Qué era lo que Konnor vio en sus ojos? Anhelo. Admiración. Amor.

¿Sería que estaba enamorado de ella?

Konnor sintió una inexplicable ola de celos en las entrañas. Eso no era asunto suyo. Él no pertenecía allí. No había nada de nada entre él y Marjorie... ni tampoco lo habría. Y, a pesar de todo eso, quería golpear al sujeto por mirarla de ese modo.

—¿Eres su guardaespaldas? —le preguntó Konnor.

—Sí —respondió Tamhas—. Muir y yo somos sus escoltas.

Konnor lo observó con los ojos del dueño de una empresa de seguridad personal. El hombre era alto, aunque quizás un poco más bajo que Konnor. Bajo la túnica de lino sucia había unos hombros anchos y unos músculos esbeltos. Parecía un atleta profesional. Tenía la mirada inteligente de alguien que pensaba por sí mismo y calculaba las amenazas. Aunque Konnor debería verlo en acción, la dedicación a Marjorie sin dudas estaba allí.

Konnor se inclinó hacia adelante.

—¿Qué me dices del asedio que se avecina? ¿Quiénes son esos MacDougall?

—Uno de los clanes más poderosos de las Tierras Altas del Este —respondió Tamhas anonadado.

Quizás Konnor podría obtener la verdad de ese modo.

—Y, ¿qué tipo de armas traerán para el asedio? ¿Una catapulta o qué?

Tamhas se reclinó contra el asiento y se cruzó de brazos.

—Si quieren, sí. Tienen la riqueza suficiente como para contratar a un ingeniero de guerra que les construya una.

Konnor tamborileó los dedos contra la mesa.

—¿Traerán armas de fuego?

—¿Armas de fuego? —preguntó Malcolm, como si fuera la primera vez que oía esa palabra.

«¡Oh, por favor!»

—Entonces, ¿solo traerán espadas y escudos? —preguntó Konnor. Casi había perdido por completo la esperanza de que abrieran la mente y mostraran alguna señal de que eran gente razonable.

—No, lanzas, arcos y flechas también —respondió Malcolm—. Quizás alguna ballesta.

Lanzas, arcos y flechas... Ballestas... No se echarían atrás.

Konnor se inclinó hacia adelante y los miró con gesto de complicidad.

—Pero, son de plástico, ¿cierto? ¿Como la utilería de las películas?

—¿Qué demonios es el plástico? —exclamó Tamhas—. ¿O una película?

Konnor soltó un suspiro. Al menos lo había intentado. Debería limitarse a aceptar que había fracasado con ellos. Al fin y al cabo, lo único que quería era marcharse de allí.

Miró la hogaza de pan y la tabla de queso. Estiró la mano, pero Tamhas tomó la daga de Malcolm y la clavó entre la mano de Konnor y la comida.

Konnor, que podría desarmarlo con dos movimientos fáciles y clavarle la daga entre los ojos, oyó el gruñido que soltó Tamhas.

—Bueno, bueno. Eso es peligroso. Deberías tener cuidado cuando juegas con los juguetes de los adultos, de lo contrario podrías terminar lastimado.

—Cierra el pico. Estás aquí porque nuestra señora tiene un corazón bondadoso. Pero incluso a ella se le agotó la paciencia. Quiere que te largues por la mañana.

Konnor miró a Marjorie, que se había girado para hablar con una criada. El cabello largo y oscuro le caía por los hombros. Los ojos le brillaban, sostenía una copa en la mano con toda la gracia del mundo, y Konnor sintió una extraña presión en el pecho al pensar en marcharse de su vida.

—¿Ella lo dijo? —preguntó.

—Sí. Con sus propias palabras.

Konnor se preguntó qué habría cambiado. Ella había tenido miedo de dejarlo marchar porque sospechaba que pudiera ser un espía; sin embargo, ahora quería que se largara. ¿Sería por el cumplido?

Bien, se marcharía por la mañana. Konnor estaba agradecido con Marjorie e Isbeil por haberlo ayudado, así como también por haberlo alimentado y cuidado. A pesar de lo extraño que era ese sitio, una parte de él no se quería ir. Una parte de él no quería dejar a Marjorie.

Sin embargo, por más que se quedara, nada sería posible entre ellos, sin importar lo atractiva que fuera Marjorie. Su vida le había enseñado demasiado bien que el amor romántico solo causaba dolor. Lo había experimentado él mismo. Aunque intentaba evitar las relaciones, una vez le había gustado una mujer lo suficiente como para intentar tener una relación con ella. Había ocurrido hacía cinco años. Ella era dulce, amable y preciosa. Trabajaba de enfermera, hablaba español y hacía surf. También era voluntaria en un refugio para los indigentes. El sexo era genial. Era perfecta.

Salieron durante seis meses, hasta que ella dijo que no conocía a Konnor y comenzó a hacerle preguntas sobre su infancia. Como quería conocer a su mamá, sugirió que los tres hicieran un viaje a la isla Santa Catalina.

Si Konnor no le había contado ni a Andy lo que había vivido con Jerry, ¿cómo podría contárselo a ella?

Por consiguiente, a las pocas semanas rompieron. Bueno, en realidad, ella lo botó porque era «un patán que sufría de falta de disponibilidad emocional».

—Qué bien —le respondió a Tamhas—. Hasta que entró en razón.

Tamhas sacó la daga de la mesa, y Konnor tomó un pedazo de pan. Pero mientras lo masticaba y volvía a mirar a Marjorie, no pudo evitar preguntarse cómo lograría olvidarla.

CAPÍTULO 10

Esa noche, Konnor se despertó al oír el sonido de unos pasos en el pasillo. Abrió los ojos sin mover ningún otro músculo. Estaba en su habitación en el castillo. Estaba oscuro, era de noche, y la antorcha de la pared se había apagado. Hasta donde sabía, estaba a solas.

Oyó otro zapato contra el piso de piedra afuera de la habitación. De manera automática, deslizó el brazo debajo de la almohada para buscar su arma, pero no había nada allí. Maldijo por dentro. Por supuesto que no tenía un arma, ni siquiera una daga. El castillo estaba lleno de espadas, lanzas y flechas, pero él no tenía nada.

Se incorporó en la cama y buscó la muleta. A lo largo del día, se había acostumbrado a moverse de un lado al otro, a subir y bajar los escalones desparejos del castillo y a caminar por el patio. Sin ponerse los zapatos, se puso de pie y avanzó hacia la puerta. Apoyaba la pata de madera de la muleta tratando de no hacer ni el más mínimo ruido. Cuando llegó a la puerta, se detuvo y aguzó el oído. Alguien aulló, y se oyeron gruñidos y maldiciones amortiguadas.

«Maldición».

La habitación de Marjorie estaba al lado de la suya. Entreabrió la puerta. El descanso de la escalera estaba iluminado por una antorcha.

Estaba vacío.

Los ruidos venían de las escaleras en espiral que conducían a la siguiente planta. Eran unos susurros metálicos suaves que apenas se llegaban a oír. Y pasos.

Eso no sonaba nada bien.

Konnor tomó la muleta en las manos para usarla de arma y avanzó hacia el descanso de la escalera sin hacer ni un ruido e ignorando el dolor que sentía en el tobillo. De pronto, oyó un grito sofocado que venía de arriba.

¿Qué había allí? ¿La habitación de alguien? Konnor siguió andando hacia las escaleras asegurándose de no hacer ruido al pisar el suelo de piedra. Mientras subía, oyó una voz:

—Ni un sonido o te corto la garganta —susurró bastante alto un hombre.

Konnor llegó al siguiente descanso y pispeó alrededor de la pared. Sentía un dolor desgarrador en el tobillo. El pasillo estaba despejado. Pero una de las puertas estaba abierta.

Avanzó hacia la habitación y miró al interior. Había tres hombres allí. Dos sostenían a un niño contra la cama e intentaban amarrarlo. Uno estaba cerca de la puerta de espaldas a Konnor.

Konnor no lo dudó. Dio cinco pasos y golpeó al hombre en la cabeza con la muleta. El intruso cayó al piso como una piedra. Al igual que el niño de unos diez años que tenía los ojos abiertos y blancos en la oscuridad de la habitación y se retorcía y pateaba a los asaltantes, los otros dos elevaron la vista y vieron a Konnor.

Konnor sintió fuego en las venas. No permitiría que lastimaran al niño.

Uno de los hombres se alejó de la cama y desenvainó la espada. La hoja brilló a la luz de la luna. Embistió la espada, pero Konnor se agachó, dio un paso al costado y lo golpeó con la muleta. El guerrero gimió, pero se volvió a incorporar.

El niño golpeó a su asaltante, y el hombre que estaba a su

lado soltó un aullido de dolor. El grito del niño perforó el aire; sin embargo, recibió una fuerte bofetada y guardó silencio durante un momento. Luego volvió a gritar, pero el hombre le puso una mordaza en la boca.

—Acaba con él —gruñó el sujeto—. ¡No es más que un lisiado con un palo!

«¿Un lisiado con un palo?»

Konnor tomó la muleta y golpeó al guerrero en la cabeza tan fuerte que soltó la espada. Al caer al suelo con un fuerte estrépito, Konnor se inclinó para agarrarla, pero su oponente fue más listo de lo que anticipó y lo golpeó en la nuca con los codos. Una ola de dolor le explotó en la cabeza. Konnor se cayó y, cuando aterrizó contra la pared, golpeó las espadas de madera y los escudos que colgaban de ella.

Había una espada de acero que destellaba a la luz del fuego que ardía en el hogar. Konnor la agarró, se giró y la blandió. La hoja atravesó la carne, y la sangre lo salpicó mientras el hombre gritaba de dolor y se caía al suelo.

Sin saber si la estaba aferrando bien, Konnor apuntó la espada hacia el tercer hombre, pero solo perforó el aire. El hombre aún sostenía al niño y lo soltó. A continuación, extrajo su propia espada y avanzó hacia Konnor blandiendo la espada con destreza. Konnor se defendió de los ataques con su espada y fue retrocediendo paso a paso.

Los ruidos ensordecedores de la contienda resonaron en la habitación.

Por el rabillo del ojo, Konnor vio a Marjorie en la puerta de la habitación con una espada en la mano y sintió que el estómago se le tensaba de temor por su seguridad. Debía actuar. Aunque el hombre con el que se estaba debatiendo no era mucho más robusto que él, ciertamente tenía más experiencia. Konnor tomó la iniciativa y lanzó una ofensiva, pero el hombre desvió su espada una y otra vez.

En algún momento de la tormenta de espadas afiladas, la sangre desparramada, el hombre que yacía inconsciente en el piso, y los otros dos que querían lastimar a Marjorie, un pensamiento ocupó su mente.

«Esto es real».

Ese mismo tipo de certeza lo hizo darse cuenta de que podría morir en manos del intruso que lo estaba atacando con la espada. Ese castillo no era una pequeña comunidad medieval. Ni era una secta. Y eso tampoco era un sueño. Sin importar cuál era la explicación lógica de todo eso, Konnor estaba en un mundo distinto... o en otro tiempo.

De pronto, haber viajado en el tiempo no parecía una posibilidad tan descabellada.

Konnor se encontraba acorralado contra la pared. El hombre elevó la espada por encima de la cabeza. Y en el preciso momento en que Konnor vio a la muerte a los ojos, Marjorie apareció por detrás del hombre y le apuntó la punta de la espada al cuello. El hombre abrió los ojos de par en par y se quedó de piedra.

—Eso es, cerdo —dijo Marjorie—. Si aprecias tu vida, suelta la *claymore* y aléjate de «él».

El labio del hombre se encorvó hacia abajo para formar una mueca de enfado. Arrojó la espada, que cayó al suelo con un fuerte estrépito. Konnor le clavó la punta de la espada en la garganta.

—Pon las manos detrás de la cabeza —le ordenó—. Y recuéstate boca abajo.

El sujeto obedeció. Cuando se acostó en el suelo, las miradas de Marjorie y Konnor se cruzaron. Konnor vio que ella llevaba puesto un camisón. Gracias a la luz de la luna, se podía ver la forma de su cuerpo bajo la fina tela blanca.

Marjorie corrió al lado del niño que ahora estaba de pie. Con las manos temblorosas, alzó la espada, le cortó las sogas que le sujetaban las muñecas y lo envolvió en un abrazo.

—Oh, Colin, tesoro —susurró con la voz temblorosa. El niño enterró el rostro en el pecho de Marjorie.

—Estoy bien, mamá —le aseguró.

«¿Mamá? Es su madre...»

Konnor se quedó quieto y sin habla y observó al niño. Konnor lo había visto en el castillo con una espada de madera, hablando con los guerreros y los criados, jugando con un perro, parado sobre las murallas y mirando los campos que rodeaban el castillo. Incluso lo había visto hablando con Marjorie. Pero no se había dado cuenta de que era su hijo. Había pensado que era... tan solo un niño.

Pero ahora podía ver el parecido. Sus rostros tenían la misma forma, y ambos tenían el mismo cabello indomable de color castaño oscuro. Él era delgado, pero tenía brazos y hombros fuertes. El mentón del niño sobresalía tercamente mientras observaba a Konnor con recelo.

Konnor parpadeó y regresó al presente. Alguien había abusado de Marjorie. Y Marjorie tenía un hijo.

—Gracias, Konnor —susurró con lágrimas en los ojos—. Pensé que me había despertado en una pesadilla. De no ser por ti...

El sonido de pasos resonó en las escaleras y el descanso y, al cabo de unos segundos, Malcolm y cinco hombres más entraron en la habitación con las espadas en alto.

—Muchacha, Colin, ¿se encuentran bien? —preguntó Malcolm mientras miraba alrededor de la habitación.

—Sí —respondió Marjorie.

—¿Quiénes son? —preguntó Malcolm.

—Me desperté al oír gritos y golpes que venían de la habitación de Colin. Vinieron por él, y Konnor lo salvó.

Malcolm dio tres zancadas, se detuvo delante del tercer hombre y se arrodilló. Sacó la daga y se la apretó contra la oreja.

—¿Quiénes son? —preguntó.

—Creo que ya sabes quienes somos —respondió el hombre antes de escupirle el zapato a Malcolm.

—MacDougalls. Claro —señaló Marjorie con voz temblorosa—. ¿Quién más?

Malcolm se puso de pie y lo pateó en el estómago.

—¿Han venido para llevarse al hijo de nuestra señora? Pues, eso no va pasar, ¿no? —gruñó—. Llévenselos. —Se volvió hacia Marjorie—. No te preocupes, muchacha, los voy a interrogar. Tenemos que saber cómo entraron. Y revisaremos el castillo por si hay más hombres infiltrados.

Marjorie miró a Colin.

—Ve a dormir, tesoro. Me quedaré aquí hasta que sepa que no hay nadie más en el castillo.

—Yo me puedo quedar con ustedes —se ofreció Konnor—. Hasta que sepamos que están a salvo.

Marjorie lo observó con la mirada perdida y perturbada y asintió. Colin se metió en la cama, y ella lo cubrió con una manta. Mientras los guerreros Cambel se llevaban a los MacDougall de la habitación, Marjorie se sentó al lado de Colin en la cama y lo acarició. Konnor se quedó de pie al lado de la puerta y, mientras la observaba con su hijo, se le retorció algo en el pecho. Algo en lo que no quería pensar.

Al cabo de un tiempo, el niño cerró los ojos y se quedó dormido.

Malcolm asomó la cabeza por la puerta.

—Está todo bien, muchacha. No hay nadie más aquí. Ve a dormir.

Ella se puso de pie y le dio un beso en la cabeza a Colin.

—¿Puedes poner a alguien que haga guardia aquí, Malcolm? Dormiré mejor.

—Sí. Por supuesto, muchacha. Lo cuidaré yo mismo.

—Gracias.

Marjorie y Konnor bajaron las escaleras y avanzaron por el pasillo. Ella se detuvo delante de su puerta, se abrazó y comenzó a temblar.

—¿Te encuentras bien? —le preguntó.

Marjorie no respondió, se quedó parada como un árbol sacudido por el viento.

—Pensé que me había despertado hace doce años y estaba a punto de revivir los peores días de mi vida.

CAPÍTULO 11

Mientras Marjorie hablaba, una oscuridad le dio la vuelta al descanso de la escalera y se deslizó en su mente. Cuando el frío le atravesó el camisón, entró en la habitación y se subió a la cama. Se cubrió con una manta y comenzó a temblar. Incluso luego de doce años, aún podía sentir la presión de los dedos cuando se clavaron en sus muñecas, el peso de uno de los hombres en las piernas y la palma sucia que le cubrió la boca.

De contemplar la posibilidad de que su hijo viviera lo mismo, sintió náuseas en el estómago y le dio vueltas la cabeza.

Konnor entró en la habitación a sus espaldas y cerró la puerta.

—¿Qué pasó? —le preguntó. Marjorie se vio obligada a salir del agujero negro de los recuerdos.

No, no podía ir allí. El recuerdo se sentía demasiado cerca, demasiado aterrador. No se podía deshacer en ese momento. El castillo entero la necesitaba. Qué tonta había sido al creer que se estaba sanando.

—Tengo frío —dijo Marjorie.

Se envolvió una manta alrededor del cuerpo, se puso de pie y se dirigió al hogar. Los carbones aún estaban calientes y brillaban, y sintió el calor que se extendía por su cuerpo mientras se arrodillaba frente al fuego y estiraba los brazos. Se volvió hacia la pila de leña y agregó algunos troncos encima del carbón.

—¿Cómo los escuchaste? —preguntó Marjorie sin mirar a Konnor—. Ni siquiera yo los oí hasta que fue demasiado tarde.

—Gracias al entrenamiento militar —respondió Konnor—. Estuve en el Cuerpo de Marines. Y tengo una empresa de seguridad.

Ella lo miró por encima del hombro. Konnor hizo una mueca mientras se sentaba en el borde de la cama. De pronto, Marjorie se dio cuenta de que él no llevaba puesta una camiseta. Era un hombre atractivo y se encontraba semidesnudo. Se sentó y apoyó el pie lastimado sobre la rodilla de la otra pierna. En la penumbra de la habitación, podía ver los hombros anchos y los músculos de sus brazos mientras se masajeaba la pierna sobre la férula. Esa era la primera vez que un hombre entraba en su habitación, y encima uno semidesnudo; sin embargo, Marjorie se sentía tan a salvo con Konnor como con sus hermanos.

—¿Una empresa de seguridad? —le preguntó—. Entonces, ¿por eso sabes blandir una espada?

De repente, se dio cuenta de que Konnor había protegido a su hijo con la espada de su abuelo. Si eso no era una señal de que *sir* Colin estaba cuidando a su bisnieto, Marjorie no sabía qué era.

Konnor negó con la cabeza.

—Esta noche ha sido la primera vez en mi vida que sostuve una espada.

Konnor apretó los labios y se le tensó el mentón. Una expresión pensativa le cubrió el atractivo rostro.

—¿Te puedo hacer una pregunta? —se detuvo un momento —. ¿En qué año estamos?

Marjorie se rio.

—¿En qué año estamos? En el año cristiano de 1308.

Él exhaló lentamente y sus labios formaron la letra «O». Qué reacción más extraña.

—¿Por qué? —le preguntó Marjorie—. ¿Te olvidaste?

Se volvió al hogar. La leña solo se estaba chamuscando por el calor que emanaba el carbón, de modo que colocó más yesca. Se inclinó hacia adelante y sopló los carbones con cuidado hasta que la yesca se encendió.

Marjorie se volvió a Konnor. Él estiró la pierna y la miró pensativo, con el ceño fruncido, como si no pudiera decidirse sobre algo importante.

—No me olvidé —respondió al final—. Eso quiere decir que, ¿de verdad no sabes qué son los Estados Unidos?

—No.

—Mmm. ¿Quién reina en Escocia?

—El rey Roberto I, pero estamos en guerra con el rey Eduardo de Inglaterra, que se alió con varios clanes escoceses, incluido el de los MacDougall. Es por eso que mi padre, mis hermanos y el resto de mi clan no se encuentran aquí.

Konnor se frotó la frente.

—Y la palabra «democracia», ¿significa algo para ti?

—Es algo que intentaron los griegos en el pasado, ¿no?

Konnor asintió y dejó caer la cabeza como si estuviera condenado. Se apoyó las manos en la frente y se pasó los dedos por el cabello. Eso no se veía nada bien.

—Konnor, ¿qué sucede? —le preguntó Marjorie—. ¿Por qué preguntas por el año, el rey y la democracia?

Konnor inspiró hondo, la miró y exhaló.

—Porque tú dices que es el año 1308, y la última vez que me fije, era el 2020. Yo nací en 1987. En mi tiempo, los únicos reyes que existen son simbólicos. Y la democracia es el sistema de gobierno actual. Al menos, en casi todo el mundo.

Marjorie hizo una mueca mientras procesaba lo que le acababa de decir. Aunque sus palabras no tenían sentido, él parecía muy convencido de que eran ciertas. Se veía desesperado. Confundido. Y hasta un poco asustado. Hablaba como un demente, pero se comportaba como alguien que se encontraba en problemas. ¿Podría ser que estuviera al tanto de su demencia?

—Di algo —le pidió Konnor—. Debes creer que estoy loco.

Marjorie se rio.

—Eso es lo que pienso exacto. Soy una mujer que cree en la lógica y la razón, no en las supersticiones y la magia. ¿Acaso quieres decir que Isbeil estaba en lo cierto cuando habló del túnel del tiempo?

Konnor se apoyó en la cama para darse sostén y se puso de pie. Se colocó la muleta debajo del brazo y, cuando dio un paso hacia ella, se dobló de dolor. Se volvió a sentar en la cama y se volvió a atar las vendas alrededor del tobillo.

—No tengo ni la menor idea, Marjorie. Por más que suene totalmente descabellado, creo que esa es la única explicación. La alternativa es que esté soñando todo esto. Pero la sangre, las espadas y el dolor que siento en la pierna parecen ser demasiado reales. —Hizo un nudo y la miró—. Tú pareces ser demasiado real.

El fuego ardía con intensidad en el hogar y proyectaba un agradable brillo dorado sobre la habitación. Marjorie agregó más leña mientras dos partes de su mente se debatían. Ella era una *highlander*, había crecido escuchando historias llenas de magia sobre seres fantásticos como los *kelpies* y las hadas. Sin embargo, también era cristiana y una persona razonable que sabía que esas historias eran cuentos viejos. A pesar de todo, hasta la parte lógica de ella podía ver que Konnor no solo hablaba de cosas extrañas. También se vestía diferente: tenía unos pantalones verdes y anchos llenos de bolsillos y unos zapatos con suelas gruesas que no se parecían a nada que hubiera visto antes. Tanto su chaqueta como la túnica corta eran de una tela delgada de la que ni siquiera sabía el nombre. En la camiseta que llevaba debajo de la túnica había una frase en inglés que decía: «Born to Be Wild». Su corte de cabello... su acento desconocido... y su manera de hablar. Las palabras que había usado: ambulancia, hospital, teléfono. Si él venía del futuro, las cosas debían haber cambiado mucho.

—Mira, no espero que me creas, ¿de acuerdo? —le aseguró Konnor—. Pero mañana regresaré a esas ruinas, donde estaba la piedra, e intentaré regresar a mi tiempo. Espero que sepas que no represento ninguna amenaza para ti.

Al pensar en que él se marcharía, se le encogió el pecho.

—Lo sé —le respondió—. Ya no creo que seas un MacDougall. Me has salvado de esos hombres. Te estaré eternamente agradecida.

Tragó saliva y se le hundió el estómago.

—Ve a dormir. Ya estoy bien.

A Konnor se le iluminó el rostro, y Marjorie deseó que no fuera porque la dejaría pronto.

—Buenas noches —le dijo y, mientras avanzaba cojeando hacia la puerta, la muleta golpeaba el piso.

Marjorie recordó la sangre en el piso de la habitación de Colin. Konnor había derrotado a dos hombres estando herido. No solo era un gran guerrero, sino que también era valiente e ingenioso. Si de verdad venía del futuro, que todavía no lo creía, quizás conocía algunos trucos o algo que la ayudara a defender el castillo.

—A decir verdad, desearía que te quedaras un poco más —le dijo Marjorie a su espalda desnuda.

Él se detuvo y se volvió hacia ella.

—¿Cómo dices?

Marjorie se puso de pie y se envolvió la manta alrededor del cuerpo.

—Los MacDougall nos van a atacar, Konnor. Yo no he estado en ninguna guerra. Nunca he matado a nadie. Mi castillo se está cayendo a pedazos y me temo que no tengo hombres suficientes como para defendernos. —Tragó saliva, y le ardieron los ojos—. Si los MacDougall se llevan a Colin... o a mí otra vez... —Las palabras se le atragantaron, y le faltó no solo el aire, sino también la fortaleza para decirlas en voz alta.

El rostro de Konnor se ensombreció como un cielo tormentoso.

—¿Otra vez?

Dio un paso hacia ella y la condujo a la cama. Tras sentarse,

Konnor no apartó la mirada de Marjorie. Había llegado el momento. Konnor necesitaba saber qué significaría esa batalla. Qué significaría para ella si él la ayudaba.

—Ocurrió hace doce años. Nuestros clanes eran aliados, y el *laird* del clan MacDougall era el jefe supremo. El hijo del jefe... —se detuvo y se tragó el nudo que tenía en la garganta—. Alasdair —escupió el nombre como si fuera una maldición—. Él pidió mi mano. Pero había algo en él que nunca me había agradado. Nunca había sido amable con nadie. Por eso, le pregunté a mi padre si me permitiría rechazarlo, y me dijo que sí. De modo que le dije que no a Alasdair.

Marjorie exhaló y reunió la fuerza para contarle a Konnor lo peor. Al no poder verlo a los ojos, clavó la vista en sus manos. Una sensación de vergüenza con la que estaba demasiado familiarizada le hizo sentir un ardor en las mejillas. Qué tontería. Como si fuera su culpa lo que él le había hecho. A pesar de todo, Marjorie creía que era su culpa. Si hubiera sido más fuerte...

—Un día, salí a recoger flores afuera del castillo. Solo me acompañó mi criada. De la nada, aparecieron unos jinetes, y uno de ellos me montó sobre su caballo. Sin importar cuánto me retorcí, él me sujetó con facilidad.

Las lágrimas le nublaron la vista, pero vio que Konnor había cerrado la mano en un puño sobre la cama.

—Alasdair me tuvo prisionera —continuó con la voz tensa por las lágrimas que ya no podía contener—. Todos los días, venía, me golpeaba y me tomaba como si yo fuera su propiedad.

Se secó los ojos con las manos, pero brotaron más lágrimas. Marjorie seguía sin poder mirar a Konnor.

—Eventualmente, mi clan descubrió quién me había secuestrado. Vinieron a buscarme, y mi hermano Craig mató a Alasdair. En la contienda, mi abuelo falleció.

Por fin elevó la mirada para verlo. Konnor tenía las fosas nasales dilatadas, los ojos rojizos y llenos de lágrimas y la boca torcida en una mueca. El pecho le subía, y le bajaba rápido y respiraba fuerte. Había algo en esa ira que le hizo sentir alivio a Marjorie.

—Él te… —se interrumpió—. ¿Y Colin es su hijo?

—Sí.

—Y, ¿tienes miedo de que vengan para llevarse a Colin?

Marjorie asintió.

Konnor negó con la cabeza.

—No, no se lo llevarán, Marjorie. Me quedaré y te ayudaré. —Estiró la mano, pero de repente dudó y la miró a los ojos. Le estaba pidiendo permiso para tocarla. Marjorie sintió que se le relajaba el estómago. Apoyó las manos sobre las de Konnor y notó que sus palmas eran grandes, cálidas y callosas. Se sentían como un hogar.

—Nadie te pondrá un dedo encima… ni a ti, ni a tu hijo, no mientras pueda evitarlo.

Los ojos azules de Konnor la veían con determinación, y unas llamas doradas bailaban sobre su rostro. Marjorie se sintió a salvo y protegida. Por primera vez en su vida, quiso besar a un hombre.

CAPÍTULO 12

Tras regresar a su habitación, Konnor dio vueltas en la cama sin poder dormir. Ahora sabía sin lugar a dudas que Marjorie y su madre eran víctimas de la misma oscuridad.

Konnor no la podía dejar luego de lo que había descubierto. Si esos patanes de los MacDougall habían secuestrado y violado a Marjorie, no podía limitarse a regresar al siglo xxi y dejarla allí en peligro. No debió ser fácil para ella dar a luz a un hijo fuera del matrimonio en ese siglo. Qué mujer más fuerte. ¿Sería que quería estar sola a raíz del trauma que había vivido? En ese caso, él la entendía, pues esa era exactamente la decisión que él había tomado.

Marjorie no le creía que había viajado en el tiempo. Diablos, ni él mismo se lo creía, pero cuanto más lo pensaba, más sentido tenía. Tenía que volver a hablar con Isbeil y pedirle que le contara más detalles sobre esas leyendas de las Tierras Altas acerca de los túneles del tiempo. Tenía que asegurarse de que podría regresar a su tiempo a través de esa piedra.

Se le tensó el estómago de preocupación por su madre, que había quedado sola sin su apoyo emocional y financiero.

Recordó el día en que su padre falleció. Konnor tenía seis años. Su padre era un soldado del Cuerpo de Marines de los

Estados Unidos, y lo habían enviado al hospital militar Walter Reed Medical Center de Maryland, en las afueras de Washington D. C., luego de resultar herido durante una batalla. Konnor recordó que había entrado en la habitación y se había quedado de piedra, asustado de ver a su padre, que siempre había sido un hombre fuerte, tan blanco como la almohada y con la respiración entrecortada.

—Ayuda a tu madre —le había dicho—. Protégela. Eres la única persona que tiene, hijo.

Dos años más tarde, la noche siguiente a la que Jerry había golpeado a su madre, Konnor pensó en esas últimas palabras. Su madre sirvió la cena sobre la mesa, y la atmósfera estaba cargada y silenciosa, como si todos tuvieran miedo de respirar.

En el centro de la mesa había un plato con un pollo asado que se veía dorado y delicioso. Su mamá se había cubierto el moretón del rostro con unos mechones de cabello rubio. Tenía puestos unos pantalones rosados y un suéter de mangas largas a pesar de que el tiempo estaba cálido, probablemente para esconder las marcas azules de dedos que le decoraban el antebrazo.

Jerry y Konnor estaban sentados a la mesa y aguardaban a que les sirviera puré de patatas en sus platos. Jerry lo fulminaba con sus ojos inyectados de sangre y hacía girar el *whisky* en la copa que tenía en la mano.

—¿Cómo te fue en la escuela, Konnor? —le preguntó.

«Protégela. Eres la única persona que tiene, hijo». Las palabras de su padre le hicieron eco en la cabeza. Un sentimiento de culpa se le asentó en el estómago. La noche anterior, Konnor no había hecho nada para proteger a su mamá, pero podía hacer algo en ese momento. Jerry debería saber que no podía golpearla sin más.

—Bien —respondió y sintió un temblor de temor y furia—. Mamá, ¿te encuentras bien?

Ella le echó un vistazo con los ojos abiertos de par en par, bajó la cabeza y se obligó a sonreírle.

—Por supuesto. Mejor que nunca. ¿Quieres guisantes?

—Mamá, lo oí. Anoche, lo oí todo.

Los ojos de su madre se agrandaron horrorizados. Ella soltó el plato, que cayó al suelo con un fuerte estrépito y los guisantes rodaron en todas las direcciones. El rostro de mentón cuadrado de Jerry se puso colorado, y le tembló el bigote. Jerry se puso de pie, la tomó del brazo y alzó una mano para golpearla.

—¡Detente! —gritó Konnor y salió disparado para colgarse del brazo de Jerry, quien lo empujó hacia atrás. Konnor se tropezó, perdió el equilibrio y se golpeó la cabeza con el borde de la silla. Como la cabeza le explotó de dolor, sollozó.

—¡Jerry! —exclamó su madre y empujó a Jerry para alejarlo de Konnor.

—No te atrevas a empujarme, estúpida —soltó Jerry antes de abofetearla. La sujetó del cabello y se la acercó a la cara—. Si vuelves a intentar eso... —Estaba tan furioso y ebrio que arrastraba las palabras.

—No lo toques —gruñó su mamá.

Jerry le dio una bofetada. Y luego otra más. Konnor observó horrorizado como su rostro salía disparado hacia la izquierda y luego hacia la derecha cada vez que la mano de Jerry le golpeaba el rostro.

—Lo voy a tocar todo lo que me dé la gana si me falta el respeto de ese modo en mi propia casa. —Como para demostrarlo, tomó a Konnor del cuello de la camiseta y lo levantó en el aire. Konnor clavó la mirada en sus ojos grises inyectados de sangre y desorientados y comenzó a retorcerse.

Jerry le dio un golpe en la mejilla. Y luego otro más en el estómago que lo cegó de dolor.

—¡Detente! —gritó su mamá, y Jerry se volteó a verla. Soltó a Konnor, que se arrastró por el suelo. Su madre se interpuso entre Konnor y Jerry—. Ve a tu habitación, Konnor —le susurró—. Traba la puerta.

Como un cobarde, huyó. No se quedó. No distrajo a Jerry. En lugar de eso, corrió y permitió que su mamá recibiera los golpes que Jerry le quería dar a él.

Sin embargo, ahora Konnor era un hombre adulto y estaba dispuesto a recibir todos los golpes por ella. La protegería y la cuidaría hasta la muerte.

Alguien llamó a la puerta y lo devolvió al presente. La luz de la mañana se colaba en la habitación por la ventana alargada y horizontal. Se sentó en la cama y sintió un tirón en el tobillo. Marjorie se asomó por la puerta y le recorrió el torso desnudo con la mirada antes de fijarla en sus ojos. Un rubor apenas perceptible le cubría las mejillas. De no haberse preocupado por haberla hecho sentir incómoda, Konnor se habría sentido halagado.

—Konnor, quiero tener una reunión de consejo con mis hombres acerca de las defensas del castillo. ¿Te gustaría venir conmigo?

¿Ir con ella? ¿Acaso confiaba tanto en él? Él no tenía experiencia ni con la defensa de castillos, ni con espadas, ni con arcos o flechas. Pero si ella necesitaba su ayuda, él se la daría como mejor pudiera.

—Sí, por supuesto. —Bajó las piernas al suelo, recogió un zapato y se lo puso en la pierna sana.

—Esperaré en las escaleras mientras te vistes —le dijo Marjorie.

—Está bien.

Mientras se vestía, Konnor se dio cuenta de que la pierna estaba mucho mejor y que ya no necesitaba la muleta. Cuando terminó, fue a buscar a Marjorie. La encontró y notó que se veía fresca y hermosa, con el cabello oscuro recogido en una trenza que le caía por un hombro. Tenía puestos unos pantalones y una túnica corta; iba vestida como hombre otra vez, pero un cinturón le abrazaba la cintura estrecha. Las tiras de la funda que llevaba en la espalda le pasaban por entre los pechos. Konnor fijó la mirada en el rostro de Marjorie y no permitió que sus ojos descendieran ni medio centímetro, pero hasta sus labios carnosos eran una tortura.

Bajaron los escalones de la torre, cruzaron el patio y entraron en otra torre. Tras subir dos pisos de escaleras, salieron por la entrada que conectaba la torre con el muro de la fortaleza. Malcolm, Tamhas y dos hombres más que iban armados los estaban esperando.

Tamhas entrecerró los ojos y observó a Konnor.

—Tenemos que decidir qué vamos a hacer con el muro. —Marjorie les señaló los pies.

El muro tenía unos tres metros de grosor y contaba con merlones, almenas y hendiduras para arqueros distanciadas con regularidad. En el sitio en que se hallaban de pie en ese momento, los merlones habían desaparecido, y tanto el piso como la cara externa del muro se habían desmoronado. Sería peligroso que los defensores se posicionaran allí. Además, ese muro era más bajo y, por lo tanto, más fácil de subir. Konnor miró hacia abajo y notó otro problema. Nadie había limpiado los escombros y las piedras que se habían desprendido del muro. Por ende, formaban una pequeña montaña que facilitaba la entrada de los atacantes al castillo.

—Los MacDougall entraron por aquí. —Marjorie señaló la zona.

—Sí —confirmó Malcolm—. Los bastardos se treparon sin que nadie los notara en la oscuridad, mataron a tres centinelas y se escabulleron en el castillo. Les resultó muy fácil.

—¿Cuándo creen que van a atacar? —preguntó Konnor.

Se arrodilló e hizo una mueca del dolor que sintió en el tobillo mientras tocaba la superficie de piedra fría y áspera. La parte desmoronada se había desintegrado y prácticamente era una sustancia arenosa. Konnor la barrió con la mano y sintió las partículas afiladas contra la piel.

—No lo sé —le respondió Marjorie—. Los espías no nos lo dijeron.

—Creo que atacarán pronto —señaló Malcolm—. Probablemente estén esperando a que ellos regresen con Colin. Cuando el jefe se dé cuenta de que sus hombres no regresarán con el chico, sabrá que los tenemos y que sabemos del ataque. Creo que vendrá más pronto de lo que pensamos.

Konnor estuvo de acuerdo y asintió. Debían arreglar rápido los daños que tenía el muro del castillo. Pero si solo contaban con unos pocos días, no tendrían forma de reunir las piedras necesarias y de preparar la argamasa a tiempo como para que se secara.

—Debemos encontrar a un mampostero para que haga el arreglo, ¿no? —consultó Marjorie.

Malcolm asintió, pero Tamhas frunció el ceño.

—Es posible que solo sea cuestión de días, Marjorie —señaló Konnor—. Dudo que lo puedan arreglar tan rápido.

—Bueno, no, pero seguramente el mampostero pueda hacer algún tipo de arreglo en ese tiempo.

Eso no bastaría. Konnor notó una fría capa de sudor que le cubría la espalda al pensar en lo que podría sucederles a Marjorie, Colin y la gente del castillo si los MacDougall lograban entrar. Sintió una corriente de adrenalina en la sangre.

—No, te equivocas —repuso Konnor. Marjorie echó la cabeza hacia atrás como si la hubiera abofeteado—. Lo que necesitas es tomar las riendas del asunto.

Señaló la argamasa seca que había en una hendidura entre las rocas y se puso de pie.

—Debes hacer que al enemigo no le sea fácil entrar al castillo. En lugar de contratar a un mampostero para que arregle el muro, pídele a un herrero que te haga pinchos de hierro como flechas largas con puntas afiladas para que ellos no puedan escalar el muro. O puedes pedirles a tus hombres que los hagan con madera y al herrero que los fije contra la muralla. —Konnor se imaginó los pinchos modernos que se colocaban sobre las paredes o los cercos para protegerse de los intrusos—. Haz que el enemigo no pueda subir por aquí.

Marjorie lo miró con los ojos abiertos de par en par.

—Pero eso es un arreglo rápido y temporal.

—No tienes tiempo para hacer un arreglo duradero. También

tienes que quitar los escombros de allí abajo. —Konnor señaló la montaña que había visto antes, y todos se asomaron para ver de qué hablaba—. De ese modo, no tendrán rampa y tardarán más en escalar.

—Para eso, necesitaré hombres —contestó Marjorie—. Y mis hombres tienen que entrenarse para estar listos para la batalla.

—No, solo tienen que ser inteligentes —refutó Konnor. Marjorie abrió la boca y volvió a fruncir el ceño; era evidente que no estaba contenta de que él la contrajera—. Luego, tienes que colocar varias hileras de estacas de madera en la base de las murallas para que no puedan utilizar las escaleras de asedio.

Los ojos de Marjorie destellaron mientras negaba con la cabeza.

—No tienes ni idea de lo que estás sugiriendo. Eso requerirá la ayuda de todos los hombres. Hasta el último de ellos. Y necesitan pulir sus movimientos de pelea para cuando llegue el enemigo.

—Lo que sugiero es evitar que el enemigo entre al castillo.

Malcolm asintió.

—Tiene razón, muchacha. Creo que son buenas ideas.

—Él no puede contradecir a la señora así sin más, ella sabe qué es mejor —repuso Muir.

—Aún no he terminado —dijo Konnor—. En Irak usábamos drones para detectar los ataques con anticipación, pero tú puedes poner varios hombres en el bosque, en varias direcciones, sobre todo allí por donde creas que pueden llegar los MacDougall. Que den una señal que reconozcan todos tus hombres. Algo que te haga saber con anticipación que están cerca.

—¡Pero eso sería poner en riesgo la vida de más hombres! Anoche perdí a tres guerreros. No puedo perder ni uno más. —Marjorie estaba furiosa. Tenía las mejillas coloradas y los ojos le destellaban como rayos en medio de una tormenta. Parecía una diosa celta de la guerra, estaba lista para enfrentarse a él.

—Pero... —comenzó a decir Konnor.

—No, ya escuché más que suficiente. Cuando te pedí que me

ayudaras, no me refería a que sugieras estrategias que me desautorizaran. Tú no sabes cómo hacemos las cosas aquí y tampoco conoces el castillo. Vete. Ya no necesito tu ayuda. Mis hombres y yo decidiremos juntos, sin ti.

El rechazo le dolió, pero lo peor fue el temor que sintió por ella. Los errores que estaba a punto de cometer la llevarían a revivir la misma pesadilla de la que intentaba escapar.

—Escúchame... —le pidió Konnor.

—Vete —intervino Tamhas—. Ya has oído a la señora.

—Marjorie...

—Vete —le dijo y se dio media vuelta. Los hombros le subían y le bajaban rápido porque tenía la respiración acelerada.

Con las fosas nasales dilatadas y los puños cerrados, Konnor mantuvo la vista fija en la espalda de Marjorie. «Ve a tu habitación, Konnor. Traba la puerta». Sintió en los brazos toda la impotencia del niño que había sido una vez y lo envolvió en un capullo estrecho y pegajoso. Konnor no había podido proteger a su madre del peligro en el pasado. Y Marjorie, esa hermosa reina de las Tierras Altas, necesitaba más protección que nadie luego de todo lo que había atravesado. Además, Konnor tampoco pensaba permitir que nada malo le ocurriera a su hijo.

No la abandonaría, no permitiría que su enfado lo ahuyentara.

—¿Quieres que me vaya? —le dijo, y ella se volvió a mirarlo con sus incandescentes ojos verdes—. Pues, qué pena. No me pienso ir. Así que, acéptalo.

Konnor ignoró su mirada anonadada y el sentimiento de frustración que se le instaló en el estómago y comenzó a avanzar hacia la torre. Tenía que hacer algo. No se podía marchar, y tampoco se podía sentar a verla cavar su propia tumba. Buscaría una carretilla y comenzaría a quitar los escombros en la base del muro él solo.

CAPÍTULO 13

KONNOR RECOGIÓ una piedra y la arrojó a la pila de escombros dentro de la carretilla de jardín. Aterrizó con un fuerte estrépito. A pesar del dolor que le desgarraba el tobillo, había estado trabajando unas cuantas horas.

El muro norte del castillo se alzaba imponente hacia el cielo azulado. Dos centinelas hacían guardia sobre la muralla y lo miraban con curiosidad. El sol brillaba con intensidad, pero el viento le refrescaba la piel de la espalda desnuda, cubierta de sudor.

No entendía a las mujeres. Primero, Marjorie quería que lo ayudara. Al siguiente minuto, quería que se largara. ¿Qué era exactamente lo que había cambiado? Lo único que había hecho había sido darle su consejo, como ella le había pedido. Konnor ignoró el dolor que sintió en la piel callosa de las manos y se inclinó para recoger otra piedra con las fosas nasales dilatas y la sangre hirviéndole en la sangre por el rechazo de Marjorie.

La arrojó dentro de la carretilla y se enderezó para tomar una profunda bocanada de aire y tranquilizarse. Podía oler una mezcla de esencias en el aire: pescado, agua de lago, flores y estiércol. Varias ovejas pastaban tranquilas cerca de allí, y Konnor siguió al rebaño con la mirada hasta llegar al bosque que habían atravesado él y Marjorie. El arroyo que habían seguido para regresar al castillo hacía dos días lo llevaría a las ruinas donde se encontraba la piedra mágica. Podría marcharse y regresar no solo a su tiempo, sino también a la civilización. Entonces, se olvidaría de todas esas tonterías.

Sí, regresaría a casa. Se aseguraría de que su madre se encontrara bien y la visitaría dos veces por semana, como lo había hecho siempre. Le haría algunos arreglos en la casa, sacaría la basura, le compraría provisiones y le haría compañía. Ella cocinaría y le mostraría los cuadros que había terminado de pintar. Había comenzado a pintar tras la muerte de Jerry, siguiendo la sugerencia de su terapeuta, y eso le había hecho bien.

Al principio, sus pinturas eran oscuras, una combinación de colores negros y rojos, pero con el tiempo, se volvieron más luminosas e incluso comenzaron a ser más variadas: una playa soleada de California, el paisaje de las Montañas Rocosas durante una tormenta de nieve, flores y cosas del estilo.

Antes de viajar a Escocia, Konnor le llevó alimentos, y ella le había mostrado el cuadro de un barco solitario en un mar turbulento. Había habido algo acerca de las olas oscuras, el cielo negro y el triángulo blanco de las velas que le había hecho detener el corazón. ¿Acaso ella se sentía así de sola?

¿O él?

—Mamá, esta pintura es muy buena —le dijo con una piedra en la garganta—. No soy un experto, pero deberías mostrársela a alguien. ¿Cuántos cuadros tienes ya en el cobertizo?

Ella había hecho un ademán y se había reído. Sus ojos azules se habían ensombrecido mientras miraba la pintura y se colocaba un mechón de cabello rubio detrás de la oreja.

—Ni idea. ¿Quizás cien? El equivalente a diez años de dolor y a diecisiete de terapia, cielo.

Terapia, sí. Konnor le daba las gracias a Dios por la terapia. Con el transcurso de los años, su madre había comenzado a vestirse con prendas de diferentes colores. Reemplazó los suéteres y pantalones holgados de colores grises por blusas floreadas y faldas largas y coloridas. También comenzó a teñirse el cabello y a menudo intentaba nuevos cortes. Incluso era la anfitriona de un club de lectura que tenía a lugar una vez a la semana en su casa y, según lo que le contaba, ella y sus amigas se la pasaban bebiendo vino y charlando.

—Tienes talento, mamá —insistió Konnor—. Tus cuadros deberían estar exhibidos en una galería.

—Oh, por favor. —Su madre se incorporó con una mano apoyada en la cintura y con la otra sostenía la pintura. Los pendientes que una de sus amigas le había hecho con vidrio marino resonaron. —Todas mis pinturas son como artículos de mi diario íntimo. ¿Quién va a querer comprar mi terapia? Por cierto, pensé en ti mientras pintaba este.

A Konnor se le contrajo el pecho. ¿Acaso ella había notado su soledad? Era su madre, de modo que no debería estar sorprendido. Lo cierto era que se sentía solo. Una parte de él quería una relación, una conexión verdadera. Pero eso era imposible. Él solo terminaría lastimando a la mujer, pues no era capaz de abrirse.

Konnor había extraído dos mil dólares en efectivo y los dejó sobre la mesita de la sala de estar.

—Esto debería ser suficiente hasta que regrese.

Ella fijó la mirada en el dinero.

—Es mucho, Konnor.

—Tenlo, por las dudas. Yo no estaré aquí, y quién sabe lo que puede pasar. Me sentiré más tranquilo si tienes un poco más de lo que necesitas.

Sí, Konnor regresaría, y ella le mostraría otra pintura. Él seguiría administrando su empresa. Iba a tener que contratar a más guardaespaldas porque cada vez recibía más contratos de Hollywood.

Sin dudas, recordaría a Marjorie. Se torturaría pensando en cómo la había dejado en medio del peligro, aunque le había prometido que la protegería. El castillo de Glenkeld no tenía ni la más remota posibilidad en el estado en que se encontraba. Una imagen de ella, herida y cubierta de sangre, le invadió la mente.

El cabello castaño oscuro desparramado en el suelo, y sus ojos oscureciéndose al tiempo que la muerte la reclamaba. Un dolor profundo le cerró la garganta, y Konnor se detuvo para tomar aire.

Sin embargo, ¿qué podía hacer él? Ella no quería su ayuda. Él estaba solo recogiendo esas malditas piedras. Y, además, Marjorie tenía razón. Él no conocía ese mundo. Por lo tanto, debía escucharla en lugar de darle órdenes.

Konnor ya había visto a varias personas morir en una batalla: algunos amigos, así como también otras tantas que había conocido en el Cuerpo de Marines y que habían perdido la vida siendo demasiado jóvenes. Cada vez que pensaba en ellos, sentía un dolor agudo en el pecho.

Si bien no podía salvarlos a todos, podía tragarse su orgullo, regresar al castillo y encontrar la forma de trabajar «junto» con Marjorie para protegerla.

Por más que la había conocido hacía tan solo unos días y no la conocía bien, lo que sentía por ella era mucho más de lo que quería admitir. La reina de las Tierras Altas bien podría ponerlo de rodillas. Lo que le había pasado a ella los conectaba más allá de las palabras, aunque ella no lo supiera; Konnor no podía marcharse.

Entonces, ¿creía en el destino? No, en realidad no. Al menos, hasta ese momento, no. Sin embargo, tras descubrir los eventos del pasado que tenían en común, las palabras de Isbeil acerca de encontrar a la persona destinada para uno cruzando el río del tiempo a través de la piedra picta no sonaban tan absurdas como cabía esperar.

Lo cierto era que Konnor no podría vivir consigo mismo si se marchaba y dejaba a Marjorie en peligro. Simplemente no podía hacerlo. Tenía que intentar arreglar las cosas.

El modo de hacerlo era abrirse a ella y trabajar con ella. Aunque eso le pudiera terminar costando mucho más de lo que ella podría llegar a imaginarse.

Porque le podría costar su corazón.

~

MARJORIE PASÓ LA HOJA DE SU *CLAYMORE* POR LA PIEDRA DE afilar y oyó el satisfactorio zumbido que soltó el arma. En realidad, la espada no necesitaba estar más afilada, pero luego de que Konnor se marchara del consejo, ella había buscado una excusa para hacer algún trabajo físico y distraerse.

Salir a cabalgar le habría hecho bien, pero no pensaba poner un pie fuera del castillo, no mientras los MacDougall pudieran estar esperando a que cometiera un error.

Estaba muy enfadada con Konnor. Qué hombre más exasperante. Ella solo le había pedido su consejo y su ayuda como guerrero. No había esperado que expusiera toda una estrategia delante de ella y sus hombres y que la terminara desautorizando en el proceso.

Lo cierto era que le había lastimado el orgullo. Marjorie carecía de experiencia, por más que estuviera al mando del castillo y de todo el clan. Pero necesitaba que sus hombres creyeran que sabía lo que estaba haciendo. Y Konnor había señalado que ese no era el caso.

Volvió a pasar la hoja por la piedra de afilar y sintió las manos cálidas dentro de los guantes del herrero.

—Creo que ya está afilada —sostuvo Konnor.

El corazón de Marjorie dio un vuelco y, acto seguido, comenzó a galoparle en el pecho. Cuando elevó la mirada, lo vio parado en la entrada de la herrería. Marjorie enderezó los hombros y se quitó un mechón de cabello de la frente con el revés de la mano enguantada. Le ardían las mejillas, pero seguramente eso se debía al ejercicio y no al hecho de que él la estaba mirando de ese modo con esos ojos tan atractivos. ¿Cómo podía ser que un hombre tuviera pestañas tan largas? ¿Y qué era esa agradable sensación cálida que sentía en el estómago al verlo?

—¿Necesitas algo?

—Sí. Necesito mantener mi palabra.

—¿Eh?

—Te prometí que te ayudaría y que haría lo que fuera para protegerte. A lo largo de mi vida, he visto a varias personas lastimadas mientras no podía hacer nada para evitarlo. Pero sé que puedo hacer algo para intentar salvarte a ti.

A Marjorie se le detuvo el corazón. Esas palabras derritieron algo en su interior. ¿Sería posible que fuera honesto? ¿Podía fiarse de él? Después de todo, Konnor era un desconocido, sin importar cuán deslumbrante y encantador fuera.

—¿Por qué? ¿Por qué es tan importante para ti quedarte y salvarme? Yo no soy nadie para ti. Ayer lo único que querías era regresar a... donde sea que vivas.

—Tú me ayudaste —le respondió—. Soy un soldado del Cuerpo de Marines y un guardaespaldas. No podré vivir en paz si no intento protegerte.

Marjorie lo estudió y vio una mueca de una tormenta interna en su rostro.

—No, hay algo más.

Konnor entró en la herrería y, cuando se detuvo a su lado, clavó la vista en la espada. En la penumbra del lugar, el mundo exterior desapareció. Lo único que oyó Marjorie fue el sonido de su corazón que le pulsaba en las orejas.

Casualmente, él apoyó la mano al lado de la suya.

—Sí. Tienes razón. Conozco el dolor que has sentido.

Marjorie se quedó sin aliento.

—A ti también te han...

—A mí no. —Konnor la miró a los ojos, y Marjorie casi se atraganta al ver el dolor que yacía en los de él—. A una persona muy cercana a mí.

Marjorie bajó la cabeza, y se le nubló la vista.

—No necesito que nadie señale que soy débil —susurró—. O que no estoy capacitada para proteger al castillo. O que necesito mostrar coraje.

Konnor movió la mano y le levantó el mentón con dulzura para que lo mirara.

—Eso no es lo que quise decir, bajo ningún punto de vista. Creo… Creo que eres la mujer más fuerte que conozco.

Marjorie sintió que se le cerraba la garganta mientras intentaba tragarse las lágrimas. Negó con la cabeza.

—¿Cómo? He entrenado durante años para convertirme en una guerrera, y, sin embargo, no tengo experiencia en una verdadera batalla. Ayer, de no haber sido por ti, habría perdido a mi hijo a manos de los MacDougall. Demostré que no lo puedo defender en mi propio hogar.

Él retiró la mano, y Marjorie se enjugó las lágrimas y luego dio vuelta la *claymore* y afiló el otro lado de la hoja. Cuando terminó, acercó la espada a la luz y observó la punta. Se veía suave y libre de imperfecciones, como la primera capa de hielo del lago. Estaba afilada.

—Créeme, no necesito que un forastero me recuerde que prácticamente no tenemos posibilidades de defendernos bajo mi comando.

—Mira, Marjorie… —Konnor le tomó las manos entre las suyas y bajó la espada—, tú eres la mejor oportunidad que tiene este castillo porque a ti esto te importa más que a nadie. Porque nadie más ha vivido lo que tú has vivido, y nadie pondrá todo su corazón y su cuerpo en la pelea como lo harás tú.

Algo se le relajó en el pecho, y Marjorie respiró con más facilidad.

—Y en cuanto a la experiencia y el conocimiento que no tienes —continuó Konnor—, para eso está el trabajo en equipo. Tienes a Malcolm, que parece haber luchado en varias batallas. Y cuentas con Tamhas y con todos tus guerreros. Y conmigo.

Marjorie se hundió en el océano azul de sus ojos, y todo a su alrededor se nubló.

—Si me permites quedarme para ayudar.

Vaya, su voz la envolvía y la acariciaba, le hacía sentir un alivio que la relajaba. Su rostro estaba tan cerca del de ella, que Marjorie podía ver hasta el último vello que le cubría la mandíbula cuadrada. ¿Cómo se sentiría al tacto? ¿Puntiaguda y áspera?

¿O suave? A ella le agradaría de cualquier manera. Konnor tenía los ojos de un tono de azul oscuro similar al del lago antes de la lluvia. Oh, ella podría hundirse en ellos, permitirles que se la llevaran a lo más profundo de su ser.

—De acuerdo —le dijo—. Mientras no me vuelvas a hablar de ese modo.

Konnor asintió y se rio entre dientes.

—No quise ni ofenderte ni sugerir que seas incompetente. Debería haberte preguntado qué tenías en mente primero. Tengo que aprender cómo hacen las cosas... aquí. Así que escucharé lo que tengas que decir y te sugeriré que trabajemos juntos. ¿De acuerdo?

Marjorie sonrió y sintió una ola de esperanza en su ser.

—Yo tampoco domino el arte de la diplomacia.

Cuando sus ojos se encontraron, Marjorie se elevó a una nube cálida cerca del sol.

—Y estaba pensando que quizás me puedas enseñar a pelear con la espada —añadió Konnor.

Al pensar en pelear con él, en ver sus brazos grandes blandir una espada, se le doblaron las rodillas.

—Sí, te enseñaré. Pero me gustaría que me digas más acerca de lo que sugeriste antes, de quitar los escombros y construir estacas para fortalecer la defensa.

—Qué bien —le dijo—. Ya empecé.

—Pero, ¿qué hay de tu pierna? ¿Puedes entrenar?

Él se encogió de hombros.

—Creo que sí. —Le quitó la espada de las manos con suavidad—. Para empezar, me puedes mostrar cómo afilarla.

Marjorie tomó consciencia del aroma de Konnor, esa esencia extraña y fresca a mar y brezo. A magia.

Se le secó la boca y se humedeció los labios. A continuación, se quitó los guantes y se los entregó. Konnor apoyó la espada sobre el yunque para ponérselos.

—Toma la espada y escoge la parte que quieres afilar. Luego, coloca las manos en el borde de esa parte.

Él hizo lo que ella le había dicho, pero escogió una sección demasiado chica.

—No. —Marjorie le cubrió las manos con las suyas y se las separó. Cuando su brazo rozó el de Konnor, sintió una ola de entusiasmo. Se le aceleró la respiración. Sin apartar las manos, lo ayudó a colocar la hoja sobre la piedra de afilar.

—Ahora muévela hacia adelante, ni con mucha fuerza, ni con tan poca. Así. —Se movió, y el lateral de su cuerpo quedó pegado con el de Konnor. Marjorie sintió un mareo que le resultó desconocido y hermoso a la vez. Quería más. Aún no estaba lista para apartarse.

Volvieron a repetir el movimiento, y la piel de Marjorie se derritió contra la suya. Ella sintió los ojos de él sobre su cuerpo y elevó la mirada de la hoja. Estaba muy cerca y la observaba con los ojos llenos de angustia. Y calor.

«Tan solo muévete un poco y encontrarás sus labios. ¿Cómo se sentirán? ¿Suaves o duros? ¿Cómo sabrán?»

Alguien tosió, y Marjorie saltó hacia atrás para apartarse de Konnor. Colin se hallaba de pie en la entrada y observaba a Konnor como si acabara de asesinar a alguien.

—Mamá —dijo Colin con el entrecejo fruncido—. Malcolm me pidió que te dijera que el herrero aprobó tu plan. Puede comenzar a hacer los pinchos.

Marjorie se mordió el labio. Su pobre hijo no había sido el mismo desde el día anterior. Se veía ansioso y preocupado, y ella intentaba mantenerlo ocupado con varias tareas para distraerlo.

Tras considerar las sugerencias de Konnor, había decidido implementar algunas. Solo había necesitado tiempo para calmarse y darse cuenta de que Konnor había estado en lo cierto acerca de varias cosas. Tenía que decirle al herrero que las puntas debían ser lo suficientemente afiladas como para que los hombres no pudieran aferrarse a ellas.

—Qué bien. Excelente. Ya voy.

Aunque Marjorie se sintió desilusionada de tener que dejar a Konnor, le quitó la *claymore* de las manos.

—Te veré más tarde para entrenar.

Sin aguardar una respuesta, avanzó hasta Colin, le dio un beso en la cabeza y salió de la herrería. Sin embargo, ni siquiera el aire fresco del exterior logró enfriar el fuego que le circulaba por las venas.

Konnor había despertado algo en ella... algo que nunca creyó que sentiría en su vida. Era algo que la sorprendía, la maravillaba y la asustaba. No sabía con exactitud de qué se trataba, pero le había tocado el alma.

«No. Será mejor no tocarlo ni acercarme a él».

Tenía el presentimiento de que acercarse a Konnor implicaría correr el riesgo de que le rompieran el corazón como nunca antes. A pesar de eso, no estaba segura de que pudiera resistirse a él.

<h1 style="text-align:center">CAPÍTULO 14</h1>

Konnor observó la espada de madera de Colin y se movió incómodo. ¿Qué se le decía a un niño de once años?

—Así que, ¿tú eres el hombre que mi mamá encontró en el bosque? —preguntó Colin—. Y el que me salvó.

Las palabras «me salvó» sonaron más como una acusación que un agradecimiento.

Konnor se aclaró la garganta.

—Sí, supongo que sí.

—¿Para qué viniste aquí?

—Porque... me lastimé. —Konnor se señaló el tobillo—. Tu mamá me ayudó.

Colin apoyó el pie fuerte contra el suelo y miró a Konnor con el ceño fruncido.

—En ese caso, ¿por qué no te marchaste?

—Porque quiero ayudar. Quiero proteger a tu mamá de esos MacDougall.

«Como me hubiera gustado que alguien hubiera protegido a mi mamá en el pasado. Como me hubiera gustado haberla protegido».

—Ella no necesita tu protección. Me tiene a mí. Y a Tamhas. Si alguien se casa con mi mamá, será él.

Colin miró a Konnor con ojos calculadores e inteligentes y, sin decir otra palabra, se marchó de la herrería.

Konnor clavó la vista en la entrada vacía iluminada por el sol. ¿Cómo era el dicho? ¿Un elefante en una cristalería? Así era exactamente como se sentía en presencia de niños.

No tenía ni idea de cómo era una familia funcional. Sin dudas era bueno que hubiera decidido no casarse nunca. ¿Qué podría ofrecer como marido o padre luego de lo que había vivido en su infancia?

Él apenas recordaba a su padre. ¿Qué sabía en realidad de él? El recuerdo más vívido que tenía de él eran sus últimas palabras. La mayor parte del tiempo había estado de servicio, y luego falleció, y Konnor y su madre se tuvieron que enfrentar solos a Jerry.

Con un sabor a ceniza en la boca, salió cojeando al patio. De inmediato oyó el sonido metálico de las espadas de más de una decena de hombres que entrenaban en el patio soleado y cubierto de tierra. Las murallas del castillo los encerraban en un cuadrado de granito.

Vio a Colin correr hacia Tamhas, quien dejó de entrenar con otro hombre y le despeinó el cabello. Con los hombros hundidos, Colin elevó la vista a Tamhas. Intercambiaron unas palabras, y luego Tamhas echó la cabeza hacia atrás y se rio con el niño.

Tamhas se inclinó, colocó la espada en el suelo y tomó un palo. Adoptó una posición de ataque, dobló las rodillas y sostuvo la espada improvisada con el brazo derecho. Soltó una risa y le asintió a Colin para que imitara la posición con su espada de madera. Mientras se debatían, Tamhas le gritaba órdenes y lo alentaba. Era la imagen perfecta de una relación de un padre con su hijo.

Konnor se tragó la amargura que tenía en la boca. Marjorie debía estar con Tamhas. El hombre conocía su pasado y era evidente que la quería no solo a ella, sino también a Colin. Él podría protegerlos, porque conocía las reglas de ese mundo medieval.

¿Qué estaba haciendo Konnor allí? Claro que estaba embelezado, pretendía y se hacía creer que podía proteger a una madre y su hijo contra un ejército. Era indudable que Marjorie tenía guerreros que podrían protegerla mucho mejor que él.

El sentimiento de impotencia que conocía y detestaba se le extendió por todo el cuerpo. La impotencia contra la que había estado luchando durante toda su vida. La impotencia que creía que había muerto con Jerry.

No. Konnor no se permitiría ser así. Él era un soldado del Cuerpo de Marines. Luchaba contra terroristas y piratas y recibía disparos por su país. El único motivo por el que se unió a las fuerzas armadas había sido para proteger a otras personas como deseó haber podido protegerse a sí mismo y a su madre. ¿Podía mantener a una mujer y a su hijo a salvo?

No lo sabía. Pero tras ver a Colin, toda la oscuridad abrasadora y cegadora que había enterrado en lo más profundo de su ser comenzó a resurgir. Cada día que había pasado en el Cuerpo de Marines la había ido enterrando más y más.

Lo único que sabía con certeza era que prefería morir antes que permitir que Marjorie o Colin sufrieran algún daño. Y eso significaba que debía hacer a un lado sus inseguridades y ponerse a trabajar.

CAPÍTULO 15

A LA MAÑANA SIGUIENTE, el tobillo de Konnor estaba mucho mejor cuando bajó al gran salón a desayunar gachas. Isbeil lo había examinado la noche anterior y le había dicho que estaba sanando mejor de lo que había esperado. Como sus pantalones de camuflaje estaban sucios y su camiseta apestaba a sudor, había pedido que le prestaran prendas limpias antes de ir a nadar al lago con la esperanza de que eso fuera una buena opción para reemplazar una ducha.

Se puso pantalones bombachos y una túnica larga de lino que le llegaba hasta las rodillas y se sintió como si estuviera usando un disfraz medieval en un plató cinematográfico, excepto que no se veían ni cámaras, ni un director. Se calzó sus cómodas zapatillas de senderismo. Era el único que no usaba esos zapatos medievales puntiagudos. Se sintió agradecido por los pequeños placeres.

En una de las esquinas del patio, cuatro hombres luchaban con las espadas. También se oía el rítmico ruido de los martilleos que venían de la herrería, que se hallaba en otra esquina del patio. Un burro tiraba de una carreta llena de piedras y cruzaba las puertas abiertas al tiempo que las grandes ruedas de madera soltaban unos chillidos que se parecían a lamentos. En otra esquina, había hombres construyendo lo que parecía un caballete: una plataforma simple de madera con tablas clavadas en forma de equis y unidas por un leño largo en las intersecciones. La iban a utilizar para sostener la madera mientras la cortaban.

Mientras Konnor se acercaba al gran salón, Marjorie atravesó la puerta. No debería sorprenderlo que ella hiciera que el simple acto de andar fuera seductor, pero ella mecía las caderas bajo la túnica con movimientos elegantes y llenos de gracia. A diferencia de las criadas que Konnor había visto en el castillo, Marjorie llevaba puestas prendas de hombre: una túnica y unos pantalones bombachos que se parecían a los suyos. Pero a Marjorie le quedaban como pantalones de harén. A diferencia de cualquier mujer que él hubiera visto, ella llevaba una espada en el cinturón. Tenía el cabello recogido en una trenza que le descansaba sobre el hombro y le caía hasta el pecho. Unos mechones oscuros le enmarcaban el rostro y bailaban con el viento.

Cuando sus miradas se cruzaron, los labios rojos de Marjorie se abrieron, y una expresión de alegría le iluminó el rostro. Se detuvo uno o dos pasos delante de él, y Konnor inhaló su aroma a hierbas y bayas. ¿Se estaba sonrojando? La idea le hizo sentir algo cálido en el pecho. Los dedos le cosquilleaban de las ganas de acariciarle la mejilla con los nudillos. Aunque el día estaba nublado, la piel de Marjorie brillaba como una piedra pulida en contraste con el cabello oscuro. Si Blancanieves existiera, sería igual que Marjorie. Era la mujer más hermosa que había visto.

Se miraron fijo durante unos instantes, y Konnor sintió que se le formaba una sonrisa tonta en el rostro.

—Hola —la saludo.

—Buen día, Konnor. —Marjorie asintió y se mordió un labio, como para contener una sonrisa. Lo estudió unos segundos. —¿Te sientes mejor?

Él levantó el tobillo y movió el pie. Sentía dolor, pero había experimentado dolores mucho peores que ese. Se rio entre dientes.

—Sobreviviré.

—Qué bien. ¿Crees que puedes tener una lección de esgrima hoy?

—Claro.

A Marjorie se le iluminó el rostro.

—Entonces, ve a desayunar y ven a verme cuando estés listo. —Se alejó de él y comenzó a andar hacia los hombres que estaban entrenando.

—Hasta el rato.

Ella echó una mirada sobre el hombro.

—Un día de estos, me tendrás que explicar qué significan esas expresiones.

Konnor estaba seguro de que nunca antes había devorado una comida tan rápido. Se tragó cucharadas enteras de gachas sin sabor sin siquiera masticarlas. Aunque el gran salón estaba casi vacío, los hombres que estaban comiendo lo miraban de reojo llenos de curiosidad. Una criada que nunca antes había visto en el castillo se detuvo a hablar con él, pero Konnor se las ingenió para responder cada una de sus preguntas con monosílabos. Lo único que quería era terminar la comida para ir a entrenar con Marjorie.

Salió y, mientras se dirigía hacia donde estaba Marjorie, vio que el cielo estaba nublado. Ella estaba de pie hablando con Tamhas y sostenía dos palos largos y redondeados en las manos, como si fueran bastones de esquiar.

Tamhas se ceñía sobre ella con una sonrisa irónica en el rostro, y Konnor se dio cuenta que era la sonrisa de un hombre que se sentía atraído hacia la mujer con la que estaba hablando. No le gustó ni un poco. Sintió una puñalada de celos y el impulso de asestarle un buen golpe a Tamhas. Pero no tenía derecho a hacerlo. Ella no le pertenecía. Y, de cualquier modo, se marcharía pronto. Ella estaría mejor con un hombre de su tiempo.

Mientras Konnor caminaba, la dulce voz de Marjorie le llegó a los oídos y le resonó en el pecho como la vibración de un diapasón. Cuando la mirada de ella se encontró con la suya, su vida volvió a tener sentido.

Tamhas lo miraba fijo con una hostilidad transparente.

—Konnor —lo saludó cuando este se detuvo al lado de Marjorie—. Aún no te has marchado.

—No tengo ninguna intención de marcharme hasta asegurarme de que Marjorie y Colin estén a salvo —le respondió.

—Aquí hay otras personas que se pueden asegurar de eso —señaló.

—Ya. —Marjorie levantó las manos con los palos. —Ya. ¿Estás listo para entrenar, Konnor?

—Listo es mi segundo nombre, Blancanieves —le respondió.

Tamhas se apoyó contra una pared, se cruzó de brazos y frunció el ceño mirando a Konnor.

Marjorie le dio uno de los palos.

—¿Quién es Blancanieves, y por qué me has llamado así?

—Porque me recuerdas a Blancanieves.

Konnor sopesó el palo en la mano derecha y luego en la izquierda.

Ella se detuvo al lado de él.

—Dobla las rodillas así y mantenlas dobladas todo el tiempo. Eso te dará flexibilidad.

¿Qué tan difícil podía ser eso? Konnor pensó en *La guerra de las galaxias* y en todas las películas de época que había visto. Imitó a los héroes de esas películas, sostuvo el palo vertical con las dos manos a la altura del hombro derecho y dobló las rodillas. Esa era la posición de lucha estándar del judo. Marjorie lo observó con una expresión divertida en el rostro.

Luego le acomodó la mano para que sujetara el palo más arriba del hombro. El roce le hizo sentir un dulce cosquilleo en los brazos. Cuando sus miradas se cruzaron, él se olvidó de respirar y se hundió en el jade tenue de sus iris.

—¿Quién es Blancanieves? —Dio un paso hacia atrás, pero no apartó la mirada de él.

Konnor recordó el cuento de hadas original de los hermanos Grimm. Su mamá le había contado que lo habían analizado en el grupo de lectura.

—Es una princesa de un cuento de hadas que se vio obligada a huir de su castillo. Siete enanitos la acogieron en su casa, la protegieron y le mantuvieron a salvo del mal que la acechaba.

Marjorie tragó saliva.

—¿Ah, sí?

—Sí, pero el mal la terminó encontrando.

Marjorie parpadeó.

—¿Y qué le pasó?

—Mordió una manzana envenenada y cayó profundamente dormida. Como los enanitos creyeron que había muerto, la colocaron en un ataúd de cristal.

El rostro de Marjorie permaneció inescrutable.

—Ah.

—Y luego llegó un príncipe. —Como sus brazos se negaron a cooperar, Konnor bajó el palo, y la voz le salió ronca cuando continuó—: Y la vio en el ataúd de cristal.

Marjorie no dijo nada, pero se le ruborizaron las mejillas.

—Y la despertó.

Marjorie suspiró y negó con la cabeza.

—¿Qué pasó con el mal?

—El príncipe se encargó del mal por ella.

Marjorie enarcó una ceja.

—Ah. Pues, no entiendo cómo te recuerdo a esa Blancanieves. En guardia, Konnor. Es hora de entrenar.

Él se rio y siguió las instrucciones.

—Y, para que lo sepas —Marjorie tomó el palo con las dos manos y se puso en guardia—, no creo que ningún príncipe pueda despertar a una persona que ha sido envenenada por el mal. Y el príncipe no debería luchar las batallas de Blancanieves.

Konnor ladeó la cabeza y la observó fascinado. Marjorie dobló las rodillas, adoptó una posición de lucha y lo observó a través de las pestañas.

—Apunta a cortarme el cuello. Ataca.

Su voz sonaba como si estuviera hecha de acero. Cielos, esa reina guerrera se veía muy bonita con la espalda erguida y los brazos aferrados al palo a la altura del hombro. Konnor rebotó sobre sus talones con cuidado de no poner demasiado peso sobre el tobillo.

Tendría cuidado para no lastimarla, por supuesto. De solo pensar en golpearla o empujarla accidentalmente se sintió incómodo. Aunque se había enfrentado a contrincantes mujeres en las clases de judo en muchas ocasiones y había luchado con varias en el ejército, la idea de lastimar a Marjorie de la forma que fuera le resultaba de lo más perturbadora.

Avanzó un paso, bajó el palo con cuidado de no usar toda su fuerza y le apuntó al cuello, como ella le había instruido. Sin embargo, Marjorie desvió el palo con una fuerza sorprendente y un sonido estruendoso. Hizo un movimiento circular que Konnor no vio venir hasta que fue demasiado tarde y su palo terminó tirado en el suelo.

Vaya. La había visto luchar con otros guerreros, y era increíble. Pero una cosa era verlo y otra muy distinta era experimentar la forma en que esa mujer hermosa le estaba dando una buena paliza.

—Recógelo. —Marjorie encorvó los labios para formar una sonrisa irónica y complacida—. Ataca. No te contengas. Como puedes ver, soy fuerte.

Konnor se inclinó y tomó el palo. Ella no era ninguna florcita frágil. Era una Blancanieves que podía pelear sus propias batallas contra el mal.

—Sí, ya veo que tengo que irme con cuidado —repuso y volvió a adoptar la posición de ataque.

—Anda —lo alentó al tiempo que retrocedía varios pasos para darle espacio para que la atacara.

Konnor sintió una ligereza similar a la alegría jocosa en el centro del diafragma, algo que no había sentido a menudo, y avanzó hacia ella. Dudó un momento antes de embestirla con el palo, pero ella lo contraatacó con una embestida fuerte y precisa. Konnor volvió al ataque, y nuevamente Marjorie desvió su palo.

Cuando la volvió a arremeter, Marjorie se protegió con la tranquilidad de un maestro.

Era muy buena.

—¡Vamos, Konnor! —le gritó con fervor, y una sonrisa gigante le iluminó el rostro—. Más fuerte.

Konnor no pudo contener la sonrisa que se le dibujó en su propio rostro. Marjorie se mordió el labio.

—Creo que nunca antes te había visto sonreír —señaló—. Deberíamos entrenar más a menudo.

Konnor pensó que mientras pudiera hacerla sonreír de ese modo, estaría dispuesto a hacer lo que fuera.

Volvió a acometerla con una sensación distinta, porque ahora sabía no solo que ella era fuerte, sino que también era una experta. Qué mujer. Había atravesado muchas dificultades y, aun así, se había vuelto a levantar, más fuerte y poderosa que antes. El pasado no la había derrotado, la había moldeado como el fuego cuando le da forma al acero.

Konnor entró en un estado similar al del entrenamiento de judo: dejó que su mente descansara y permitió que su cuerpo tomara el mando. Bailaron en el patio, intercambiaron golpes, se apartaron y se volvieron a conectar. Marjorie le dejó atacar, desvió su palo y luego lo acometió y le demostró que estaban en la misma liga.

Marjorie lo embistió una y otra vez, y los golpes resonaron en el patio. Derecha, izquierda, derecha, izquierda. A Konnor le dolía el tobillo y le tiraban los músculos de la tensión del ejercicio. No logró detener algunos ataques y gimió al sentir que el palo le asestaba en las costillas y la cadera. Lo cierto era que Marjorie no se estaba conteniendo con él.

Cuando Konnor dio unos pasos hacia atrás para retirarse y protegerse del ataque de Marjorie, se trastabilló con algo. Sintió un dolor agudo en el tobillo y perdió el equilibrio. Marjorie se inclinó hacia él para intentar darle sostén y detener la caída, pero Konnor se aferró a la manga de su túnica, y los dos se desplomaron.

Konnor aterrizó de espaldas y sintió el peso suave y cálido de Marjorie sobre él. Su aroma floral y almizclado del ejercicio combinado con sus pechos apretados contra él, y sus piernas abiertas lo hicieron endurecer. Marjorie lo sintió. Se le abrieron los ojos como platos, se le separaron los labios, y frunció el ceño.

Pero, ¿qué diablos estaba haciendo, excitándose de ese modo? No le importaba un rábano la reacción de los demás, pero la de ella sí. La debió haber asustado. Seguro le había desencadenado recuerdos o algo similar. Pero ella no se veía asustada. Sus labios estaban tan cerca, que Konnor podría moverse un centímetro y besarla.

En realidad, era como si ella estuviera...

¿Excitada?

Al darse cuenta, Marjorie abrió los ojos aún más, y Konnor vio un destello de temor en ellos. Marjorie se incorporó con las mejillas encendidas y los ojos llenos de lágrimas.

En menos de un segundo, Tamhas estaba a su lado.

—¿Muchacha? —la llamó y se colocó entre ella y Konnor. Marjorie se abrazó.

Konnor se puso de pie lentamente.

—No fue mi intención.

—No me siento muy bien —anunció Marjorie—. Quizás sea mejor que sigas entrenando con Tamhas.

Se dio la media vuelta y comenzó a alejarse hasta que desapareció en el interior de la torre. Konnor la observó andar encorvada, sin poder hacer nada al respecto y sintiéndose fatal. Tamhas lo miro con una mueca enfadada y el labio superior torcido.

—¿Le has hecho daño? —demandó.

—No —respondió Konnor con la mirada fija en la entrada de la torre por la que había desaparecido.

—¿Qué pasó? —preguntó Tamhas.

Lo que pasó es que la había expuesto a algo para lo que no estaba lista. Debería mantenerse bien alejado de ella. Lo último que necesitaba era un tipo excitado a su alrededor.

—La debo haber golpeado —murmuró Konnor.

Tamhas dio un paso hacia Konnor y le clavó el índice en el pecho.

—No la volverás a tocar.

—Créeme, amigo, no tengo ninguna intención de hacerlo —repuso Konnor y recogió el palo.

Se volvió hacia Tamhas y asintió hacia el palo que Marjorie había tirado al suelo.

—¿Vamos a entrenar o qué?

Tamhas lo fulminó con la mirada y recogió el palo.

—No iré con cuidado.

—No quiero que lo hagas. —Konnor adoptó la posición de lucha, ansioso de descargarse y de intentar molerlo a golpes. Por fin lucharía de hombre a hombre.

Cuando Tamhas avanzó hacia él, moviendo el palo con vigor, Konnor pensó que Marjorie se merecía alguien que la amara y la valorara. Alguien que la ayudara a sanar. Él no era ese hombre porque no se iba a quedar allí mucho tiempo más, sino que iba a regresar a su vida en cuanto supiera que ella se encontraba a salvo.

Hasta ese momento, sería mejor que se mantuviera alejado de ella.

CAPÍTULO 16

APOYADA contra la pared dura y fría de piedra, Marjorie jadeó.

Aire. Necesitaba aire. Por más que estuviera en la muralla del castillo, el patio se hallara abajo, muy lejos, y el cielo se abriera sobre ella como un cielorraso sin fin, no había suficiente aire.

¿Qué acababa de suceder? Un hombre se había excitado por su culpa. Aunque eso era algo natural para las mujeres normales, Marjorie no era normal. Estaba dañada. Herida. Seguía rota.

Ella, la guerrera que había pasado años entrenando, se había asustado.

Luchar con Konnor había sido maravilloso. Si bien no era un espadachín experimentado, era un buen compañero. Reírse con él, sonreír con él y tan solo respirar el mismo aire que él la había hecho sentir viva. Hasta que el inconfundible y duro bulto entre las piernas de Konnor se había apretado contra su estómago y la había dejado sin aliento.

No por asco, ni por temor.

Se había excitado. Algo cálido y placentero se había despertado en el centro de su ser, un sitio que hasta entonces solo había conocido como fuente de dolor y tortura.

Y eso era aterrador. Era algo nuevo, maravilloso y completamente inesperado. ¿Acaso era eso lo que sentían las mujeres en presencia de un hombre? ¿Sería que estaba sanando?

Pero, si ese era el caso, ¿por qué la aterrorizaba tanto? ¿Por qué la esperanza se mezclaba con terror en su alma y le cerraba los pulmones hasta encogerlos al tamaño de un ovillo?

Marjorie sabía por qué: después de lo que Alasdair le había hecho, no podía confiar en otro hombre. Estaba sucia. Manchada. Usada como un trozo de tela sin valor.

Las lágrimas se le arremolinaron en los ojos y le hicieron arder las mejillas al derramarlas. Apoyó la espalda contra la pared y se deslizó hacia abajo, hasta sentarse sobre el suelo frío y sucio. Por último, escondió el rostro entre sus manos.

Marjorie quería ser normal. Quería ser una mujer común y corriente que pudiera enamorarse y ser increíblemente feliz. No obstante, eso era imposible: seguía siendo esa muchacha atormentada y abusada, desamparada y desesperada.

Konnor tenía razón. En alguna medida, se encontraba dentro de un ataúd de cristal tras haber sido envenenada por el mal y se encontraba atrapada en algún punto entre la muerte y el sueño. ¿Sería cierto que un príncipe podría despertarla? ¿Podría ser Konnor esa persona?

—¿Muchacha? —la llamó Isbeil, y Marjorie alzó el rostro. La mujer estaba de pie en la entrada de la torre y tenía una mano apoyada contra la pared de piedra. Sus ojos oscuros estudiaban a Marjorie: eran tanto los ojos perceptivos de una curandera como los ojos preocupados de una amiga. Isbeil era lo más cercano a una madre que tenía Marjorie, aunque su madrastra (la madre de Domhnall, Owen y Lena), que había muerto hacía algunos años, había sido de lo más cariñosa y comprensiva.

Isbeil y Owen eran las dos personas que la habían ayudado a sanar luego de su regreso del castillo de Dunollie.

—Isbeil... —susurró y sintió que se le formaba una mueca en el rostro antes de volver a sollozar.

—Ya, ya, muchacha. Calma —la tranquilizó Isbeil—. Voy en camino, pero ya sabes que no me gustan las alturas. —Comenzó a avanzar con lentitud hacia Marjorie, pero en vez de levantar los pies del suelo, los arrastró. En ningún momento se soltó de la pared—. Los seres humanos no fueron hechos para estar por encima del suelo —masculló—. ¿Por qué no pudiste haber escogido llorar en tu habitación, muchacha? Ya casi llego, no te preocupes.

Marjorie observó a la mujer de corta estatura aproximarse con el rostro arrugado y tenso por la concentración. El simple vestido marrón se arrastraba por el suelo mientras sus temblorosas piernas seguían avanzando hacia Marjorie.

¡Oh! ¿Cómo podía sentarse a llorar y sentir autocompasión cuando la pobre anciana estaba moviendo cielo y tierra por ella? Marjorie se apresuró a enjugarse las lágrimas, se puso de pie y corrió hacia Isbeil. Sostuvo a la mujer del codo, e Isbeil se llevó una mano al pecho.

—¿Te encuentras bien, Isbeil? —le preguntó Marjorie.

Cuando la anciana elevó el rostro para mirarla, sus rasgos curtidos y arrugados se iluminaron con una sonrisa amplia que reveló los pocos dientes amarillos que le quedaban en la boca.

—Sí, muchacha —respondió y le dio unas palmaditas en la mano—. Estoy bien. Y tú también. ¿Ves? Cuando estás preocupada por los demás, te olvidas de ahogarte en tu propia pena.

Marjorie se rio.

—Debería haber sabido que se trataba de un truco.

—No es ningún truco. No me gusta ni un poco estar aquí arriba. ¿Qué pasó? —Isbeil le cubrió la mano con la suya, que era seca y cálida—. ¿Se trata del viajero en el tiempo?

El rostro de Marjorie se ensombreció.

—¿Viajero en el tiempo? No le creerás, ¿cierto?

Isbeil ladeó la cabeza y elevó el mentón para mirar más allá del merlón.

—Fui a las ruinas, muchacha, a buscar la piedra de la que nos habló. —Miró a Marjorie a los ojos—. Está allí. Es plana, grande y tiene la huella de una mano, es como si la piedra hubiera sido de arcilla y alguien hubiera apoyado la palma sobre ella.

Marjorie soltó la mano de Isbeil.

—Eso no quiere decir que haya viajado en el tiempo.

Isbeil suspiró y se llevó las manos a las caderas.

—Eso solo, no. Pero la sentí… la magia de las hadas. Sí, ese sitio está saturado de magia. Es como el aroma a lavanda. Y cuando toqué la piedra… el aire se agitó, como si un sinfín de mariposas invisibles estuviera aleteando alrededor de la piedra. Y, aunque no vi a ninguna hada, sabía que una se hallaba cerca, que quizás me estaba observando detrás de un árbol.

Marjorie sintió un escalofrío. ¿Sería que la curandera se había vuelto loca? Marjorie no sabía cuántos años tenía Isbeil, pero había sido anciana y tenido el rostro lleno de arrugas desde que Marjorie recordaba. De niños, Marjorie, Owen, Domhnall y Lena solían acurrucarse cerca del hogar del gran salón para oír las historias de las Tierras Altas que les contaba Isbeil. La mujer tenía los ojos negros y pequeños que reflejaban las llamas anaranjadas, y su boca se veía oscura contra la piel curtida. Durante casi un año, los niños habían estado aterrorizados de acercarse al lago, por temor a que un *kelpie* saliera del agua y se los llevara.

—¿Estás pensando que la vieja Isbeil ha perdido la razón? —le preguntó Isbeil con una sonrisa triste.

Marjorie no respondió. Isbeil era parte de su familia. A lo largo de toda su vida, Marjorie siempre supo que podía confiar en la mujer tanto como confiaba en sí misma. Y por más que no creyera en las leyendas y los cuentos de hadas y héroes antiguos, se había criado con ellos, bebiéndolos como la leche materna, al igual que las historias de la Biblia.

Una parte profunda de su ser sabía que, si Isbeil decía que Konnor era un viajero en el tiempo, entonces lo era, sin importar lo descabellado que sonara. Marjorie pensó en las palabras extrañas que utilizaba Konnor, las prendas que vestía, sus modales e incluso su peinado, y al unir todas las piezas lo supo con certeza.

—No, Isbeil —repuso—. Te creo.

Konnor había viajado en el tiempo. Le había dicho la verdad.

Y, de algún modo, la mezcla descontrolada de esperanza y temor en su alma se inclinó más hacia el lado de la esperanza. Konnor entró en el círculo sagrado y cerrado en su alma, compuesto de gente en la que de verdad podía confiar.

Sin embargo, eso significaba que, tarde o temprano, Konnor tendría que regresar a su tiempo y desaparecer de la vida de Marjorie para siempre.

CAPÍTULO 17

A Marjorie se le aceleró el pulso al ver que alguien entraba en el gran salón. Echó una mirada sobre el borde de la copa de cerveza con la esperanza de ver la cabeza con cabello castaño y el par de hombros anchos que hacían que se le secara la boca. En cambio, vio a Alpin, uno de sus guerreros.

«Maldición».

No había visto a Konnor desde la sesión de entrenamiento. ¿A dónde se había metido? Era la hora de la cena, y casi todos estaban allí llenando el salón con sus voces. La gran silla de Marjorie era dura y suave bajo sus dedos, y el aire cálido estaba algo viciado por la cantidad de comensales.

Todos se veían exhaustos, pero a diferencia de los días anteriores, la atmósfera era alegre. Como si tras un día de arduo trabajo hubieran visto gran progreso. Los ojos estaban más iluminados; los hombros, más erguidos; y los mentones, más alzados. Incluso se oían risas de tanto en tanto.

Era más de lo que Marjorie pudiera haberles pedido, considerado que muchos podrían morir pronto defendiendo el castillo.

De pronto, llegó un hombre. No llevaba ninguna muleta.

«Konnor».

Era alto y tan hermoso que a Marjorie le dio un vuelco el

corazón y se le doblaron las rodillas. La miró, le asintió con cortesía y fue a sentarse en una de las mesas con otros guerreros. Sin hablar con nadie, encorvó los hombros, tomó un bol de estofado y comió. Marjorie le hizo un gesto a Muir, que siempre la vigilaba.

—¿Qué sucede, muchacha?

—Por favor, dile a Konnor que venga a comer conmigo.

Los ojos del hombre se endurecieron, pero no protestó.

—De acuerdo.

A Marjorie se le aceleró el corazón en el pecho mientras Muir se detenía al lado de Konnor y se inclinaba hacia adelante para murmurarle algo al oído. Konnor miró a Marjorie con la boca apretada en una línea, pero asintió, se puso de pie con su comida y avanzó hacia ella.

Muir no fue el único que lo observó mientras caminaba. Al parecer, todos los presentes en el gran salón, volvieron sus ojos hacia Konnor y Marjorie.

Konnor se sentó al lado de Marjorie y la miró con anticipación a través de esos ojos extremadamente azules y severos.

—¿Deseabas algo? —le preguntó.

Oh, claro que sí. Anhelaba su presencia cerca de ella como uno desea el calor del fuego en la profundidad oscura y helada del invierno. La intensidad de la emoción la asustaba tanto como la excitaba. Antes de conocer a Konnor, Marjorie nunca había querido estar cerca de alguien. En los pocos días que habían pasado juntos, se había encariñado con él más de lo que nunca se había encariñado con nadie. ¿Cómo había podido llegar a importarle tanto una persona en tan solo unos pocos días? ¿Y qué significaba todo eso?

A pesar de todo, no se podía alejar de él.

—Sí. —Se aclaró la garganta. —¿Quieres algo de beber?

Konnor asintió, y Marjorie tomó una jarra y una copa vacía y le sirvió un poco de *uisge*. Él hizo un gesto de agradecimiento con la cabeza y se vació la copa en la boca. Acto seguido, hizo una mueca.

—Mmm. —Miró la copa con incredulidad. —Otra vez aguardiente.

Marjorie ocultó una sonrisa.

—Hoy hablé con Isbeil. Me dijo que fue a la fortaleza antigua para ver la piedra con sus propios ojos. La encontró y cree tu historia de que has viajado en el tiempo.

Konnor arqueó una ceja y se inclinó hacia atrás.

—¿Ah, sí? ¿Y tú?

Marjorie enderezó los hombros.

—Yo también. Ella nunca se ha equivocado antes y sabe de magia y ese tipo de cosas.

—Entonces, ¿antes no me creías?

—No. No del todo.

—Pero, ¿le crees a ella?

—Sí.

Marjorie quería agregar que lo sentía, pero se detuvo. Al fin y al cabo, no le debía ninguna disculpa por sospechar que pudiera representar una amenaza. Pero le encantaba la confianza que había surgido entre ellos luego de que Konnor la salvara de los MacDougall y quería conservarla.

Konnor suspiró y se sirvió más *uisge* en la copa con una sonrisa en los labios.

—Mira, no te culpo. Yo tampoco le hubiera creído a alguien que me viniera a hablar de viajes en el tiempo.

Una ola de alivio reemplazó la tensión que Marjorie sentía en el pecho.

—Pero ahora quiero que me cuentes todo sobre tu mundo. Háblame del futuro. —Ansiosa de oír sus historias, se movió hacia el borde de la silla y apoyó las manos sobre la mesa.

Konnor se rio.

—¿Qué quieres saber?

—Todo. Las palabras que has usado: hospital, teléfono, ambulancia... ¿Cómo vive la gente? ¿Qué comen? ¿Qué beben? ¿Cómo se visten?

Él se acercó a ella, y Marjorie se inclinó hacia él.

—Tengo que decirte algo muy importante —señaló Konnor al tiempo que levantaba la copa—. Los escoceses hacen un *whisky* mucho mejor que este en el futuro.

Vació la copa y gimió.

—¿«*Whisky*»?

—Bueno, te puedo asegurar que en el futuro no es como este aguardiente. Es exquisito. Supongo que la historia necesita unos cuantos siglos antes de que logren perfeccionarlo.

—Por lo visto, te gusta la bebida escocesa. —Marjorie hizo un ademán. —¿Qué más?

—Hay unas máquinas enormes —Konnor se acercó tanto que Marjorie pudo sentir su esencia— que se llaman aviones y vuelan en el aire. Transportan a la gente de un lado del océano al otro en tan solo unas horas.

A Marjorie le dio vueltas la cabeza. ¿Máquinas? ¿Océanos? ¿Aviones? ¿Qué era todo eso?

—¿Me estás diciendo que la gente puede volar? —le preguntó.

—Con la ayuda de la tecnología, sí.

Marjorie sintió que se le ponía la piel de gallina. Se imaginó algo parecido a un dragón de una de las leyendas que había oído y a varias personas sentadas sobre su lomo. Sin dudas, ese sería un modo rápido de viajar.

—¿Qué más? —le insistió y se inclinó un centímetro más cerca de él.

—Un hospital es un sitio en el que la gente recibe asistencia médica cuando está enferma. Han curado muchas enfermedades que aún existen en esta época, y la gente vive mucho más en el futuro. A los ancianos les pueden reemplazar las caderas por otras artificiales que son de metal. Por suerte, la muerte durante el parto no es algo tan común como lo es ahora. Y los órganos que no funcionan también se pueden reemplazar.

Los sonidos del gran salón se fueron acallando. Marjorie dejó de ver a todos los presentes. Solo existía Konnor, sentado delante de ella, y las imágenes que le estaba creando en la cabeza.

Marjorie escuchó con la boca abierta y la imaginación desenfrenada. Todo lo que Konnor decía era como si se tratara de prácticas de brujería aceptadas y ejercidas sin miedo. A Colin le encantaría ver todo eso.

—¿La gente del futuro tiene habilidades mágicas?

Konnor se rio con suavidad y negó con la cabeza. Marjorie le sonrió. Konnor tenía la sonrisa más hermosa que había visto. Tenía dientes muy blancos y se le formaban unos hoyuelos que solían ser invisibles en las mejillas de su rostro generalmente serio.

—Disculpa, no me estoy riendo de ti —le aseguró—. Es que me parece adorable que hayas dicho habilidades mágicas.

Marjorie no se sintió ofendida, ni tampoco había pensado que él se estuviera riendo de ella. Konnor estiró una mano y le pasó los nudillos por la mejilla. A Marjorie, la caricia le hizo sentir un cosquilleo en todo el cuerpo.

—Suena a brujería —concedió—, pero no lo es. Es ciencia. Tecnología. El mundo se ha desarrollado mucho desde este siglo.

Miró alrededor, y Marjorie se aclaró la garganta al darse cuenta de lo cerca que estaba de él. Sus cabezas casi se tocaban.

Se apartó un poco de él, lamentando que el hechizo mágico tuviera que romperse.

—¿Y las casas? ¿O los caballos? ¿O acaso la gente vuela de un sitio al otro en tu época?

—No. En lugar de caballos, tenemos automóviles. Son como los carruajes de ahora, como carretas con techo y un volante. Van rápido, de noventa a ciento sesenta kilómetros por hora, y facilitan el traslado de un sitio a otro.

Marjorie soltó una carcajada.

—¿Y eso no es brujería? ¿Una carreta que se mueve sola?

Konnor también se rio, y Marjorie se unió a él.

—Tienes que verlo con tus propios ojos —repuso.

El rostro de Marjorie se ensombreció. Lo cierto era que le encantaría ver toda esa magia. Sin embargo, ¿era posible eso?

—Sería muy afortunada si alguna vez tengo la oportunidad de verlo.

—Bueno, yo tengo la fortuna de poder conocer tu época. Cuando regrese...

De repente, todo rastro de buen humor se desvaneció del rostro de Konnor.

—¿Qué pasará cuando regreses? —preguntó Marjorie.

—Nadie me creerá si les cuento esto. —Konnor se rio entre dientes.

Marjorie tragó saliva y sintió que le temblaba una pierna debajo de la mesa.

—¿Tienes esposa? ¿Hijos?

Konnor apretó los labios para formar una sonrisa triste y bajó la mirada.

—No.

—Ah.

Algo en su interior se alegró de oír eso, pero había una tensión en su voz que le decía que había algo más que no le estaba diciendo.

—¿Por qué no? Eres un buen hombre... Eres fuerte, ingenioso...

«Atractivo, obstinado y muy dulce».

Cuando Konnor la miró, Marjorie vio que los muros caían y dejaban lugar a un anhelo y un dolor sin fin en lo más profundo de sus ojos.

—No le quiero imponer mi oscuridad a ninguna mujer o niño.

Marjorie inspiró hondo mientras lo observaba e intentaba comprender de qué oscuridad hablaba. Konnor apartó la vista y, cuando la volvió a ver, los muros se habían vuelto a levantar.

—No importa —añadió—. Pero quizás te interese oír que las mujeres tienen los mismos derechos que los hombres. Trabajan, ganan dinero, pueden escoger si quieren tener niños o no. Hay métodos anticonceptivos muy buenos.

A Marjorie se le encendieron las mejillas.

—¿Es decir que las mujeres pueden no quedar embarazadas luego de...?

Konnor la miró, y se le oscurecieron los ojos.

—Sí.

—Por lo que cuentas, la vida en el futuro suena bastante bien.

—Es una vida muy cómoda, pero también tenemos problemas.

Marjorie recorrió una marca de la mesa con el dedo. Realmente quería ver todo eso con sus propios ojos. Aunque eso era imposible, por supuesto.

—Me has dado mucho con lo que soñar, Konnor —le dijo.

Cuando la miró a los ojos, la boca se le secó como la arena.

—Créeme, tú también me has dado mucho con lo que soñar.

Marjorie se rio con timidez. Nunca antes lo había visto tan relajado. Y hacía mucho tiempo que ella misma no se sentía tan en paz. Era como si estuvieran en su propia isla, y no existiera nadie más.

—Dime algo —le pidió con suavidad—. Cuando dijiste que no le querías imponer tu oscuridad a ninguna mujer, ¿qué quisiste decir?

El rostro de Konnor se ensombreció, y el capullo invisible que los envolvía parecía estar a punto de romperse.

—Yo...

Marjorie no se podía echar atrás.

—Por favor, Konnor, veo que llevas un gran peso sobre los hombros. Te he contado las peores cosas que me han pasado, aquello de lo que me avergüenzo y que casi me desgarró. —Acercó la mano a la de él, pero no la tocó. —Quiero ver tu oscuridad.

Konnor frunció el ceño, y Marjorie vio la angustia que reflejaba su rostro. Cuando por fin encontró el coraje, estiró la mano y la colocó sobre la de Konnor.

—¿Me cuentas?

La boca de Konnor se torció hacia abajo. Siguió mirándola, claramente indeciso.

—Me encantaría, Marjorie, pero no puedo. Nunca me volverás a ver con ese asombro en los ojos.

Ella negó con la cabeza.

—No me importa. Quiero saber la verdad. Aunque sea fea. O monstruosa. O me haga añicos el alma. Cuéntame lo peor.

Konnor tomó una profunda bocanada de aire y asintió. Cogió la jarra de *uisge* y dos copas y se puso de pie.

—Ven, demos un paseo.

CAPÍTULO 18

MIENTRAS SUBÍAN las escaleras del muro del castillo, Konnor intentó no mirar el trasero redondeado de Marjorie, que se mecía de un lado a otro delante de él. Al llegar a la parte superior de la muralla, Marjorie les pidió a los dos centinelas que fueran a la otra torre y les dijo que ella y Konnor harían guardia allí.

El sol se estaba poniendo detrás de las montañas al otro lado del lago. Decoraba la superficie quieta del agua con unos tonos dorados, rosados y violetas al tiempo que proyectaba sombras negras sobre las montañas. Konnor sintió el aire frío contra su piel e inhaló el aroma a agua del lago que traía el viento, acompañado de la esencia del césped, los árboles y las flores. Eran fragancias que siempre le recordarían a Marjorie: la *highlander*, la reina guerrera del pasado.

Se detuvo en el parapeto y, al apoyarse contra el merlón, sintió las piedras frías bajo las palmas. El tobillo le dolía un poco, pero ya estaba mucho mejor. Aun así, evitaba poner demasiado peso sobre él porque necesitaría todas sus fuerzas para la batalla.

Konnor observó a Marjorie, quien estaba de pie a su lado. El cabello exuberante le caía en cascada por los hombros y la espalda, y una brisa suave jugaba con sus mechones. Ella se volvió para mirarlo con una sonrisa en los labios. El viento le arrojó un mechón de cabello sobre el rostro, y Konnor tuvo unas ganas incontenibles de estirar la mano y acomodárselo detrás de la oreja.

En lugar de hacerlo, sirvió aguardiente en las copas. Para tratarse de un licor casero, era excelente. No obstante, Konnor echaba de menos el buen *whisky* escocés del siglo XXI.

—Salud. —Konnor chocó su copa contra la de ella, se bebió todo el contenido y disfrutó el rastro ardiente que le bajó por la garganta.

¿De verdad le iba a contar todo? Cuando estaba en el gran salón, había decidido que lo haría, pero por más que ella dijera que quería conocer su secreto más oscuro, Konnor dudaba que lo pudiera aceptar.

Cuando ella se diera cuenta de que él llevaba dentro la oscuridad de la que tanto temía, Konnor no podría tolerar ver la mirada de horror y asco en su rostro.

A pesar de eso, se lo quería contar. La necesidad de hacerlo le picaba y le dolía como una herida en el alma. Ella le había confiado su trauma más profundo, y él quería hacer lo mismo. Quería dárselo todo, quería serlo todo para ella. Quitarle el dolor. Hacerla sentir a salvo. Ayudarla a ver lo verdaderamente poderosa y magnífica que era esa *highlander* medieval con los ojos más hermosos que había visto en su vida.

—Cuéntamelo, Konnor —le pidió.

Konnor inspiró hondo.

—Cuando tenía seis años, mi papá falleció, y mi mamá y yo nos quedamos solos.

Una tristeza profunda cubrió los rasgos de Marjorie.

—Lo siento. Sé lo que es perder a alguien.

Se miraron durante un largo instante en el que algo los conectó aún más que antes.

—¿A tu mamá? —le preguntó.

—Sí. Mi mamá murió antes de que pudiera recordarla. Mi papá se volvió a casar con una mujer muy dulce que se llamaba Christina, la madre de Owen, Domhnall y Lena.

Entonces ella tenía una madrastra en lugar de un padrastro... Konnor jamás había hablado de eso con nadie, al menos, no en serio, no con la posibilidad de establecer una conexión con alguien en base a esa experiencia. En la escuela, había sido un niño malhumorado que prefería resolver sus problemas a través de la violencia y comportándose mal en lugar de hablar. Había sido un niño problemático que seguro hubiera terminado teniendo problemas con la ley. Ese había sido su modo de lidiar con la situación violenta que vivía en el hogar, la que no podía cambiar.

Sin embargo, cuando su mamá lo hizo inscribirse en el equipo de fútbol a los doce años, comenzó a canalizar esa violencia en un deporte. Con el tiempo, llegó a convertirse en el capitán del equipo, aunque eso se debiera a sus habilidades futbolísticas y no a su facilidad para hacer amigos.

Konnor jugueteó con la copa que tenía en las manos.

—Y, ¿tienes una buena relación con ella?

—Sí, fue mi segunda mamá.

Konnor apretó los labios.

—¿Fue?

—Falleció.

—Lo siento.

—Gracias.

—Pero me alegra oír que tuvieras una buena relación con ella. Dios sabe que ya has pasado por suficientes traumas en tu vida. Yo no fui tan afortunado. Mi mamá se volvió a casar a los dos años de la muerte de mi padre. Con un sujeto que se llamaba Jerry. Nos mudamos con él bastante rápido, y a la semana de eso, él comenzó a...

Se le contrajo la garganta. Nunca había dicho las palabras en voz alta, ni siquiera a su madre. Lo cierto es que por más que los dos evitaban hablar de Jerry, él había estado allí, entre ellos, invisible y omnipresente.

Konnor tragó lo que se sintió como una roca atorada en la garganta.

—La golpeaba —escupió.

Con un gran esfuerzo, miró a Marjorie. A ella le temblaban las pestañas, y sus labios se apretaron hasta formar una línea tensa.

—Yo tenía ocho años —continuó Konnor—. Y lo veía golpearla sin poder hacer nada de nada.

—¿A ti también te golpeaba? —le preguntó con voz indolente, aunque sus ojos estaban humedecidos y destellaban una mezcla de furia, compasión y dolor sin fin.

—Sí, pero a menudo, mi mamá terminaba recibiendo los golpes que iban dirigidos a mí.

A Marjorie le cayó una lágrima por la mejilla.

—Konnor... —dijo con la voz quebrada.

¿Cómo podía hacer que su nombre sonara como una plegaria? ¿Cómo podía hacerle eco en el pecho como el doloroso bramido de un trueno?

Los ojos le ardían de las lágrimas sin derramar, y por más que Konnor intentó hacerlas a un lado, era demasiado tarde. Tanto la emoción, como la compasión de Marjorie y el hecho de estar hablando del mayor trauma de su vida por primera vez debilitaron las cadenas que mantenían cerrada la puerta detrás de la que él había encarcelado a los monstruos.

Se precipitaron afuera en una ola rugiente, rabiosa y arrasadora de recuerdos que le rasguñaban desde el interior y lo hundían en un pozo.

—Por eso debo regresar con ella.

—Ah. —Marjorie se mordió el labio al tiempo que su rostro se entristecía. ¿Sería que no quería que se marchara?

—No la pude proteger en el pasado, Marjorie —sostuvo como si sintiera la necesidad de justificarse—. Debo protegerla ahora —concluyó con la voz ronca.

—Sí, por supuesto, debes cuidar a tu madre.

Marjorie era un ángel por decir eso, y Konnor aún sentía que necesitaba explicarle algo, asegurarse de que ella lo entendiera.

—Intenté protegerla de él una vez. La primera vez.

Los ojos le ardían, y se pellizcó el puente de la nariz para contener las lágrimas.

Marjorie le apoyó la mano sobre el hombro, y Konnor la sintió cálida, pesada y tranquilizante.

—Eras un muchacho de ocho años… —señaló—. ¿Qué podrías haber hecho?

—Algo. Debería haber llamado a la policía.

Ella no respondió y, cuando Konnor la miró, vio que estaba anonadada. Claro, Marjorie no sabía qué era la policía.

—Es un organismo de seguridad. Tienen la tarea de garantizar que haya orden y que la gente respete la ley.

—Ah, claro. Es necesario tener algo de ese estilo. Aquí es el jefe quien castiga a los que quiebran la ley, roban o matan.

—Mi mamá me dijo que no lo hiciera —continuó Konnor—. Me dijo que era una fase, que Jerry no se encontraba bien, pero que mejoraría pronto. Cuando crecí, me di cuenta de que necesitábamos el dinero. Ella había vendido nuestra casa luego de que nos mudamos con él y había renunciado a su trabajo. Le entregó todos nuestros ahorros.

—¿Y su padre o sus hermanos no podían ayudarlos?

—No había nadie. —Konnor suspiró, se apartó del merlón y se pasó las manos por el cabello. —Solo tiene una hermana, Tabitha, pero creo que ella nunca supo la verdad. No hasta que Jerry murió y mi mamá empezó a ir a terapia.

—¿Terapia?

Konnor la miró.

—Es sanación del alma —le dijo con suavidad—. Así es como la describe mi mamá.

Marjorie asintió y bebió un soro de *uisge*.

—Sí. Eso es necesario. Yo no lo hubiera logrado sin mi hermano Owen e Isbeil. Ellos son quienes me ayudaron a sanar el alma. Y Colin, por supuesto.

—¿Cómo fue estar embarazada de tu atacante? Me imagino que no habrá sido nada fácil.

Marjorie apretó los labios, que se enrojecieron en contraste con la piel alabastrina.

—Sí. —Bajó la cabeza y se ruborizó. —Detesté al bebé todos los días. Estoy avergonzada de los pensamientos que llegué a tener mientras lo llevaba en el vientre. Pensamientos malos. Le deseaba lo peor... Le deseaba lo innombrable.

Konnor sintió un escalofrío. No se podía imaginar a Marjorie deseándole el mal a nadie y, mucho menos, a su propio hijo.

—Pero cuando lo sostuve en mis brazos y lo miré a los ojos por primera vez, todo eso desapareció, como si se hubiera tratado de un mal sueño. Vi que no había nada más que bondad en él. Me di cuenta que el Señor me había enviado un regalo y que él no tenía nada en común con su padre malvado y que nunca lo tendría mientras yo pudiera evitarlo. Me tuve que componer y comenzar a vivir. Gracias a mi hijo, tenía una razón para hacerlo.

La sonrisa más dulce le iluminó el rostro.

—Él es el motivo por el que soy una guerrera y no un fantasma escondido del mundo en su torre.

Konnor sintió que el pecho se le cerraba de un dolor dulce. ¿Cómo sería amar a un niño de ese modo? Nunca lo sabría. ¿Era siquiera capaz de amar así?

—Es un gran chivato —dijo.

A Marjorie se le agrandaron los ojos.

—¿Chivato? ¿La cría de una cabra?

Konnor se rio entre dientes.

—En algunos sitios les dicen así a los niños.

Marjorie se rio y se enjugó los restos de una lágrima.

—Sí, entonces, es una maravillosa cría de cabra.

Konnor suspiró con una sonrisa ancha.

—Pero, Konnor, si tenías miedo de contarme que tu padrastro los golpeó y abusó de ti y de tu mamá, no tienes nada de qué preocuparte.

Konnor apretó la mandíbula y tragó con dificultad.

—Esa no es la oscuridad de la que hablaba.

La ligereza del momento haría que fuera más fácil contarle el resto. La miró a los ojos y tragó el último sorbo de aguardiente. La angustia que tenía en el pecho se entumeció un poco. Marjorie lo observaba con compasión y cariño. Se acercó tanto a él, que pudo sentir su aroma único, que podría reconocer incluso en medio de una multitud. Ella se preocupaba por él. Y quería conocer su lado más oscuro.

«Oh, diablos».

¿Sería esa la última vez que quisiera pararse tan cerca de él? ¿La última vez que querría hablarle? Aunque lo fuera, no podía echarse atrás. Tenía que decirle la verdad. Konnor se quedó sin aliento, y se le tensó el estómago como si estuviera a punto de lanzarse a un abismo.

«Marjorie, no me odies».

—Lo maté, Marjorie.

El rostro de Marjorie se mostró inexpresivo. Konnor había esperado que jadeara horrorizada o que llorara o que se le abrieran los ojos de par en par.

Sin embargo, no ocurrió nada de eso. Estaba congelada. Más quieta que el lago. Entre ellos reinó el silencio. Solo se oían los cantos de los grillos y las hojas de los árboles que se mecían suavemente con la brisa del atardecer. Del gran salón, llegaba el sonido apagado de varias voces.

Konnor sintió una estremecedora ola fría de temor. Era evidente que lo había echado todo a perder. No debería importarle, pues de cualquier modo ellos no tendrían la oportunidad de compartir la vida juntos. Pero, maldición, el caso era que él tenía sentimientos hacia esa mujer cautivadora. Que lo llevara el demonio.

—¿Me odias? —le preguntó.

—¿Que si te odio? —La voz de Marjorie se oyó ronca. —No. Claro que no. Craig mató a Alasdair. Si no lo hubiera hecho y yo tuviera la fuerza para hacerlo, lo habría matado yo misma.

Konnor soltó un suspiro al tiempo que el alivio le inundaba las venas. Pero quizás ella no comprendía en su totalidad lo que eso significaba.

—Soporté sus palizas durante diez años. Una noche, cuando tenía dieciocho años, me di cuenta de que no tenía por qué seguir tolerando eso, que era capaz de defenderme. Y algo se quebró en mi interior. Una ira salvaje que había estado acumulando durante mucho tiempo se apoderó de mí. Veía todo rojo. Estaba muy enfadado. Lo empujé contra la pared y lo molí a golpes hasta que las manos me quedaron resbaladizas por su sangre.

El rostro de Marjorie estaba más duro que una piedra.

—Me miré las manos cubiertas de sangre, y el rostro de él hecho polvo y me detesté. —Cerró los ojos y se quiso tragar las siguientes palabras, pues se había arrepentido de haberle contado todo eso. —Me convertí en «él».

Un silencio tenso y palpable, como una pared invisible, se extendió entre ellos. En los segundos que transcurrieron, varios planetas podrían haber nacido y muerto.

Y, de pronto, Marjorie lo interrumpió con una sola palabra:

—Jamás.

—Él no era el primer hombre al que golpeaba. Me volví violento luego de que mi madre se casó con él, cuando era un niño de la edad de Colin. Si no hubiera comenzado a jugar al fútbol, que es un deporte que se juega en equipo, hubiera seguido metiéndome en peleas y robando cosas. Luego de eso, me uní al Cuerpo de Marines. Siempre había querido hacerlo porque mi papá había sido un soldado en la misma organización.

Se tragó un nudo doloroso.

—Durante el tiempo que pasé en el ejército, nunca dudé a la hora de matar a alguien, Marjorie.

—Ni tampoco lo hizo mi abuelo, ni lo hacen mi padre, ni mi tío, ni mis hermanos. —Marjorie tragó saliva. —Ni lo haré yo cuando vengan los MacDougall. Esa es la vida del guerrero.

—Pero...

—¿Alguna vez has golpeado a una mujer o a un niño?

—No.

—Entonces no tienes nada en común con él.

Konnor exhaló temblando. Las palabras de Marjorie se sintieron como un bálsamo refrescante sobre una quemadura.

—Como estaba asqueado de mis propias acciones y tenía miedo de haberlo matado, me fui de la casa —continuó Konnor—. Aún seguía vivo cuando me fui. Más tarde, me enteré que se subió al coche e intentó conducir... supongo que para ir al hospital. Pero, en el camino, otro auto lo embistió, y se murió. —El estómago se le tensó. —Si no lo hubiera molido a golpes, o si lo hubiera llevado al hospital, quizás seguiría vivo.

Las palabras y la culpa le quemaban las entrañas como un ácido.

—Creo que el destino nos unió —dijo Marjorie—. Los dos compartimos esta oscuridad, este pasado lleno de violencia. A lo mejor sea porque has cuidado de una mujer que ha sido abusada, pero eres el primer hombre con el que me siento a salvo además de mis hermanos.

Le apoyó una mano en el pecho, y a Konnor se le aceleró el corazón. ¿Acaso lo vería como a un hermano? Se le hundieron los hombros de desilusión porque quería que ella lo viera como a un hombre. Sin embargo, ella se sentía a salvo con él, y eso era lo que más importaba.

—Me haces desear tener una vida normal. —Dio un paso más hacia él, y sus caderas y sus estómagos se rozaron. Konnor se sumergió en la profundidad de sus ojos rasgados. Con la luz del crepúsculo, tenían el color de un bosque luego de la lluvia, y Konnor se quedó sin aliento, hipnotizado por la magia y el misterio que los rodeaba.

—Me haces desear amar a alguien —susurró Marjorie—. Besar a alguien.

Konnor sintió un zumbido en la sangre.

—¿Me quieres besar?

Marjorie exhaló.

—Sí. No sabes cuánto.

Konnor levantó la mano y la ahuecó contra el mentón cálido y suave de Marjorie.

—He querido hacer esto desde el primer momento en que te vi.

Los ojos de ella destellaron con entusiasmo, anticipación y deseo.

Con lentitud, para darle la oportunidad de echarse atrás si cambiaba de parecer, Konnor se inclinó hacia ella sin dejar de mirarla a los ojos. Acto seguido, le cubrió los labios tiernamente con los suyos.

Los labios de Marjorie eran tan suaves que Konnor creyó que perdería el juicio. Ella olía a flores silvestres, a viento y a libertad. Konnor le acarició los labios una y otra vez con los suyos. Su boca cálida y sedosa junto con su esencia hizo que le diera vueltas la cabeza y le hirviera la sangre.

Marjorie soltó un gemido apenas audible.

«Diablos».

Konnor la envolvió en sus brazos para acercarla más y apretar la boca más fuerte contra la suya. Marjorie no huyó. Todo lo contrario, le pasó los brazos por el cuello. Konnor le acarició los labios con la lengua y ella los entreabrió.

Konnor soltó un gruñido y hundió la lengua en las profundidades de su boca para encontrar su lengua y lamerla y entrelazarla con la suya. Ella sabía a magia, una mezcla de *uisge* y su propia dulzura.

Mientras Konnor la provocaba, Marjorie respondió. Pero, de pronto, se apartó y lo dejó de pie con las manos vacías y una frialdad que le calaba hasta el alma.

CAPÍTULO 19

MARJORIE JADEÓ. El corazón le latía como un ejército de tambores celtas. Tenía las mejillas sonrosadas y acaloradas, y el pecho le dolía de anhelo. Una brisa cálida le refrescó las mejillas, e inhaló aire desesperada, con la esperanza de que eso la ayudara a calmarse.

¿Qué era ese tipo de brujería? ¿Acaso un beso podía causar todo eso?

Sí, claro que sí. Y lo peor de todo era que quería más. ¿Dónde estaba el temor que había esperado sentir? Lo único que estaba experimentando era curiosidad, sorpresa y ansias de más.

—¿Demasiado? —le preguntó Konnor.

Sus ojos oscuros reflejaban una mezcla de deseo y preocupación, y movió el peso del cuerpo de una pierna a la otra. Parecía como si quisiera dar un paso hacia ella y tomarla en sus brazos, pero se contuvo.

—Yo... —Marjorie exhaló. —No lo sé. Sí, por un lado, sí, pero por el otro no ha sido suficiente.

—¿Nadie te había besado antes? —preguntó Konnor.

—De ese modo, no. —Se volvió y apoyó la espalda contra el merlón. —Antes de lo de Dunollie, me dieron dos besos, pero ninguno se pareció a ese. Y luego, Alasdair...

Mientras los besos de él le habían dejado rastros de sangre, y sus caricias, moretones, Konnor la hacía sentir sanación, asombro y magia.

Él se colocó al lado suyo de modo que su hombro tocó el de ella. Incluso a través de la túnica, Marjorie sintió el calor que él emanaba como si fuera un horno... o quizás venía de ella. El roce le provocó un cosquilleo que le recorrió todo el brazo. Su aroma se le colaba por la nariz, su voz grave la acariciaba... Marjorie apoyó la palma de la mano contra el merlón de piedra para calmarse.

—No quiero ser tan dramática —admitió—. Pero no es fácil. No sé qué pensar. Creí que cuando un hombre me tocaba, solo podía sentir dolor en el cuerpo.

Konnor se volvió y ahuecó las manos grandes y callosas contra el rostro de ella.

—No tienes idea de lo mucho que deseo asesinar al monstruo que te hizo eso. —Marjorie se apoyó contra su mano y cerró los ojos para disfrutar las caricias de él. —Tu cuerpo ha sido creado para cantar en los brazos de un hombre que te ame y te venere.

Marjorie se dejó llevar por esas palabras durante un instante prolongado y dulce. Un hombre que la «ame»... Que la «venere»...

No, eso no era posible para ella luego de Alasdair. Estaría mancillada para siempre. Impura. Tocada por el mal. Ningún hombre querría unir su vida a la de ella... y ella nunca querría encarcelar a nadie en un matrimonio con una esposa cobarde e indigna.

Ella estaba acostumbrada a unos escudos invisibles se habían levantado alrededor de su corazón y lo habían escondido detrás de un capullo de hierro. Qué extraño. No se había dado cuenta de que se habían desvanecido delante de Konnor.

Y lo más extraño de todo era que no quería que volvieran delante de él porque, en efecto, su cuerpo cantaba en los brazos de él.

—Konnor, eres muy amable conmigo. Pero no creo que ningún hombre quisiera eso.

La mirada profunda y azul oscura la cautivó.

—No tienes ni idea de lo equivocada que estás.

Ella se quedó quita al oír el hambre en su voz. Toda la muralla amenazaba con sacudirse y desmoronarse ante la posibilidad de lo que él había insinuado... Que la felicidad era una realidad para ella, que alguien podría amarla.

¿Konnor?

Los escudos se tensaron y le hicieron sentir frío en el pecho. Ella quería creer eso. Quería ver un futuro lleno de besos dulces. De noches que no estuvieran llenas de soledad y dolor, sino de calor, canciones y amor. Que Konnor estuviera a su lado todos los días. Que se sintiera valiente, segura y a salvo.

Pero Alasdair le había enseñado una lección que jamás olvidaría.

Además, Konnor le había dejado muy claro que tenía que regresar a cuidar a su madre. ¿Cómo se sentiría ella si un día Colin desapareciera sin decir nada?

—Es tarde, Konnor. —Se separó de la pared. —Será mejor que me vaya a dormir. Y tú también. Tu pierna debe sanar. Por la mañana, seguiremos entrenando. Me gustaría entrenarte, pero si prefieres luchar con Tamhas, lo aceptaré.

Él abrió la boca para decir algo, pero bajó la mirada y la cerró. Luego le ofreció una sonrisa suave que le derritió el corazón.

—Tienes razón, Marjorie. Solo entrenaré contigo. Siempre y cuando tú quieras.

AL DÍA SIGUIENTE, MARJORIE OBSERVÓ A KONNOR ACERCARSE a ella tras salir de la torre. Contuvo la respiración, y se le secó la boca mientras notaba sus bíceps musculosos, sus pectorales anchos y duros y el estómago de piedra bajo la delgada túnica de lino que el viento le apretaba contra el cuerpo.

La mirada de él se clavó en la suya, y el sombrío día gris se iluminó; los colores se tornaron más vívidos, y los sonidos que la rodeaban se desvanecieron hasta quedar reemplazados por el latido de su corazón.

Marjorie notó que la barba incipiente de Konnor crecía más y más con el transcurso de los días y, con el cabello atado en la cabeza y la túnica y los pantalones bombachos que llevaba puestos, parecía un hombre de ese siglo, a pesar de los zapatos grandes que usaba.

Parecía un lord poderoso, con su físico fuerte, su espalda erguida y orgullosa, y su mirada oscura; la mirada de un hombre que había visto la muerte y el mundo. El modo en que la veía hacía que se le derritieran los huesos y se le desintegrara la columna vertebral.

Marjorie se preguntó cómo sería su vida en su época. ¿Cómo sería su hogar? ¿Qué aspecto tendría ese embrujado carruaje de hierro que conducía?

Marjorie se dio cuenta de que pronto la dejaría. Regresaría a su mundo en el futuro, con todas esas cosas mágicas. Konnor tenía a alguien que lo necesitaba. No pertenecía allí. Pero, ¿por qué detestaba tanto ese pensamiento?

Konnor se detuvo frente a ella y le ofreció una sonrisa amplia.

—Buen día, Marjorie —la saludó, y a Marjorie le temblaron las rodillas.

—Buen día, Konnor —le respondió y le entregó un palo para entrenar. Cuando él lo tomó, sus dedos se rozaron y la hicieron estremecer. —¿Estás listo?

Él sostuvo el palo con las dos manos como ella le había enseñado.

—Estoy listo para darte una lección.

Marjorie se obligó a contener una sonrisa, aunque sus palabras la hicieron sentir una extraña euforia en el centro de su ser similar a la libertad de una brisa suave que avanza por las colinas verdes y violáceas de las Tierras Altas.

Marjorie adoptó su posición de lucha.

—Esta vez, intenta sorprenderme —le instruyó.

Konnor echó la cabeza hacia atrás, dio tres pasos hacia ella y bajó el palo con un movimiento rápido dirigido a su cabeza. Con un golpe seco, Marjorie lo desvió, y Konnor la atacó del otro lado. El patio se llenó de un rítmico repiqueteo de madera.

Sus miradas se encontraron. Konnor la embistió por un lateral, y, luego de que Marjorie desviara el ataque, Konnor comenzó a lanzar un golpe tras otro. Marjorie comenzó a retirarse mientras Konnor avanazaba. Marjorie admitió que no lo estaba haciendo nada mal considerando que era su segundo día de entrenamiento. A diferencia de otros principiantes, los movimientos de Konnor tenían fuerza y gracia. Mientras que los muchachos inexpertos trababan las rodillas, él las doblaba para adquirir la habilidad de moverse cómodo y reaccionar rápido. Tenía los hombros erguidos y mantenía el equilibrio.

Quizás al final del día podrían comenzar a entrenar con espadas de verdad e incluso podría darle un escudo. La fuerza de sus golpes le resonaba en los brazos y en los hombros, y Marjorie sintió un dolor débil en varias partes del cuerpo.

Los palos entrechocaron una y otra vez.

El corazón de Marjorie latía desbocado al ritmo de los golpes.

Konnor dio un paso hacia adelante, y ella uno hacia atrás. Se volvieron uno mientras bailaban. Marjorie nunca había experimentado nada como eso en todos sus años de entrenamiento, con ninguno de sus compañeros de lucha. ¿Cómo sería volverse una con él, como hombre y mujer, sin espadas, ni palos de madera, ni prendas?

El beso del día anterior le invadió la mente. Ella se había derretido al sentir los labios cálidos y suaves de él sobre los de ella. Su lengua la había provocado y saboreado con suavidad. Él la había envuelto en sus brazos fuertes sin encarcelarla. La había protegido.

La había estimulado.

«Venere...»

Marjorie sintió un golpe duro en el hombro.

—¡Ay! —soltó y se sintió irritada consigo misma por haberse distraído.

Konnor se acercó y bajó el palo.

—¿Estás *okey*?

Esa extraña palabra del futuro... «*Okey*». Debía estar preguntando si se encontraba bien. El hombro le dolía, pero no tanto como el orgullo. Ella era la maestra, y había permitido que su estudiante la distrajera con un beso. Apretó la mandíbula y cerró el puño alrededor del palo.

Con la velocidad de un rayo, perforó el aire delante de su corazón. Le apretó el palo contra las costillas al tiempo que Konnor levantaba el brazo para desviar el ataque.

—¡Defiéndete! —masculló mientras se volvía para asestarle un nuevo golpe.

Cuando el palo de Marjorie chocó contra el de Konnor, se prometió que no le daría un respiro y que no permitiría que ni él, ni el efecto que él tenía sobre ella la volvieran a distraer. Primero era una guerrera. Eso no era un baile, y él no la estaba cortejando.

Se avecinaba una guerra, y Marjorie estaba entrenando a otro guerrero que la ayudaría a proteger a su hijo y al castillo. Eso era todo. Sin importar lo hermoso que había sido estar con él o lo dulce que fuera respirar cuando él se hallaba cerca.

Sería mejor que protegiera su corazón de él porque si no moría en la batalla contra los MacDougall, la dejaría para regresar a su época. La idea de perderlo le resultó muy dolorosa.

CAPÍTULO 20

EL SOL ya casi se estaba poniendo sobre las colinas al otro lado del lago cuando Konnor fue a nadar. Había estado entrenando con Marjorie durante casi todo el día. Luego de que la golpeara accidentalmente, ella se había recobrado muy rápido y le había exigido al máximo, por lo que al final terminó cubierto en sudor. Más tarde, comenzaron a entrenar con espadas, y verla sostener una había sido toda una experiencia. Con movimientos precisos, golpes calculados y giros engañosos, Marjorie luchaba con la mente y el cuerpo... y la combinación era impresionante.

Luego de sumergirse en el lago y nadar, Konnor lavó la túnica y los pantalones bombachos que le habían prestado y emprendió el regreso al castillo con las prendas bajo el brazo. Iba semidesnudo, solo se había puesto un par de pantalones limpios que le había dado una criada. Konnor disfrutó tener puestas prendas frescas. Sentía un tirón agradable en los músculos, típico luego de una buena sesión de ejercicio. Lo mejor había sido entrenar con Marjorie, era algo que haría contento cada día.

Una brisa suave y agradable le acarició la espalda y el pecho. Konnor ignoró el dolor agudo que lo invadió al apoyar el peso sobre el tobillo lastimado. No tenía dudas de que su tobillo se recuperaría. Después de todo, había sufrido lesiones mucho peores.

Tomó una profunda bocanada de aire fresco y puro. Allí no había estelas de aviones en el cielo, ni contaminación, ni bolsas de plástico o botellas de agua flotando en el lago. El castillo se hallaba a unos trescientos metros de distancia, y Konnor observó con satisfacción que habían quitado la pila de escombros que había sobre la muralla y los hombres colocaban estacas puntiagudas sobre la muralla norte, como él mismo había sugerido. Sobre la muralla, colocaron una mezcla de estacas de madera y hierro e incluso algunos cuchillos de la cocina.

Aunque aún no hubiera señales del enemigo, eso lo hizo sentir mucho mejor acerca de las posibilidades de sobrevivir un asedio.

Los hombres que trabajaban en la base del muro se movían con lentitud, era evidente que estaban exhaustos luego de una jornada de ardua labor. De vez en cuando se detenían, se apoyaban contra las palas y se secaban el sudor de la frente, sin dudas pensando en la cena que disfrutarían tras el largo día de trabajo, al igual que Konnor. Lo cierto era que lo único que quería en ese momento era cenar en compañía de Marjorie y una cerveza fría.

Hacía poco que no veía a Marjorie. De hecho, probablemente no había pasado ni una hora lejos de ella, pero de todos modos la echaba de menos. Al ver el castillo, sintió un dolor leve en el pecho. ¿Qué estaría haciendo Marjorie?

Maldición. Nunca había pensado en una mujer tanto como pensaba en ella. Era como si se hubiera expandido de algún modo, incluso cambiado, desde que la conoció. Él se había abierto con ella, le había contado sobre Jerry y lo que le había hecho, y ella lo había aceptado en lugar de jadear horrorizada. Incluso lo había besado...

Sentía que tenía el pecho colmado de ella, como un remolino de luz, dicha y gratitud. Estaba tan lleno de esos sentimientos que su corazón estaba a punto de explotar como una sandía madura.

¿Qué significaría eso?

Que estaba jodido, eso era lo único que significaba.

Había perdido la cabeza por completo, había olvidado su promesa de no encariñarse, de no apegarse emocionalmente a alguien. Un escalofrío le recorrió los huesos y la columna vertebral. No se estaría enamorando de ella, ¿cierto?

Mientras caminaba, vio un arbusto de avellanas rodeado de hojas puntiagudas que yacían en el suelo. Cuando su padre estaba vivo, Konnor y él habían jugado juntos al fútbol en el jardín. Así fue como a Konnor le comenzó a interesar ese deporte. Sin embargo, tras la muerte de su padre, no se había vuelto a acercar a un balón. Echaba tanto de menos a su papá, que jugar al fútbol le resultaba muy doloroso. Pero mientras esperaba el autobús escolar, a menudo había pateado piñas o racimos de avellanas para mantenerse ocupado. Más adelante, cuando Jerry comenzó a destruir las vidas de Konnor y su mamá, el fútbol había dejado de ser doloroso.

El deporte se había convertido en su salvación. Una suerte de escape. Una forma de sentirse más cerca de su papá. A lo mejor, por eso había sido buen jugador y se había convertido en el capitán del equipo. Al igual que en el Cuerpo de Marines.

Se detuvo ante un ramillete de avellanas y, cuando lo pateó, sonrió. Incluso allí, setecientos años en el pasado, podía sentir la presencia de su padre.

Siguió pateando las avellanas y no se dio cuenta de cuánto se había acercado al castillo. Ya se encontraba frente a las puertas cuando Marjorie y Colin salieron, y el corazón de Konnor le dio un vuelco al verla. Sus miradas se cruzaron y algo los conectó. Ella lo saludó con la mano, y él le devolvió el saludo.

Ella parpadeó mientras lo miraba y se sonrojó. Si pudiera, Konnor le demostraría lo mucho que quería apretarla contra su cuerpo, sentirla piel contra piel, desnuda y temblando en sus brazos. Pero eso no era posible. Konnor tragó saliva y se puso la túnica limpia. Marjorie apartó la mirada.

De pronto, se le vino una imagen a la mente: Marjorie viéndolo regresar de un día de caza, con una sonrisa radiante de amor y felicidad, y Colin al lado de uno o dos niños más, todos sonrientes. Una rutina cotidiana normal, gente que lo quisiera y que dependiera de él.

Una familia.

¿Una familia? ¿A quién quería engañar? Él no tenía ni la más mínima idea de qué era una vida cotidiana normal. Sabía que no quería ser como Jerry. Sabía que no quería tener una familia como la que él había tenido de niño. Incluso cuando su padre aún estaba vivo, había pasado más tiempo en el ejército que en casa, y Konnor solo tenía algunos recuerdos de él. De modo que, ¿qué le podría ofrecer a una mujer con un hijo de once años?

Nada de nada.

Por más que lo intentara, nunca podría quedarse allí. Su madre lo necesitaba. Su negocio lo aguardaba. ¿En qué tipo de fantasía se estaba sumergiendo?

Esa tontería de que se le había expandido el corazón y sentía alegría en el pecho no era más que una ilusión.

Pateó el racimo de avellanas hacia arriba y lo atrapó con la rodilla. Marjorie y Colin se detuvieron y esperaron a que se acercara. El niño lo miraba con el ceño fruncido y una expresión de desconfianza.

Marjorie se detuvo frente a él. Se había cambiado y llevaba puesto un vestido simple del color del brezo con un bordado blanco en el pecho. Tenía el cabello recogido en dos rodetes, uno a cada lado de la cabeza, y decorado con lazos blancos. Parecía una señora de la nobleza medieval salida de un cuento de hadas. Y, a pesar de que tenía un aspecto más femenino sin los pantalones bombachos y la túnica holgada, llevaba una daga en el cinturón que le envolvía la cintura.

«Es impresionante».

Konnor estaba a punto de arrodillarse delante de ella y jurarle lealtad absoluta como un maldito caballero en armadura. Estaba perdiendo el juicio. Marjorie solía vestirse así para la cena, pero esa noche se veía más hermosa que nunca.

—¿Hay alguna ocasión especial? —le preguntó al acercarse.

Ella se sonrojó aún más.

—No. No suelo vestirme siempre con pantalones, Konnor. Así es como me visto a diario. El día de trabajo ya ha terminado. —Miró de reojo a Colin. —Pero es bueno sentirse normal, en especial con el peligro que nos acecha.

Colin se cruzó de brazos y parpadeó varias veces, con la vista clavada detrás de Konnor. Konnor siguió su mirada, pero no vio nada más que el bosque y las colinas verdosas que bordeaban el *loch* Awe. El niño parecía ansioso, tenía la respiración entrecortada y el rostro pálido.

Probablemente, a raíz del intento de secuestro, estaba más conmocionado de lo que Konnor se había dado cuenta. Konnor miró a Marjorie a los ojos y asintió en señal de comprensión.

—Claro, tenemos que volver a la normalidad.

—¿Ves? Está todo bien. No temas, tesoro —le dijo Marjorie—. Conmigo, Konnor y todos estos hombres, nadie te llevará.

Colin elevó el mentón, aunque seguía pálido.

—No tengo miedo, mamá.

Konnor asintió. El niño necesitaba distraerse y quizás algo que lo animara.

—Oye, ¿quieres aprender un juego?

Los ojos de Colin se iluminaron.

—¿Un juego?

—Se llama fútbol.

—¿Fútbol?

—Sí. Es un juego del lugar donde nací.

Los ojos del niño destellaban de curiosidad.

—¿Un juego?

Konnor miró a Marjorie. De algún modo, tenerla cerca hacía que fuera menos incómodo hablar con el niño. Además, le era fácil hablar de fútbol.

—Está bien —le aseguró Marjorie—. Por lo general, no puede salir del castillo, pero como tú y yo estamos aquí, y mis hombres están construyendo las estacas cerca, creo que es seguro. Le puedes enseñar.

Konnor se rio entre dientes.

—De acuerdo. Mira, Colin, por lo general el fútbol es un juego de dos equipos de once personas. Pero dos personas también pueden jugarlo. A veces, incluso una sola. Aunque necesitamos un balón, a veces uno se las puede ingeniar tan solo con un racimo de avellanas.

Konnor miró a Marjorie.

—¿Quieres jugar?

Ella se rio.

—¿Yo?

—Claro. Si quieres.

—Me gustaría aprender algún juego del futuro. —Sus ojos brillaron.

Colin lo miró con los ojos abiertos.

—¿Del futuro?

Marjorie se mordió el labio.

—No debería haber dicho eso, ¿no? —Suspiró. —Colin, hijo, debes guardar el secreto, ¿de acuerdo?

Colin asintió.

—Lo juro por mi vida, mamá.

Marjorie se arrodilló delante de él. Tomó las manos de Colin entre las suyas, y a Konnor le dio un vuelco el estómago al recordar esa misma escena. ¿Cuántas veces su mamá se había arrodillado delante de él para mirarlo a los ojos cuando quería calmarlo o decirle algo importante o asegurarle que ella lo entendía? Pero, por lo general, era para venderle una ilusión tras otra. «Jerry va a cambiar. Pronto terminará todo. Solo necesitamos permitirle sanar y recuperar el juicio. Ya se detendrá, pero tenemos que ser pacientes. Él no se encuentra bien».

—Konnor es un viajero en el tiempo —le contó Marjorie—. Un hada de las Tierras Altas lo ha enviado aquí.

—Sìneag —añadió Konnor sin pensarlo.

Las cejas de Colin salieron disparadas hasta el nacimiento del cabello.

—¿Un hada de las Tierras Altas?

—Sí —murmuró Konnor—. Yo nací, o mejor dicho naceré, dentro de setecientos años.

—¿Setecientos años? —repitió Colin anonadado.

Konnor se preguntó cómo habría reaccionado su cerebro a la edad de Colin si hubiera conocido a alguien que afirmara haber nacido en el año 2700. A esa edad, le hubiera encantado vivir algo semejante.

—Sí —contestó Konnor medio atontado.

La mirada del niño lo recorrió de arriba abajo, y Konnor se sintió incómodo.

—Mamá, ¿estás segura? —le preguntó—. Sé que no existen las hadas.

—Al parecer, existen —repuso Marjorie—. ¿Qué piensas de eso?

—Creo... Creo que me gustaría ver el futuro. ¿De qué hacen las espadas, Konnor? ¿Los castillos son de oro? ¿O de cristal? ¿El rey Roberto I de Escocia gana la guerra?

Konnor se rio.

—Sí, Roberto gana la guerra. Y algunos castillos son de cristal, aunque son muy distintos. Algunos son más altos que ese árbol. —Señaló al árbol más alto, un pino, que sobresalía de una arboleda cercana. —El oro sigue siendo muy valioso.

—Cuéntale sobre los carruajes que se manejan solos —sugirió Marjorie.

—Sí. Hay carruajes que se manejan solos, sin necesidad de caballos.

Colin lo miró fijo.

—¿Funcionan con magia?

—No. Con ingeniería.

—¿Qué es la ingeniería?

Konnor se rio. Al menos, el niño no lo odiaba. Parecía estar disfrutando la conversación.

—Bueno, la ciencia estudia cómo funcionan las cosas. ¿Por qué una flecha sale volando de un arco? ¿O cómo se logra que una rueda gire mejor para que una carreta se mueva más rápido? ¿O cómo se diseña un bote o una vela para que se impulse más con el viento?

Colin echó un vistazo al lago.

—Y, ¿cómo hace uno para impulsarse más con el viento?

—No lo sé, pero los ingenieros de mi tiempo, sí lo saben.

—Mamá, ¿me dejas ver el futuro? ¿Puedo?

Marjorie apretó los labios.

—Lo siento, tesoro, a mí también me gustaría ver todas esas cosas asombrosas, pero no podemos. Nuestra vida está aquí.

Y la de Konnor, en el siglo XXI. Esa era la triste realidad.

Konnor aplaudió para llamarles la atención.

—Y, bien, ¿quién está listo para un juego del futuro?

—¡Yo! —exclamó Colin.

Marjorie se rio, y el sonido le hizo acordar a una campana. Konnor deseó poder hacerla reír así todos los días.

—Yo también.

Su risa era contagiosa, y el entusiasmo de los dos le hizo sentir alegría en el pecho.

—Perfecto. Marjorie, tú serás la arquera. Párate aquí. —Konnor se detuvo en un punto entre dos arbustos separados por un metro de distancia—. Este será el arco. —Levantó el racimo con cuatro avellanas—. Este será el balón. Colin, tenemos que patearlo hacia el arco. Marjorie, tú debes proteger el arco e intentar desviar el balón para que no entre. Contaremos quién anota más goles, y esa persona gana. Pero solo se pueden usar los pies y la cabeza. No se puede tocar el balón con las manos. ¿De acuerdo?

Colin asintió con entusiasmo.

—Sí.

Konnor colocó el ramo de avellanas en el suelo, movió la

pierna hacia atrás y lo pateó hacia el arco improvisado. Marjorie se lanzó hacia el racimo, pero llegó demasiado tarde, pues este le pasó volando por el costado y entró en el arco.

Konnor elevó las manos en el aire y corrió triunfante.

—¡Sí!

Marjorie y Colin lo observaron divertidos.

—Un punto para mí —les dijo—. Colin, es tu turno.

Colin sonrió. Cuando Marjorie le arrojó el racimo, lo atrapó y lo colocó en el suelo. Lo pateó, pero falló.

—Está bien —le aseguró Konnor mientras se acercaba—. Vuelve a intentarlo.

Colin apuntó el zapato al racimo y lo volvió a patear, pero en esta ocasión, cuando rozó la superficie del balón, salió rodando en diagonal. Maldición. Era demasiado pequeño para esos zapatos puntiagudos.

—Es demasiado pequeño. Necesitamos un balón —señaló Konnor y, con las manos, les demostró el tamaño—. ¿Dónde podemos conseguir un balón más o menos así?

De pronto, se encendió una bombilla e iluminó todo alrededor de Konnor. Era ridículo que estuviese disfrutando tanto ese momento. A lo mejor, no era tan malo con los niños. Colin se veía más animado y parecía haberse olvidado de sus secuestradores.

—Podemos hacer uno. —Sin embargo, ¿qué usarían? Se rascó el mentón. —Creo que lo más fácil sería tomar un poco de heno y envolver algunas capas alrededor de un ovillo de cáñamo para que adquiera el tamaño adecuado y sea liviano. Más adelante, te puedo ayudar a hacer un balón de verdad. ¿Qué dices, amigo?

Colin observó a Marjorie.

—Mamá, ¿puedo hacer un balón de fútbol con Konnor?

Cuando los ojos de Marjorie se clavaron en los de Konnor, él vio tanta gratitud y luz en ellos que se quedó sin aliento.

—Sí, tesoro.

CAPÍTULO 21

EL BALÓN de heno funcionó de maravilla, y a pesar de que Marjorie tuvo que ir a inspeccionar el trabajo que habían realizado sus hombres ese día mientras todavía hubiera luz, Konnor y Colin se divirtieron mucho jugando con el balón afuera del castillo. Era evidente que Colin estaba feliz de pasar tiempo afuera de las murallas, y Konnor se sintió honrado de que Marjorie le confiara la seguridad de su hijo.

Cuando el sol se puso y el cielo quedó pintado de índigo, naranja y rojo, Colin comenzó a cansarse. Konnor llevó a Colin de regreso al castillo, y cenaron juntos en el gran salón mientras Konnor le contaba más acerca del futuro. Le habló de los automóviles, de los barcos y de los aviones.

Lamentablemente, pronto regresaría a su época, y el chico se quedaría allí. Al hablar del siglo XXI, volvió a pensar en su madre y se preocupó por ella. Se intentó asegurar de que se encontraba bien. No le había pasado nada. Aún tenía dinero. Y tenía gente a la que acudir si algo iba mal.

Lo mejor era mantenerse ocupado y prepararse para el ataque mejorando sus técnicas de lucha con la espada y ayudando a fortificar el castillo.

A la mañana siguiente, luego de desayunar las gachas, Konnor atravesó las murallas del castillo para ver si podía plantar las estacas en el suelo. Allí encontró a unos diez hombres, entre ellos Muir y Tamhas.

Malcolm le estaba mostrando a un hombre cómo cortar la afilada punta de una estaca. Unos trozos de tronco blancos se desprendieron tras el corte del hacha y llenaron el aire de aroma fresco a madera.

Konnor se detuvo al lado de Malcolm.

—¿Necesitas ayuda?

Malcolm lo miró con ojos evaluadores.

—Sí, muchacho. Siempre. —Asintió hacia Tamhas y Muir, quienes cavaban hoyos en el suelo, en la base de la muralla norte —. Puedes plantar las estacas que están listas en los agujeros. Muir te ayudará. —Señaló la pila de troncos largos y afilados que había cerca.

—Muy bien —aceptó Konnor.

Muir se acercó y lo saludó asintiendo con la cabeza. Tomaron una estaca juntos. Era muy pesada, y Konnor sintió un tirón en los brazos por el peso. Los dos hombres se colocaron la estaca sobre los hombros y la cargaron hacia la trinchera donde ya había plantadas otras.

Tamhas acababa de terminar de cavar un pozo y miró a Konnor con el ceño fruncido. Acto seguido, se le dilataron las fosas nasales.

—A la cuenta de tres —dijo Konnor—. Uno, dos, tres.

Colocó el extremo de la estaca en el agujero y, con la ayuda de Muir, la sostuvo en un ángulo de cuarenta y cinco grados mientras Tamhas tomaba una pala y llenaba el hueco con tierra.

—Te vi jugando a algo con Colin y la señora —gruñó Tamhas al tiempo que arrojaba otra palada de tierra—. No te atrevas a acercarte demasiado a ella.

—Tamhas, muchacho, cálmate —sugirió Muir.

—No me subestimes, Muir —ladró por encima del hombro —. No me quedaré de pie viendo cómo este forastero lastima a nuestra señora y a Colin.

—Lo último que quiero es lastimarla —repuso Konnor con los dientes apretados y los bíceps adoloridos del peso de la estaca —. Ni a ella, ni a su hijo.

—Bueno, ya lo veremos. —Tamhas clavó la pala en la tierra y se giró para terminar de llenar el agujero.

—Date prisa —le urgió Muir—. Esta cosa no es de pluma. ¿Ya habías hecho esto antes, Konnor? ¿Cómo sabías cómo mejorar las defensas de la fortaleza?

Konnor se aclaró la garganta. Aunque Colin e Isbeil sabían que él venía de otra época, estaba seguro de que no era buena idea andar divulgando eso. ¿Acaso no quemaban a las brujas en la Edad Media?

—No. Es sentido común. Pero, como he luchado por mi país, conozco tácticas militares.

—¿Y cuál sería ese país?

Maldición. No debería haber dicho eso.

—Dudo que lo conozcas. Queda lejos.

Tamhas arrojó más tierra en el agujero.

—¿Crees que no conozco otros reinos? Yo también soy un Cambel, por el lado de mi madre. Me crie con Marjorie y sus hermanos y recibí la educación de los monjes, al igual que Craig, Owen y Domhnall. Sé leer y escribir.

El tronco hacía presión contra el pecho de Konnor y le dificultaba la respiración. Se movió un poco para redistribuir mejor el peso.

—Nunca dije que no supieras. Queda en el oeste. Nadie lo conoce.

—Por cierto, ¿qué hay en el oeste? —gruñó Muir. Al parecer, a él también le estaba pesando el tronco.

—Irlanda —repuso Tamhas—. ¿Eres un *gallowglass*?

¿Qué diantres era un *gallowglass*? Konnor esperaba que se tratara de alguna especie de guerrero.

—Sí —respondió—. Así es.

—Sí. Tiene sentido. Son brutales. ¿Acaso los MacLeod no contratan sus *gallowglasses* en Irlanda?

—Yo creo que dice puras mentiras —sostuvo Tamhas.

—Oh, por favor —intervino Muir—. El muchacho salvó a Colin cuando los MacDougall entraron en su habitación. Y estaba herido. Yo tengo el suficiente sentido común como para aceptar que es de valor. ¿Aprendiste a luchar así en Irlanda?

Konnor se aclaró la garganta.

—No, conocí a un maestro de judo que viajó para enseñar el arte chino del combate. Él me enseñó a luchar.

Muir asintió lentamente mientras asimilaba la información.

—¿El simple uso de puños, codos y rodillas no era suficiente para ti?

—En realidad, lo son —respondió Konnor—. Pero los utilizo de distintas maneras.

Tamhas arrojó la última palada de tierra en el agujero y colocó un palo inclinado para que la estaca se irguiera en el ángulo indicado. Konnor y Muir retiraron los brazos, y Konnor sintió un profundo alivio cuando la sangre le volvió a fluir hacia las manos.

—La siguiente estaca —sostuvo Muir y echó a andar hacia la pila.

Konnor se volvió para seguirlo, pero Tamhas lo tomó del hombro. Sus ojos destellaban con una amenaza silenciosa.

—Aléjate de ella, bastardo.

Konnor sintió una oleada de ira.

—No me provoques, amigo.

Quizás Tamhas vio algo en los ojos de Konnor, porque sus rasgos se tornaron desafiantes.

—¿Que no te provoque? —repitió—. Y si no quiero, ¿qué?

Cuando lo empujó por el hombro, Konnor comenzó a ver todo rojo. «Cálmate», se dijo. «No estás en la secundaria. Tú sabes cómo lidiar con esto. Recuerda lo que le hiciste a Jerry...»

Sin embargo, estaba furioso y lo único que quería era golpear a Tamhas en el rostro. Recordó a su padrastro. Su rostro ensangrentado e hinchado, el ojo completamente cerrado y la nariz rota. Todo el daño que Konnor había causado con sus manos.

No. Tenía que ser más fuerte que el joven que había perdido el control. Más fuerte que Jerry.

—Vete al infierno —le respondió y se volvió para seguir a Muir, pero Tamhas lo hizo girar.

—Me importa un comino si el mismo Roberto te entrenó. Aléjate de Marjorie, forastero. Veo la forma en que te mira y lo entusiasmado que está el muchacho. Y, si no mueres en la batalla, pronto te marcharás. Y yo tendré que juntar los pedazos de su corazón. Ella ya se desmoronó una vez y apenas logró recomponerse. No le hagas volver a pasar por lo mismo, ¿me oyes?

Tamhas apartó la mano y se alejó. Konnor se quedó de pie atónito, con dolor en el corazón. Se dio cuenta de que Tamhas tenía razón. Tarde o temprano, él se marcharía y la lastimaría al hacerlo... y, para su sorpresa, en esa ocasión, él también saldría lastimado.

Y era posible que nunca se recuperara.

<h1 style="text-align:center">CAPÍTULO 22</h1>

Esa noche, luego de cenar, Konnor acompañó a Marjorie a su recámara. Cuando llegaron, ella se quedó en la puerta pidiéndole... esperando... buscando un beso.

El día anterior habían tenido un día maravilloso. Marjorie no había visto a Colin tan entusiasmado en mucho tiempo. Konnor había logrado alegrarlo e, incluso ese día, Colin había seguido jugando al fútbol, el juego del futuro.

Ese día, luego del almuerzo, Marjorie había vuelto a entrenar con Konnor durante toda la tarde. Konnor era... Oh, cielos, él hacía que su corazón cantara. Esa escena le hacía desear lo imposible: que Konnor se quedara. Que Konnor perteneciera a su tiempo. Que pudiera jugar al fútbol con Colin todos los días. ¿Acaso eso no sería maravilloso?

Los ojos de Konnor brillaban como el cielo nocturno sin fin bajo la luz titilante de la antorcha. Su nuez de Adán subía y bajaba cada vez que tragaba saliva con la mirada fija en los labios de ella. Solo con mirarla, hacía que sus brazos se sintieran suaves y cálidos, y que sus rodillas se debilitaran.

—Buenas noches, Marjorie —dijo con la voz ronca.

—No creo que pueda dormir sin un beso de buenas noches —le susurró, sorprendida por su propia audacia.

Acto seguido, sin esperarlo, dio un paso hacia adelante y lo besó.

¡«Ella» lo besó!

Él la abrazó con fuerza contra su cuerpo, como si se estuviera ahogando y ella fuera su última esperanza. Sus labios la necesitaban más que el día anterior, su lengua le hacía sentir su deseo dulce y desatado. Marjorie perdió cualquier noción del tiempo y del lugar. Solo existía él... y la carne cálida y dura de su cuerpo bajo las palmas de sus manos. Sus caderas. Y su lengua. Y su aroma limpio y masculino.

En esta ocasión, él se detuvo primero, pero no la soltó. En cambio, apoyó la frente contra la de ella y respiró entre jadeos.

—Si no me detengo ahora —comenzó con voz ronca—, nunca querré detenerme, Marjorie.

«Pues, no lo hagas», quería decirle. Pero sus escudos se volvieron a alzar y le enfriaron los sentidos. Oh, realmente quería derribarlos y hacerlos añicos como a una copa hecha de cristal. Pero esos escudos la habían protegido de cualquier dolor sin fallar durante los últimos doce años. Marjorie no se podía imaginar vivir con el corazón tan expuesto y vulnerable, porque sin importar lo mucho que quisiera que Konnor se quedara, al final se marcharía.

—Sí, es mejor detenerse —acordó y dio un paso hacia atrás. Él la observó con una mirada intensa y pesada—. Buenas noches, Konnor.

Esa noche, no tuvo pesadillas sobre el peligro que a menudo la acechaba, ni sobre un hombre fuerte y oscuro que la aprisionaba. No. Soñó con unos labios suaves y cálidos, unos brazos grandes que la protegían y una vida llena de felicidad matrimonial que nunca tendría.

Al día siguiente, Konnor se veía mucho mejor. Aún cojeaba, pero sostuvo que el ejercicio le hacía bien a la pierna. Entrenaron hasta el almuerzo, y luego de eso fue a ayudar a clavar las estacas puntiagudas en la muralla norte. De algún modo, cuando Marjorie se hallaba en presencia de él, el sol brillaba más intenso, y el aire se tornaba más fresco. Le llenaba los pulmones con una sensación extraña, como una bandada de estorninos que salían volando hacia el cielo.

Esa noche, cuando caminaron hacia la torre juntos, unos pensamientos oscuros invadieron la mente de Marjorie. ¿Cuándo atacarían los MacDougall? ¿Sobreviviría Konnor? Tendría que cuidarle las espaldas durante la batalla. Si sobrevivía, y si ganaban, ¿cuánto tardaría en dejarla?

Tarde o temprano, lo haría. Una sensación de frío le invadió el cuerpo y le produjo un cosquilleo en las extremidades. ¿Qué esperaba? Él nunca había prometido que se quedaría para siempre. Él tenía una vida en su época, en el futuro. Su madre lo necesitaba. Y ella debía quedarse allí. Tenía que pensar en su gente. Sin dudas, se sentiría sola y pensaría en él todos los días.

Una lluvia cálida de verano caía sobre el castillo, y el aroma a tierra húmeda y fértil impregnaba el aire. A excepción de algunas antorchas que colgaban de la pared, el patio estaba oscuro. Del gran salón, donde los habitantes del castillo seguían cenando, se oía el distante susurro de varias voces.

—¿Por qué nunca te has casado? —le preguntó Marjorie.

Konnor se detuvo y se volvió a mirarla con el ceño fruncido.

—¿Por qué quieres saberlo?

—Es solo que... —Marjorie exhaló y parpadeó para quitarse las lágrimas que se le habían acumulado en los ojos—. Yo nunca me casaré.

El rostro de Konnor se ensombreció.

—Desearía que dejaras de decir eso. Eres el sueño de todos los hombres. Hermosa, fuerte, amable e inteligente.

La tomó en sus brazos, la quemó con el calor que emanaba de su piel y le apoyó un dedo contra los labios. Un escalofrío placentero la recorrió entera.

—Pero nadie podría quererme luego de... Ya sabes.

—Cualquier hombre que tenga ojos y cerebro te querría. Y los que no lo hacen no te merecen, ¿me oyes?

Marjorie exhaló y asintió. Las palabras de Konnor se sentían como un bálsamo sobre su alma desgarrada.

Konnor suspiró.

—Lo que sucede es que no sé cómo ser un buen marido o un buen padre. El amor romántico es una mentira, una ilusión que solo lleva al sufrimiento. Mi mamá amaba a mi papá, y él se murió. Amaba a Jerry, y él abusó de ella. Con toda la violencia que he visto y las cosas que he hecho, no creo que un hombre como yo deba casarse o convertirse en padre.

Marjorie negó con la cabeza.

—¿Un hombre como tú? ¿Un hombre de honor, valiente y amable? ¿Un hombre inteligente, educado y con experiencia militar? Tú serías un esposo y un padre maravilloso, aunque no hayas tenido ningún modelo a seguir.

Un hombre que le derretía el corazón del mismo modo en que el sol derretía la cera...

Marjorie abrió la boca para decirle que a ella no le importaba en lo más mínimo su pasado, cuando oyó unos pasos fuertes que chapoteaban contra el barro del patio.

—¡Señora! ¡Señora! —gritó Malcolm.

Marjorie se volvió.

—¿Qué sucede?

—Son los MacDougall. Vienen en camino. Los muchachos nos han enviado la señal.

Una capa de sudor frío le cubrió la espalda.

—¿De dónde vienen?

—Del sur, señora. Están a la vuelta de Kinnavar.

Marjorie exhaló con suavidad y asintió.

—Si cabalgan de prisa, llegarán pronto.

Estaban tan cerca... ¡Tan cerca de Colin! De ella... Todo el cuerpo le comenzó a temblar.

—¿Los muchachos están regresando? Debemos comenzar a prepararnos para el asedio. Llama a todos...

—Aguarda —la interrumpió Konnor—. Probablemente acampen esta noche y ataquen por la mañana, ¿cierto?

—Sí.

Konnor la tomó de los hombros y la miró a los ojos.

—Deberíamos tomarlos por sorpresa y atacarlos ahora, en la oscuridad.

¿Atacar de noche? Marjorie podía ver la lógica de esa propuesta, pero le temblaba el estómago de temor. Lo cierto era que era demasiado débil para luchar contra guerreros de verdad. Las murallas del castillo la protegerían.

—Sé lo que estás pensando —continuó Konnor—. Lo veo en tus ojos. Pero te equivocas. Las murallas solo los retrasarán. El elemento sorpresa es lo que te dará la victoria en esta batalla. —Elevó la mirada a Malcolm—. ¿Sabes cuántos hombres han traído?

—No. Los muchachos están contando y nos lo dirán pronto.

—Pero, ¿cuántos crees? —preguntó Konnor.

—Por lo menos cien hombres. Son los que necesitan para un asedio.

—Eso es el doble de lo que tenemos. Marjorie, tú misma los has estado preparando y entrenando, estás más que lista. Debemos sorprenderlos y atacar ahora.

—Pero, hemos estado preparando el castillo durante tanto tiempo...

—Y las murallas te mantendrán a salvo aquí. Yo iré con tus guerreros y tomaremos al enemigo por sorpresa. Sé que eres una guerrera valiente, y estoy seguro de que puedes derrotar a cualquier MacDougall que sea lo suficientemente tonto como para acercarse a ti, pero te juro que moriré antes de permitir que alguien te haga daño.

¿Que los dejara ir sin ella? Seguro que Marjorie no era tan cobarde...

Pero la idea de enfrentarse a los MacDougall a campo abierto y en plena noche le hizo poner la piel de gallina. Recordó unos brazos duros como rocas alrededor de su cintura, los golpes en las manos y en las piernas, y el lomo del caballo que impactaba contra su estómago durante la larga cabalgata. A Marjorie se le congeló el cuerpo. ¿Y si volvía a ocurrir?

Peor aún, ¿y si le ocurría a Colin?

A Marjorie se le tensó el estómago, pero negó con la cabeza.

—No puedo permitir que mis hombres... ¡Tú apenas logras sostener una espada!

—Marjorie —dijo Konnor—. Puedo hacerlo. Es la mejor oportunidad que tenemos. No se esperarán un ataque, de modo que los atravesaremos como un cuchillo a la mantequilla.

Tomó el rostro de ella en sus manos.

—Me llevaré a algunos de tus hombres y atacaremos a los MacDougall esta noche, antes de que lleguen al castillo. De ese modo, recortaremos sus fuerzas. Quizás hasta logremos asustarlos.

Marjorie comenzó a llorar, las lágrimas le caían más rápido y más gruesas que la lluvia.

—No. No puedo permitir que arriesgues tu vida por mí. Yo también debo ir.

Tenía que ser fuerte. Luego de todos esos años de entrenamiento, no podía limitarse a permanecer dentro de las murallas del castillo. Si alguien debía vengarse, esa era ella.

—Tú tienes que quedarte aquí, Marjorie —le dijo con la voz dura como el acero—. Tu seguridad es la mayor prioridad: la tuya y la de Colin. No permitiré que soportes ningún tipo de violencia... No permitiré que los MacDougall te vuelvan a tocar un solo cabello. ¿Me oyes?

Sería tan fácil decir que sí, dejar que él luchara su batalla. Decirse a sí misma que tenía que pensar en Colin y que aún tenían que preparar la defensa del castillo, terminar las estacas y colocarlas en su sitio y afilar las espadas.

Konnor tomó su silencio como un «sí», se inclinó y le depositó un beso rápido en los labios.

Luego se volvió hacia Malcolm.

—Vamos. Escoge a tus mejores hombres. Nos iremos en cuanto estén todos listos.

Marjorie los observó marcharse, y el corazón se le cerró como un puño. ¿Qué estaba haciendo? Debería ir y decirles que ella también iría. Tomar la espada, ponerse la armadura y permitir de una vez que su *claymore* bebiera la sangre del enemigo.

Pero las murallas le eran familiares y seguras. Y, cuando pensó en las manos que la habían aprisionado, una ola de pánico tomó el control de su cuerpo.

No. Se quedaría allí, porque solo allí estaría a salvo.

Observó a Malcolm reunir a los guerreros: se llevó a veinte hombres. Mientras se preparaban, se hallaban de pie en la oscuridad de la noche que reinaba en el patio, bajo la lluvia, con las espadas, y las cotas de malla que les cubrían las cabezas brillaban bajo la luz de las antorchas. Malcolm ladraba instrucciones, y los hombres escuchaban con atención. Konnor se hallaba entre ellos.

Marjorie se apoyó contra la muralla y los observó con el corazón desbocado. «Cobarde. Cobarde. Cobarde». Esos hombres arriesgarían sus vidas por ella y por Colin. Al igual que Konnor.

¡Konnor! Quien ni siquiera pertenecía ni a su clan, ni a su tiempo.

Tamhas se detuvo a su lado, y la lluvia le caía de la barba incipiente.

—Es un movimiento inteligente, muchacha —le dijo—. Me alegra que no vayas con ellos. Me quedaré aquí y me aseguraré de que estés a salvo.

Marjorie apretó los dientes con tanta fuerza que los oyó repiquetear. Quería decirle que no necesitaba su protección.

Las puertas se abrieron, y los hombres se adentraron en la oscuridad de la noche. Konnor elevó la mirada e, incluso en la oscuridad, sus ojos encontraron los de Marjorie. Una oleada de algo la invadió: ternura, calidez y anhelo. Konnor se tocó la frente con dos dedos, el índice y el del medio, luego los movió hacia adelante... Parecía algún tipo de saludo militar, quizás se trataba de algo del futuro. O un adiós.

Tamhas siguió hablando de su seguridad, su protección, el bienestar de Colin, la lealtad y otras cosas que Marjorie ni siquiera logró registrar. Observó la silueta de Konnor mientras se alejaba más y más de la muralla del castillo hasta que se disolvió en la oscuridad por completo, al igual que el resto de los hombres.

—Sé que te tiene impresionada, pero yo he estado a tu lado durante toda tu vida. Yo moriría por ti, muchacha. Te conozco desde que éramos niños…

Marjorie no apartó la vista de la oscuridad. No sabía cuánto tiempo había pasado, pero se sentía como si Tamhas hubiera estado hablando una eternidad. ¿Y si nunca los volvía a ver? ¿Y si acababa de enviar a Konnor, Malcolm, Muir y casi veinte hombres más a la muerte?

¿Qué estaba haciendo?

Se estaba permitiendo ser débil. Se estaba volviendo a convertir en la muchacha a la que habían atacado, golpeado y quebrado, aunque se hubiera pasado cada día de los últimos doce años luchando por sí misma.

Sin embargo, no más. Lucharía por la esperanza.

Nunca había sentido una desesperación tan profunda como cuando había estado cautiva en el castillo de los MacDougall. Cuando comenzó a entrenar, al principio no se dio cuenta, pero pronto notó que cada vez que blandía una espada y se imaginaba a su enemigo, estaba luchado por su futuro. Por la esperanza de recuperar a la muchacha que había sido antes de la pesadilla que la había cambiado.

Y ahora, si se sentaba a esperar y permitía que los otros lucharan sus batallas, nunca tendría la oportunidad de hacerlo. Nunca sería la guerrera fuerte que quería ser. Nunca sería un buen ejemplo para Colin.

Nunca tendría esperanza por un futuro mejor: no solo para ella, sino para las otras muchachas y mujeres de su clan.

Ya era suficiente. Esa noche, lucharía en una verdadera batalla por primera vez. Era hora de levantarse.

—Iré con ellos —le dijo a Tamhas por encima del hombro y, sin esperarlo, avanzó a paso acelerado hacia la torre y a su recámara para ponerse la armadura antes de ir a darles su merecido a los MacDougall.

CAPÍTULO 23

Konnor se acuclilló detrás de un pino y observó el campamento que, en gran parte, se hallaba dormido. Estaba lloviendo a cántaros y las gotas de lluvia sonaban como tambores contra las hojas y el césped. Muchos de los guerreros que estaban dentro de las carpas dormían, protegidos de la tormenta. Varios centinelas estaban sentados alrededor de las fogatas y se apretaban los abrigos contra el cuerpo. La lluvia ruidosa y pesada era otro punto a su favor, aunque fuera desagradable y los mantuviera húmedos.

Alguien se arrodillo al lado de él, y Konnor se volvió.

«¡Marjorie!»

—¿Qué haces aquí? —le preguntó en un susurro.

—He venido a luchar —le respondió.

—¡Regresa al castillo ya mismo!

Tamhas se acuclilló al lado de Marjorie.

—¿Crees que no lo he intentado? Al menos podemos estar de acuerdo en esto. Ella estaría a salvo detrás de las murallas.

—Cállense los dos —susurró Marjorie.

Konnor estaba tan consciente de la presencia de Marjorie a su lado que se sintió igual que antes de luchar su primera batalla en Irak de joven. Estaba casi paralizado de temor, tenía los puños cerrados alrededor del arma como si fueran tenazas de hierro. Solo que en esta ocasión no era por su vida por la que temía.

Temía por la de Marjorie.

La mujer de la que se estaba enamorando.

El pensamiento lo hizo quedarse total y absolutamente quieto. Dejó de respirar.

«¿Enamorado?»

Negó con la cabeza para despejarse. Más tarde pensaría en eso. En ese momento, tenía que concentrarse en la batalla.

Malcolm le había dado una armadura escocesa y un *lèine croich*. Konnor había visto en incontables películas históricas de acción que ese tipo de armadura de hierro era demasiado costosa para los escoceses de la época. Sin embargo, Marjorie había ordenado que le entregaran un casco de hierro y una cota de malla para protegerle el cuello y los hombros. Se sentía como un extra en la película *Corazón valiente*, y parecía que Mel Gibson podría salir de un arbusto en cualquier momento.

Excepto que aquí, los hombres que estaban en el claro del bosque no eran ni actores, ni dobles, ni extras. Eran guerreros reales con espadas de acero afiladas y años de experiencia en el campo de batalla. Algo que Marjorie no tenía. Konnor sí, pero no con espadas. Debería insistir en que regresara al castillo antes de que fuera demasiado tarde. Tamhas lo ayudaría. Podía atarla y llevarla de regreso a casa por la fuerza. Pero ella lo detestaría. Y él no podía detener a una mujer como Marjorie de hacer lo que se había propuesto. Lo único que le quedaba por hacer era mantenerla a salvo a como diera lugar. Aunque le costara la vida.

Marjorie tenía el ceño fruncido, los labios apretados, y el pecho le subía y le bajaba rápido bajo la armadura de cuero que tenía puesta. Ella le había dicho que su padre la había mandado a hacer especialmente para ella en el pasado para protegerla, y Konnor estaba agradecido por eso.

¿Qué estaría pensando? ¿De verdad estaba preparada para lastimar y matar luego de tantos años de entrenamiento? Él nunca olvidaría a la primera persona a la que había matado y deseaba que ella nunca tuviera que vivir con un recuerdo como ese.

—¿Cuántos hombres crees que hay allí, Konnor? —le preguntó.

—Probablemente cien o doscientos.

Los superaban en números por lo menos diez veces. El enemigo tenía dos escaleras de asedio, de modo que al día siguiente avanzarían con lentitud, sobre todo luego de la lluvia.

—Sí, eso parece —acordó Marjorie—. Bueno, no es nada de lo que Roberto se acobardaría. Derrotó ejércitos de dos mil hombres con tan solo ochocientos gracias a que tenía el elemento de sorpresa y tácticas astutas.

Vestida con el casco y la cota de malla, lo miraba con tal dureza en los ojos que parecía la diosa de la guerra personificada.

—Somos *highlanders*, y Loch Awe es nuestra tierra. Esta es nuestra pelea. Luchamos con la naturaleza y no en contra de ella. Usamos la cabeza y el ingenio; no pensamos con nuestros miembros.

A Konnor se le cayó la mandíbula al suelo. Marjorie era brutal.

Sin embargo, él ya lo sabía.

Ella miró a sus tropas, todos los hombres la observaban.

—*Cruachan* —susurró. Luego repitió un poco más alto—: ¡*Cruachan*!

Todo el grupo susurró:

—¡*Cruachan*!

Aunque los hombres exclamaron el llamado a guerra del clan Cambel en un murmullo, a Konnor le resonó como un diapasón en sintonización con algo en lo profundo de su pecho.

Se incorporaron un poco y avanzaron con sigilo y en silencio hacia el campamento de los MacDougall. Konnor estaba cerca de Marjorie con la espada lista.

A medida que se acercaban, apretaban el paso. Y, con la velocidad que adquirían, algo tomó poder de ellos. Konnor nunca había sentido eso en ninguna de sus experiencias en Irak. Como si tuvieran una manta de furia en común que los unía en el espíritu de la guerra. La sensación se asentó en los huesos y en los músculos de Konnor. Todos soltaron un último «*¡Cruachan!*» antes de invadir el campamento del enemigo como una ola.

Konnor se aseguró de quedarse cerca de Marjorie. Y lo primero que vio fue la muerte que causó: un centinela se había incorporado anonadado y no había tenido tiempo ni de levantar su espada antes de que ella le atravesara el pecho con la *claymore*.

Los dientes de Marjorie destellaron al hacerlo. Era hermosa y aterradora, y no se detuvo. Sus ojos gatunos brillaban llenos de furia. Sin dudas, era su diosa celta de la guerra.

Konnor se debatió contra su primer oponente, un hombre que acababa de desenvainar su espada, permitió que su cuerpo recordara el entrenamiento intenso que le había dado Marjorie y blandió la espada. Frenó el ataque con un estrépito metálico. El hombre se encontraba debilitado, era probable que siguiera adormecido o hubiera bebido más de la cuenta. Konnor lo embistió por el otro lateral, pero el guerrero se defendió. Tenía una pierna demasiado cerca de Konnor y eso lo ponía en desventaja. Konnor alzó la espada y se la clavó en el estómago.

Requirió más fuerzas de las que había creído, pero el hombre se aferró a la hoja con las dos manos y cayó con una expresión de dolor y sorpresa en el rostro. Konnor suspiró. Era su primera víctima. Al igual que siempre, sintió un aguijonazo de culpa, pero no había tiempo para eso, pues otro hombre se estaba lanzando hacia él.

Fue una masacre. Muchos guerreros fueron asesinados mientras dormían, mientras que otros lograron tomar sus armas antes de morir. Sin embargo, el resto de los MacDougall se despertó y se armó.

Salieron de las carpas gritando su llamado a la guerra. Marjorie se debatió con otro guerrero. Konnor la quería ayudar, pero también tenía su propia batalla en manos.

Un hombre grandote lo atacó con su espada. El MacDougall blandió la *claymore*, pero Konnor respondió con la suya. Cuando desvió otro golpe, el hierro chocó demasiado cerca de su garganta. Konnor dio un paso hacia atrás. El guerrero detectó cierta debilidad en Konnor y se lanzó al ataque con golpes bajos. Mientras los desviaba, Konnor agradeció haber practicado esos movimientos durante su corto entrenamiento.

El hombre sintió que la victoria estaba cerca y elevó la espada con las dos manos. Konnor aprovechó la fracción de segundo durante la cual el torso de su oponente quedó expuesto y le clavó la espada en el estómago. El hombre se quedó quieto, y su *claymore* cayó al suelo antes que él.

Konnor sintió algo afilado en el hombro y se apartó. Ya tenía a otro MacDougall, mucho más joven y fuerte, atacándolo. No tuvo ni tiempo de alzar la espada. La hoja del enemigo descendió sobre él, lista para atravesarle el corazón.

Konnor miró a la muerte a los ojos.

Sin embargo, antes de que la hoja tocara el pecho de Konnor, el hombre se detuvo y cayó al suelo. Marjorie le extrajo su *claymore* cubierta de sangre de la espalda.

Asintió.

—Creo que estamos a mano.

Le acababa de salvar la vida. Tenía el rostro cubierto de sangre, los ojos brillantes y la espalda erguida. Nunca se había visto más poderosa, más hermosa o más viva. Durante unos instantes, Konnor se olvidó de respirar, de moverse o de vivir. Ella era el sol, y él, el hombre que había vivido en la noche eterna.

Ella lo necesitaba. Él tenía que protegerla, hacer lo que hiciera falta para que ella viviera, aunque eso significara morir por ella. Miró alrededor. Más enemigos se lanzaron hacia ellos, y Konnor se preparó para el próximo oponente.

—*¡Cruachan!* —gritó, y Marjorie le sonrió de oreja a oreja.

Sin embargo, cuantos más guerreros se despertaban y se lanzaban al ataque, más enemigos tenían que enfrentar los Cambel. En poco tiempo, fue evidente que los estaban obligando a retirarse.

Konnor atravesó la garganta de un enemigo y lo pateó hacia atrás. Intercambió una mirada con Marjorie, quien acababa de herir a otro hombre y jadeaba mientras su espada chorreaba sangre.

—Tenemos que retirarnos, Marjorie —le dijo—. Ordena la retirada.

Ella echó un vistazo alrededor con determinación.

—Sí. —Inspiró una profunda bocanada de aire—. ¡Retirada! ¡Rápido! ¡Retirada!

—¡Retirada! —gritó Konnor.

Se aseguró de que Marjorie se volviera y echara a correr y luego la siguió, escudándola de los enemigos. Sus hombres también los siguieron, y Konnor vio a Muir, Tamhas y Malcolm entre otros. Calculó que había quince de ellos vivos.

Los guerreros enemigos comenzaron a seguirlos, pero pronto se detuvieron, y Konnor supo que su comandante les había ordenado que levantaran el campamento y prepararan los caballos para llegar a Glenkeld con todas las municiones.

Ahora solo sería cuestión de ver si las fortificaciones del castillo lograrían contener a los MacDougall o no.

CAPÍTULO 24

Marjorie estaba sin aliento y le dolían los hombros, los brazos y el pecho luego de la batalla. Le dolía la cabeza de los golpes que había recibido. Tenía un corte en el rostro, le ardían las costillas y tenía moretones en varias partes del cuerpo.

Konnor estaba de pie a su lado sobre la muralla, y los dos observaban el ejército de los MacDougall que se aproximaba. Konnor había blandido la espada bien en el campo de batalla, y Marjorie estaba orgullosa. Parecía todo un *highlander*. Lo que le faltaba en experiencia, lo compensaba con ingenio y destreza.

Marjorie observó a los MacDougall que se acercaban a Glenkeld con todas sus municiones. La lluvia había cesado, el cielo comenzó a aclararse hacia el este, detrás de los árboles, y todo el paisaje estaba cubierto con un tono gris claro. Los pinos del bosquecillo más cercano se veían negros.

Esa noche, Marjorie había debutado como guerrera en el campo de batalla. Ya no era una cobarde, aunque aún le temblaban las manos. Gracias a Konnor lo había conseguido, él le había dado la fortaleza y seguridad para creer en sí misma. Ni ella se había dado cuenta de cuánta fuerza tenía dentro luego de todos esos años.

Gracias a la idea de Konnor, los Cambel habían reducido el

ejército enemigo en casi sesenta hombres, pero, aun así, no tenían chances de derrotarlos en el campo abierto. Ahora veía que había muchos más de los que habían creído. Quizás, unos trescientos hombres.

Ahora era cuestión de defenderse.

Los arqueros Cambel estaban escondidos detrás de las persianas de madera que había entre los merlones de piedra sobre las murallas. Mientras Marjorie y su grupo habían estado luchando, los hombres que se quedaron en el castillo habían cubierto las vallas de madera sobre las torres y los tejados de las edificaciones para que resistieran al fuego. La muralla norte estaba lo más segura posible, considerando el tiempo y los recursos limitados con los que habían contado. En el patio, había seis calderos llenos de arena caliente que colgaban sobre las fogatas y, cerca de ellos, una gran pila de arena para rellenarlos.

El castillo debía resistir.

La multitud de guerreros se aproximaba. Una torre de asedio se alzaba en el medio de sus filas, al lado de un ariete. Algunos MacDougall llevaban largas escaleras de asedio. Marjorie se estremeció al ver todas esas armas de guerra.

De pronto, el ejército se acercó lo suficiente…

Y lo vio.

El rostro que nunca olvidaría. El mismo que veía en sus pesadillas. El padre que había permitido que su hijo la tratara como un felpudo.

John MacDougall.

El jefe del clan MacDougall, John MacDougall, estaba sentado sobre el lomo de su caballo. Llevaba puesta una costosa cota de malla y una armadura que destellaba sobre la luz blanquecina del amanecer. Llevaba el cabello blanco amarrado en una cola larga que le caía por la espalda.

Marjorie sintió un escalofrío al verlo. La última vez que lo había visto, hacía muchos años, en Dunollie, lucía mucho más joven. Curiosamente, ahora se veía más bajo y menos poderoso, aunque sus hombros aún seguían siendo imponentes y anchos, y se sentaba sobre el caballo con la gracia de un guerrero experimentado.

Sus ojos dieron con los de ella.

«Oh, no».

—Marjorie —dijo John frunciendo el ceño con sorpresa—. ¿Has sido tú la que nos atacó?

En la oscuridad de la noche y en el caos de un ataque sorpresa, probablemente no la había reconocido o ni siquiera la había visto. «Así es, cerdo». Una sensación de triunfo se expandió por todo su ser como una avalancha de fuego.

—No te lo esperabas, ¿cierto?

La expresión de sorpresa dio lugar a una de amenaza.

—Mejor todavía, muchacha tonta. ¿Acaso crees que puedes derrotarme? «¿A mí?» Entrégame a mi nieto, y te dejaré en paz.

Beira, la diosa del invierno, debió haber pasado por el aire en ese momento, porque Marjorie se convirtió en una escultura de hielo.

—¡No es tu nieto, canalla! Es mi hijo. Es un Cambel. Los MacDougall nunca le pondrán un dedo encima.

—Es un bastardo, pero yo lo reconoceré y lo convertiré en mi heredero. Es el hijo de mi único hijo varón. Todas mis hijas no me han dado más que nietas.

—Sobre mi cadáver —gruñó Marjorie apretando los dientes—. Él no sabe nada de ti, ni tampoco lo sabrá nunca mientras pueda impedirlo.

Marjorie esperaba que Colin estuviera dormido, pero... ¿y si la había escuchado? Ella le había ocultado la verdad acerca de su concepción violenta para protegerlo, pero quizás tendría que decirle la verdad y explicarle lo que había pasado.

—¿Es tu última palabra? —le preguntó mirándola a través de sus pestañas.

—Sí.

—Entonces que sea sobre tu cadáver.

Se colocó el casco y desenvainó la espada.

—*¡Buaidh no bas!* —«Victoria o muerte».

—¡*Buaidh no bas!* —repitió el clan.

—¡*Cruachan*! —rugió Marjorie.

—¡*Cruachan*! —Decenas de voces perforaron el silencio del amanecer.

Los MacDougall se lanzaron al ataque y se dividieron en dos: la mitad avanzó hacia la muralla norte, mientras que el resto corría con las escaleras de asedio hacia la muralla frontal.

—¡Arqueros, apunten! —exclamó Marjorie—. ¡Disparen!

Varias decenas de flechas salieron volando por el aire, dibujaron un arco alto y descendieron sobre la muchedumbre. Varios guerreros cayeron soltando gruñidos de dolor.

—¡De nuevo! ¡Disparen! —exclamó Marjorie. Se volvió para mirar al patio y gritó—: ¡La arena! ¡Súbanla aquí y a la muralla norte!

Mientras las flechas volaban, los dos guerreros que había apostados por cada caldero en el patio recogieron la arena y comenzaron a subirla a las murallas. Afuera, la torre de asedio y el ariete avanzaron hacia el castillo.

—¡Dispárenle a los que sostienen las escaleras! —ordenó Marjorie.

Se volvió hacia Malcolm y Konnor.

—Iré a la muralla norte. ¿Pueden comandar el ataque aquí?

—Iré contigo —respondió Konnor.

—Sí, yo comandaré aquí —le aseguró Malcolm.

Marjorie y Konnor se apresuraron por la muralla, atravesaron la torre y salieron a la muralla norte. Los MacDougall intentaban colocar las escaleras de asedio en su sitio, pero las estacas que habían colocado en la base se lo estaban dificultando.

—¡Está funcionando! —exclamó Marjorie—. Konnor, está funcionando.

Konnor asintió con los ojos intensos mientras observaba a los atacantes. Ellos también contaban con arqueros. Como John MacDougall se encontraba en la puerta principal, era de esperar que el primer comandante estuviera en la muralla norte.

—Apunten —ordenó un hombre sobre el lomo de un caballo

cubierto en armadura, y un centenar de arqueros se pararon en línea a unos cuantos metros y colocaron las flechas sobre los arcos.

—¡Cúbranse! —gritó Marjorie, y los guerreros se arrodillaron detrás de las persianas y de sus escudos. Konnor se agachó y la arrastró con él para cubrirlos a los dos con un escudo.

—¡Disparen! —llegó el grito detrás de la muralla, seguido de una lluvia de flechas que los pasó de largo o rebotó contra el suelo de piedra o se incrustó en la madera. Konnor gruñó cuando una flecha impactó contra su escudo.

Mientras los arqueros MacDougall recargaban los arcos, los arqueros Cambel tuvieron tiempo suficiente de tomar un respiro antes de que el enemigo volviera a disparar. El tiempo suficiente para lanzar sus propias flechas y detenerlos.

—Apunten a los arqueros —ordenó Marjorie al tiempo que se incorporaba—. ¿Listos? ¡Disparen!

Varias flechas salieron volando. A continuación, se desató una lluvia de flechas que iban y venían y duró unos cuantos minutos. Los guerreros MacDougall estaban cortando las estacas de madera y habían hecho el progreso necesario para apoyar la primera contra la muralla.

—¡Derrámenles la arena caliente a esos bastardos! —gritó Marjorie. Los hombres levantaron los calderos y los voltearon soltando gemidos y jadeos. Se elevaron unas nubes de humo y el aire se llenó de olor a piedras calientes. Varios hombres gritaron de dolor cuando les cayó la arena encima y les quemó la piel.

Mientras los guerreros corrían a rellenar la arena, los ganchos de hierro de la primera escalera se apoyaron contra los merlones de piedra. A los atacantes se les hizo difícil cruzar las estacas puntiagudas que decoraban la parte desmoronada de la muralla. Como se lastimaban e intentaban esquivarlos, avanzaban con lentitud. Si los Cambel no hubieran colocado las estacas, el enemigo hubiera trepado con facilidad y entrado en el castillo, pero ahora tendrían que hacerlo de a un hombre a la vez.

Cuando llegó el primer enemigo, Konnor le perforó el pecho

y lo empujó hacia atrás. El hombre soltó un grito y cayó. La siguiente escalera se balanceó en el aire al otro lado de la muralla, y los guerreros Cambel la echaron abajo antes de que se enganchara en los merlones.

La batalla continuó. Los guerreros continuaban escalando la muralla, pero los Cambel lucharon bien y la protegieron. Marjorie miró a la muralla principal y soltó un jadeo. La torre de asedio estaba en su sitio, y los guerreros MacDougall comenzaban a emerger de la cima de madera. Mientras tanto, más hombres seguían subiendo por las escaleras de la torre hacia la plataforma. Marjorie se apresuró a esa muralla para ayudar a combatir a los intrusos.

El castillo se sacudió tras un ensordecedor golpe de madera. ¡El ariete!

—¡*Cruachan!* —gritó Marjorie para motivar a sus guerreros. Cuando salió disparada hacia la otra muralla, Konnor la siguió, y se metieron en la batalla.

Marjorie blandió la espada contra el escudo de un guerrero. Lo pateó y giró sin que este lo pudiera anticipar. Lo atravesó en un lateral descubierto y lo pateó hacia abajo de la muralla.

Marjorie luchó y luchó. Los sonidos metálicos, los gritos y los gemidos de dolor le llenaban los oídos. Habían defendido la pared bien, y ya no había demasiados MacDougall subiendo la muralla, pero el ariete seguía arremetiendo contra la puerta.

¡Pum! ¡Pum! ¡Pum!

Un estrépito atravesó el aire, y los MacDougall gritaron para anunciar su triunfo.

¡No, no, no! El enemigo inundó el patio. ¡Colin! Su hijo estaba encerrado en su habitación, y Tamhas se encontraba de guardia para protegerlo. Debía enviar más hombres allí.

Aún podían derrotarlos. Los MacDougall habían perdido una gran cantidad de hombres, y ahora los Cambel tenían una buena oportunidad de ganar la batalla. Marjorie no podía permitir que nadie llegara hasta Colin.

Marjorie bajó al patio con Konnor corriendo a sus espaldas.

Se debatieron en una lucha allí. No tenía ni idea cuánto tiempo había estado peleando, pero le pareció una eternidad.

Y, de repente, vio a John MacDougall.

Estaba a unos tres metros de distancia y avanzaba hacia Konnor, quien se había separado de ella y estaba terminando con el hombre con el que había estado peleando. La espada de MacDougall aún chorreaba sangre, y su cota de malla destellaba en la luz opaca del amanecer. Tenía el cabello blanco enmarañado.

Marjorie echó a correr con la sangre hirviéndole en las venas. Él levantó la espada y la apuntó hacia Konnor, pero antes de que pudiera tomarlo por sorpresa, Marjorie gritó:

—¡MacDougall!

Él se detuvo y la observó. Se le desfiguró el semblante de sorpresa, y dio un paso hacia atrás. Marjorie se detuvo delante de John con la espada en las manos y asumió una posición de lucha.

Inhaló profundo.

—Oh, sí. ¿Acaso creíste que me iba a encoger y morir como una flor marchita? No. Nunca. ¿Qué piensas de eso? —Señaló el campo de batalla con la *claymore*—. Soy una espada forjada por el fuego que tú mismo has encendido.

La expresión de John pasó de sorpresa a enfado.

—No eres una espada. Eres una muchacha insignificante queriendo participar en los juegos de los hombres adultos. En el pasado no pudiste hacer nada. Y «ahora», tampoco.

Marjorie se encogió por dentro. La impotencia que había conocido demasiado bien a lo largo de los últimos doce años le pesaba. Las costillas se le tensaron alrededor de los pulmones, y sintió como si le hubieran arrancado las entrañas y le hubiera quedado un hueco.

—¿Crees que me vas a detener? —rugió John MacDougall—. Ven e inténtalo, zorrita.

«Zorrita...» Así era como la había llamado Alasdair. Los brazos le colgaban inertes. Konnor probablemente se percató de su expresión y elevó la espada con el rostro desfigurado por una máscara de furia.

Sin embargo, no se lo podía permitir. No podía dejar que nadie terminara esa batalla por ella. Marjorie ya se había escondido mucho tiempo detrás de las murallas del castillo. No importaba si moría ese día, o si MacDougall lo hacía. Lo que importaba era que lucharía sus propias batallas.

—No te atrevas, Konnor —gritó Marjorie—. Es mío.

Konnor gruñó y se quedó quieto. MacDougall lo miró como si fuera un cachorro desamparado.

—Sí, muchacho. Ve a jugar con los otros. Esto no es asunto tuyo.

A Marjorie se le subió el corazón a la garganta. Alasdair estaba muerto. Pero su padre se hallaba de pie delante de ella. Como jefe de su clan, podría haberla devuelto a casa, podría haber corregido los actos de su hijo, podría haberle puesto fin a la locura de todo lo que había hecho Alasdair delante de sus narices.

Sostuvo la *claymore* con las dos manos. Los músculos le cosquilleaban de la necesidad de luchar contra el último hombre vivo que había sido responsable de todo el dolor en su vida y de todo el daño a su persona.

Sería la hoja forjada al fuego. Por su hijo, por ella y por Konnor, el hombre que había venido de otra época para luchar a su lado.

Los brazos se le llenaron de energía como si un relámpago los hubiera cargado. Su *claymore* se convirtió en una extensión de sus manos. Tenía las mejillas encendidas, los músculos tan tensos que le estiraban la piel y los pies apoyados en el suelo y bien separados.

MacDougall estiró el cuello y enderezó los hombros anchos. A pesar de su edad, era un oponente peligroso. Tomó la espada con las dos manos. Soltó un gruñido gutural:

—*¡Buaidh no bas!* —Y se lanzó hacia Marjorie.

—*¡Cruachan!* —gritó Marjorie y fue a su encuentro.

Las espadas entrechocaron, y el impacto empujó a Marjorie hacia atrás y la dejó sin aliento. Jadeó y volvió a atacar, solo para encontrar la resistencia de piedra de la *claymore* de su enemigo.

Marjorie y John MacDougall se movieron en círculos, mientras ella le buscaba algún punto débil con los músculos adoloridos. Él era grande, y ella pequeña. Él era más fuerte, pero ella, más rápida.

Las palabras de Malcolm le resonaron en la cabeza: «En una verdadera batalla, ese movimiento inesperado te hubiera concedido la victoria».

Eso era lo que tenía que hacer: sorprenderlo, al igual que ella y sus guerreros los habían sorprendido en el campamento.

Se siguió moviendo en círculos lentos para desorientar a John. Él avanzó hacia ella y la embistió con la espada una y otra vez. El brazo de Marjorie absorbió el impacto, que le resonó con dolor en la columna vertebral. El sonido metálico le hizo eco en los oídos.

Tuvo una pequeña oportunidad, le apuntó la espada al lateral y le atravesó la cota de malla. John MacDougall gruñó de dolor y la atacó con la *claymore*. Marjorie dio un paso hacia atrás, pero no fue lo suficientemente rápida, y la espada le atravesó la armadura de cuero y le perforó el hombro.

—¡Ah! —gritó. El dolor inesperado se sintió como una llama intensa. La conmoción de su primera herida de batalla la llevó a quedarse quieta un momento. Eso fue un error. Porque MacDougall no se detuvo. La embistió desde abajo. El instinto que Marjorie había desarrollado a lo largo de sus años de entrenamiento la ayudó a bloquear la espada con la suya y evitar que le desgarrara el muslo.

MacDougall alzó la espada para provocarle una herida mortal, pero Marjorie giró y se apartó, y la hoja terminó golpeando el suelo. Acto seguido, Marjorie alzó la *claymore* y, tras rasgarle la cota de malla, se la clavó entre las costillas.

El hombre gruñó. Marjorie extrajo la espada y se la apuntó al cuello, lista para matarlo.

Sin embargo, se detuvo.

¿Tenía que matarlo? Podía tomarlo prisionero. Lo cierto era que había ganado la pelea. Lo había lastimado. Era fuerte. Eso era lo único que quería demostrar: tanto a sí misma como a los MacDougall. No necesitaba quitarle ni la vida, ni la libertad.

Le pateó la espada de las manos y miró alrededor. La batalla había cesado. Los arqueros se hallaban de pie sobre las murallas y apuntaban al resto de los MacDougall con las flechas. Los hombres estaban exhaustos, pero varios la miraban a ella y a John MacDougall con una pregunta en los ojos.

—Largo —escupió Marjorie—. Toma a tus hombres y márchate si aprecias tu vida en lo más mínimo. Y nunca más regreses a nuestras tierras.

—Tú no decides sobre mi vida. Has ganado, zorrita. Termínalo. Mátame. ¿Acaso no me quieres muerto luego de todo lo que te he hecho?

A Marjorie le tembló el brazo un poco.

—Oh, sí. Claro que te quiero matar. Pero no tomaré la vida del abuelo de mi hijo. Recoge tu derrota y regresa a tu castillo a vivir sabiendo que nunca verás a tu nieto. Que la zorrita ganó. Que es más fuerte que tú en todos los sentidos.

Tomar a alguien contra su voluntad y torturarlo no era fuerza. La fuerza era regresar de eso y escoger no acabar con la vida de alguien. Esa elección era fuerza.

Esa fuerza era esperanza.

Y eso era lo que tenía Marjorie ahora.

CAPÍTULO 25

Colin echó un vistazo a través del merlón y vio cómo se retiraba lo que quedaba del ejército que acababa de atacar su hogar. Arthur, su espada de madera, le tembló en la mano. No podía creer lo que acababa de oír y tenía la vista clavada en el hombre grande de cabello blanco que había luchado contra su madre.

«Nunca verás a tu nieto».

Ese era su otro abuelo: un enemigo de su clan. Un MacDougall.

Su familia nunca le había dicho quién era su padre, pero Colin no era tonto. Sospechaba que algo malo le había sucedido a su mamá.

Y ahora sabía que el hijo de ese MacDougall le había hecho cosas malas. Sabía que su madre era fuerte, amable y hábil. Sin embargo, en varias ocasiones, la había visto con la vista fija en la distancia y una mirada triste en los ojos.

Ahora Colin sabía que se veía así cuando recordaba las cosas malas que le habían ocurrido. Lo que más deseaba Colin era poder protegerla de esos recuerdos, aunque solo fuera con su espada de madera.

Después de todo, su madre y Glenkeld estaban en peligro por culpa de él. Su abuelo malvado podría regresar y lastimar a su madre para llevárselo. Él debería ser como el tío Ian y su bisabuelo Colin. Valiente. Hábil. Debería proteger a su madre y a su clan.

Nadie sospecharía que un muchacho como él los seguiría. Se podría acercar lo suficiente como para asesinar a MacDougall cuando menos se lo esperara.

Colin miró alrededor. Todos estaban ocupados. Su madre estaba ayudando con los guerreros muertos y los que habían resultado heridos. Isbeil daba órdenes de aquí para allá y enviaba a los heridos al gran salón. Tamhas, quien había dejado su puesto al otro lado de la puerta de Colin en cuanto los MacDougalls comenzaron a retirarse, estaba ayudando a cargar a los guerreros caídos. Konnor estaba vendando la pierna de un guerrero. Sobre las murallas, ya no había nadie, solo algunos cuerpos sin vida.

¡La espada de su abuelo!

Salió disparado hacia su habitación. Luego de que Konnor luchara contra los atacantes de Colin, habían limpiado y enaceitado la espada antes de volver a colgarla sobre la pared brillando como nueva. Colin se paró sobre un baúl y tomó el mango con las dos manos. Con un gruñido, levantó el arma, que lo hundió con su peso y lo terminó tirando al suelo. Era casi tan larga como él. Necesitaba algo más pequeño y liviano.

¡Una daga!

Colin regresó corriendo a la muralla. Vio una daga que yacía al lado de un guerrero muerto. La tomó, se la escondió en el cinturón y se dirigió al patio, atravesó las puertas rotas y partió tras el ejército de los MacDougall sin que nadie lo viera.

KONNOR FORZÓ LA VISTA AL VER A UNA FIGURA PEQUEÑA QUE cruzaba las puertas del castillo y se agachaba detrás de un arbusto. Había ido a buscar a los hombres heridos en la muralla norte para llevarlos al gran salón, donde Isbeil los ayudaría.

Dada la desventaja en sus números, Konnor estaba aliviado

de que hubieran tenido tan pocas muertes; la mayoría de los cuerpos sin vida eran MacDougall. Por lo que había estimado, Glenkeld había perdido a unos quince guerreros, aunque todos los que habían sobrevivido tenían algún tipo de herida.

La figura pequeña se asomó por el arbusto para echar un vistazo, se incorporó y salió disparada tras el ejército de los MacDougall. Era un niño. Y había algo en él que se le hacía familiar... Un palo blanco sobresalía de la cintura del niño y se balanceaba mientras corría. ¿Era una espada?

¿Una espada de madera?

No podría tratarse de...

A Konnor se le congeló la sangre. Alguien le pasó por delante.

—¿Qué diablos miras? —le preguntó Tamhas avanzando hasta el cuerpo más cercano—. ¿No tienes nada que hacer?

—¿Dónde «diantres» está Colin, Tamhas? —gruñó Konnor.

—En su habitación, ¿dónde más? —Pero su voz no sonaba nada segura. Tamhas se detuvo y siguió la mirada de Konnor.

Sin decir una palabra, Konnor corrió para verificar si Colin se encontraba en su habitación.

¡Estaba vacía!

Tamhas se detuvo a sus espaldas.

—¡No, no, no! —Salió disparado hacia la escalera caracol y la bajó—. Me marché para ayudar a los heridos cuando los MacDougall comenzaron a retirarse.

Konnor lo siguió con el corazón desbocado. Sentía que sus piernas no se movían lo suficientemente rápido, era como si sus pies pesaran una tonelada y estuvieran más fríos que el hielo.

Tamhas y Konnor corrieron hacia el establo, pero todos los caballos estaban desensillados.

—Maldita sea —gruñó Konnor—. Iré tras él a pie. No está tan lejos.

—Sí, yo voy contigo.

A Konnor le dolían los músculos tras una noche sin dormir y llena de tensión física, batallas y nerviosismo, pero reunió las fuerzas que le quedaban y se obligó a ignorar el dolor abrasador en el tobillo. Correría tras el niño.

El césped se hundía bajo sus botas, y una brisa le refrescaba el cuerpo sudoroso bajo la túnica y el *léine croich*. De pronto, vio a Colin a aproximadamente dos kilómetros de distancia; era una figura pequeña a punto de adentrarse en el bosque. Konnor y Tamhas corrieron más rápido.

Konnor esperó que los MacDougall no vieran al niño. Si lo veían, y John MacDougall se daba cuenta de quien era, sería el fin. No lo dejaría marchar bajo ninguna circunstancia. La batalla volvería a comenzar, y sin importar lo herido que estuviera John, los Cambel no tendrían chances de ganar una batalla a campo abierto.

Perderían a Colin.

Konnor no se podía imaginar lo que eso le haría a Marjorie.

Tenía que recuperarlo. Con la ayuda de Tamhas. Konnor corrió aún más rápido.

Para cuando llegaron a los primeros árboles, Konnor estaba sin aliento y sentía un dolor punzante en el estómago. Tamhas y él se detuvieron, se escondieron detrás de los árboles y echaron un vistazo.

—Ahí está —señaló Konnor.

Una túnica blanca resplandeció entre los árboles a más o menos un kilómetro de distancia.

—Vamos —repuso Tamhas.

Jadeando, los dos hombres reanudaron la persecución. Konnor sentía como si todo su cuerpo estuviera en llamas. Estaba exhausto. En un momento, la mente se le quedó en blanco de la fatiga, pero su cuerpo siguió corriendo. Parpadeó el sudor que le cubría los ojos y vio que, a unos doscientos metros de distancia, uno de los MacDougall había capturado a Colin y lo arrastraba por los hombros.

Konnor se quedó helado. Se tropezó contra una raíz, se tambaleó y se raspó las palmas al caer.

—¡Ve! —le gritó a Tamhas mientras se incorporaba.

¡Maldita sea! No creía en la magia, ni en Dios, ni en mucho, pero en ese momento, rezó. Le rezó a Dios, al universo e incluso a Sìneag, la hada de las Tierras Altas. «Por favor, permítenos salvar al muchacho. Por favor, permítenos recuperarlo».

Tamhas apretó el paso, su cabello largo y oscuro volaba con el viento a sus espaldas. Desenvainó la espada.

—¡Alto! —gritó, y el MacDougall se detuvo y se volvió.

Los ojos se le abrieron de par en par.

—¡Tamhas! —exclamó Colin.

El MacDougall le llevó la daga al cuello a Colin.

—Ni un paso más —le advirtió—, o le corto el cuello. Sé quién es. El nieto bastardo de MacDougall. Le llevaré al muchacho. Lo quiere vivo, pero no le molestará si tiene algún que otro rasguño.

Konnor se detuvo jadeando e intentó recuperar el aliento. Desenvainó la espada y se la apuntó al hombre. No era alto, ni tampoco se veía fuerte, pero tenía a Colin a su merced.

—Un movimiento más y le abro el cuello.

¿Dónde estaba el resto del ejército MacDougall? Konnor y Tamhas podrían acabar con un hombre sin dificultad. Observó la profundidad del bosque y vio las espaldas de hombres y carretas que se alejaban a la distancia entre los árboles.

Konnor miró a Tamhas, y este le devolvió la mirada. Konnor asintió con la cabeza con tan sutileza que el gesto fue casi invisible, y Tamhas supo que debía rodear al hombre por la izquierda mientras Konnor hacía lo mismo por la derecha. Tamhas le respondió con un asentimiento.

Sin embargo, al MacDougall se le dilataron las fosas nasales y silbó.

«¡Ay, por el amor de...!»

Los hombres que estaban al final de la procesión se volvieron y tres de ellos se apresuraron a ayudar a su compañero.

Diablos. Eran cuatro contra dos, y un rehén de por medio.

Uno de ellos tenía una jabalina larga con un borde afilado y una extremidad puntiaguda. Otro sostenía un hacha con un mango grande, y el tercero, una maza.

La jabalina le daba al primero la ventaja de la distancia, y Konnor había visto cómo una maza podía destrozar escudos y cascos. Podía aplastar el cráneo de un hombre con mucha facilidad. El hacha era un arma simple, pero su mango alargado también le daba al enemigo la ventaja de la distancia, y a la vez tenía una hoja grande que podía lastimar a un hombre.

El panorama no se veía nada bien.

El primer hombre atacó a Tamhas con la jabalina, pero este se apartó a tiempo; el otro elevó la maza sobre la cabeza y se lanzó hacia Tamhas. Konnor no tuvo tiempo de ayudarlo porque el que tenía el hacha fue a su encuentro.

Konnor se agachó antes de que el hacha impactara contra él. La hoja le pasó a un centímetro del rostro y sintió una corriente de aire a causa del movimiento. Eso había estado cerca.

El hombre se encontraba en desventaja mientras luchaba de cerca, de modo que la única posibilidad que tenía Konnor de derrotarlo era acercándose a él. Se lanzó hacia adelante y frenó el ataque del hacha con la espada. El impacto le reverberó en los huesos. Con la pierna que tenía libre, pateó al hombre, que se tambaleó hacia atrás y se cayó. Sin embargo, el mango del hacha era tan largo que, aun estando en el suelo, el hombre lo atacó y le habría causado una herida en la pierna si Konnor no hubiera dado un salto hacia atrás. Konnor puso en riesgo su brazo y tomó el arma detrás de la hoja y jaló el hacha hacia él para desarmar al enemigo. Con un movimiento rápido, golpeó al hombre en el rostro con el mango de madera, y este se quedó quieto y cayó inconsciente.

Konnor miró a Tamhas, quien seguía luchando contra dos enemigos y estaba acorralado contra un árbol.

El primer hombre, el que tenía a Colin, se estaba alejando en la dirección del ejército.

«Maldita sea».

Konnor estaba desgarrado: o ayudaba a Tamhas o recuperaba

a Colin. Tamhas aún se encontraba bien, pero si el guerrero MacDougall lograba llegar al ejército con Colin, no podrían recuperarlo.

No, Konnor debía actuar de inmediato.

Con el hacha largo en una mano y su espada en la otra, Konnor avanzó hacia ellos. Observó a Colin, quien lo miraba con los ojos bien abiertos. Si Colin se moviera un centímetro, Konnor podría arrojarle el hacha a su captor.

Konnor miró a Colin a los ojos.

—Colin, ¿recuerdas el juego de fútbol, amigo?

El niño asintió.

—¡Cierra el pico! —exclamó el MacDougall con una expresión anonadada en los ojos.

—Puedo anotar, pero necesito que despejes el arco.

Colin parpadeó y luego su rostro se mostró tranquilo y concentrado. Asintió con la cabeza, abrió la boca y mordió la mano del hombre.

El guerrero soltó un grito y aflojó la mano con la que sostenía a Colin, quien se retorció y se escurrió de sus brazos. Al mismo tiempo, Konnor arrojó la espada al suelo, sujetó el mango del hacha con las dos manos y arrojó el arma al rostro del hombre.

La sangre saltó antes de que este cayera al suelo como un saco de patatas. Colin corrió a los brazos de Konnor, quien lo abrazó.

¡Oh, gracias a Dios! El niño se sentía tan pequeño, firme y tembloroso en sus brazos. Konnor apretó la mejilla contra el cabello enmarañado de Colin.

Acto seguido, se volvió hacia Tamhas y se detuvo en seco. Un enemigo yacía inmóvil en el suelo, mientras Tamhas se encontraba apoyado contra el tronco de un árbol y se apretaba una herida que manaba sangre en el lateral del cuerpo. El último guerrero alzó la maza para asestarle el último golpe mortal. La espada de Tamhas se encontraba a sus pies. Estaba indefenso.

Konnor soltó a Colin y salió disparado hacia el hombre. Silbó para llamarle la atención y funcionó, porque el MacDougall se volvió.

Tamhas no perdió un instante y se lanzó contra el estómago del hombre utilizando la cabeza como un ariete.

Konnor ya estaba lo suficientemente cerca como para cortarle la cabeza con un movimiento limpio. La sangre saltó como si fuera una fuente, y Tamhas cayó al suelo con el cuerpo del oponente.

Konnor se acuclilló a su lado y lo recostó de espaldas. Observó la herida y el rostro pálido de Tamhas. El hombre tenía la respiración dificultosa y sibilante. Colin se arrodilló al lado de Tamhas con los ojos verdes bien abiertos.

—¿Tamhas? —lo llamó.

Diablos. El guerrero no tenía buen aspecto. Konnor le apretó los dedos contra el cuello para medirle el pulso. Estaba débil. «¡No!»

Tamhas miró a Colin y cerró los ojos; el rostro se le relajó de alivio.

—¡Gracias a Dios! —susurró—. Eres un buen hombre, Konnor. —Lo miró—. Gracias por salvarlo. Deben regresar, antes de que el ejército se dé cuenta de lo que pasó.

A Konnor se le tensó el estómago. Sabía que Tamhas estaba en lo cierto, pero no podía dejar a un soldado caído atrás.

—Déjame ver qué tan grave es la herida. Te puedo ayudar.

Apartó la mano de Tamhas de la herida y se tragó el jadeo que quiso soltar al sentir unos aguijones que se le clavaban en el estómago. La sangre manaba de la herida abierta, y podía ver los intestinos rosados del guerrero.

Colin también lo vio. Se puso pálido, se dio vuelta y vomitó.

Konnor volvió a apoyar la mano de Tamhas contra la herida. Lo cierto era que no le quedaba demasiado tiempo. A Konnor le temblaron las manos cuando tomó la otra palma de Tamhas en las suyas. Echó un vistazo hacia el bosque, pero aún no los había visto nadie.

—Mírame, hermano —susurró Konnor. Las lágrimas le ardían en los ojos, y parpadeó para quitárselas. Había visto a otros hombres morir en batalla. Por fortuna, no había ocurrido a menudo, pero Irak había sido un campo de batalla muy sangriento—. Estoy aquí contigo. Y Colin también. No nos iremos.

Los ojos de Tamhas se oscurecieron y se volvieron hacia Colin. Le sonrió.

—Muchacho, te he querido como si fueras mi hijo. Cuida a tu mamá, ¿de acuerdo? Ella es única.

A continuación, se volvió hacia Konnor.

—Te odiaba porque ella te mira como siempre quise que me mirara a mí. Lo he deseado durante toda mi vida. A pesar de eso, tú llegaste y solo le llevó unos días enamorarse de ti. Sé que va a estar a salvo contigo. Ella nunca hubiera sido mía, sin importar cuánto lo deseara. Sé que tú la harás feliz. Dile que la amaba.

De pronto, se quedó quieto, mirando a Konnor a través de ojos ciegos. Colin lloró en silencio al lado de Konnor, quien abrazó al niño y se lo acercó al cuerpo. Konnor también derramó unas lágrimas por el hombre que había dado su vida para salvar al hijo de la mujer que siempre había amado.

Sus últimas palabras le quemaban dolorosamente el corazón. «Sé que tú la harás feliz». Era evidente que Tamhas no conocía a Konnor. Lo único que Konnor hacía era lastimar a las mujeres con su frialdad. Aunque daría la vida antes de permitir que alguien le hiciera daño a Marjorie.

Tenían que regresar al castillo de inmediato. Algún guerrero del ejército MacDougall podría haber notado la ausencia de sus hombres y capturar a Colin y Konnor.

Konnor se puso de pie.

—Vamos, Colin, tenemos que regresar. Más tarde enviaremos a alguien a buscar el cuerpo de Tamhas. Te llevaré con tu mamá. Ya has visto demasiadas cosas malas por hoy.

CAPÍTULO 26

En el momento en que Konnor apareció en el patio con Colin, Marjorie los vio. Corrió hacia ellos con los ojos bien abiertos, tomó a Colin en sus brazos y soltó un jadeo. Las lágrimas le caían por las mejillas mientras lo abrazaba fuerte, y él gruñía. Luego lo apartó, lo miró fijo y lo sacudió.

—¿Qué estabas pensando? —le preguntó tan alto que todos los que estaban en el patio se volvieron a mirarla.

—Quería hacerle pagar al abuelo malvado que no sabía que tenía todo el mal que te hizo.

Marjorie gruñó y lo volvió a abrazar. Luego miró a Konnor.

—¿Dónde está Tamhas? —le preguntó.

Konnor bajó la cabeza y negó.

—Lo siento, Marjorie. Murió protegiendo a tu hijo.

—¡No! —exclamó, cerró los ojos y apretó los labios contra la frente de Colin—. No... No, Tamhas...

Los hombros de Colin se sacudieron mientras lloraba. Unas lágrimas cayeron por las mejillas de Marjorie, y se abrazó a su hijo. Konnor quería abrazarlos a los dos y protegerlos de todo, pero se limitó a quedarse de pie como una maldita estatua.

Lloraron por el hombre que había sido bueno con los dos. El

hombre que había muerto por ellos. El hombre que podría haber sido el marido de Marjorie y un padrastro increíble para Colin.

Konnor deseó haber podido salvarlo.

Marjorie se secó las lágrimas, se inclinó hacia atrás y se obligó a sonreír con dulzura.

—Ven, tesoro, ya no podemos hacer nada por Tamhas, pero podemos intentar salvar a los que siguen vivos. Vamos a ver si Isbeil necesita ayuda, ¿de acuerdo?

Colin se enjugó las lágrimas con la manga de la túnica y asintió.

El corte sobre el hombro de Marjorie le oscureció la túnica con sangre.

—Marjorie, debes pedirle a Isbeil que te examine la herida —señaló Konnor.

—No te preocupes. —Lo miró—. Hay otros que la necesitan más que yo.

—En ese caso, déjame echarle un vistazo...

—Konnor —lo interrumpió y lo miró con determinación—, mi hijo me necesita. Un pequeño rasguño puede esperar.

Konnor abrió y cerró los puños mientras miraba su espalda erguida que se alejaba, y sintió furia y preocupación en la boca del estómago. Marjorie era una mujer fuerte, y no había modo de hacerle cambiar de parecer cuando había tomado una decisión. Por supuesto que Colin la necesitaba, pero ella también necesitaba que alguien la cuidara.

Sin embargo, no había nada que hacer al respecto, de modo que fue a ayudar a los otros. Se pasó el día atendiendo a los heridos, recogiendo y limpiando armas y armaduras, y despejando el castillo lo más que pudo. A la tarde, Konnor se plantó delante de la puerta de Marjorie. Él les había cedido su recámara a los guerreros lastimados. Por fortuna, él solo tenía unos cuantos rasguños, aunque el tobillo lo estaba matando. Oyó con atención y, al no percibir más que silencio, llamó a la puerta.

—¿Sí? —Le llegó la voz del Marjorie desde adentro.

Konnor abrió la puerta.

Ella estaba sentada de espaldas a él, con una camiseta delgada puesta y, como tenía un hombro al descubierto, Konnor pudo ver la piel delicada y hermosa y la herida cubierta de sangre. Marjorie se estaba limpiando la lesión con un trapo húmedo.

Konnor sintió una ola de calor al ver el cuerpo semidesnudo, y luego preocupación y enfado al verla lastimada. ¿Qué le pasaba que sentía deseo incluso cuando la veía herida?

Lo único que atinó a hacer fue clavar la mirada en el cabello largo y ondulado que le caía por el hombro sano, desatado de la trenza que lo había aprisionado durante la batalla. Marjorie estaba sentada sobre la cama, con la espalda erguida y las piernas cruzadas. Verla de ese modo era tan íntimo, tan personal, como si estuviera invadiendo su privacidad. Konnor bajó la vista al piso y se prohibió elevarla ni siquiera un centímetro.

Se aclaró la garganta.

—Soy yo —dijo—. No estoy viendo, solo me quería asegurar de que te encontraras bien.

Oyó el movimiento de sábanas.

—Gracias, es muy amable de tu parte. Ya estoy decente.

Konnor la miró a los ojos. Marjorie se había cubierto el hombro y se había vuelto para mirarlo.

—Konnor —susurró, y el nombre le tembló en los labios—. Gracias por salvar a Colin. Estaba tan enfadada y aliviada de verlo que ni siquiera se me ocurrió darte las gracias.

—No hace falta que me agradezcas —repuso Konnor y sintió algo cálido en el pecho—. Nunca permitiría que le ocurriera nada... ni a él, ni a ti. ¿Se encuentra bien?

—Sí, ahora está durmiendo. Pobre muchacho. Le gustaría ser más grande de lo que es, pero sigue siendo un niño.

Konnor asintió. Era cierto, aunque Colin había experimentado más de lo que ningún niño debería. Incluso él mismo había padecido algo similar a la edad de Colin.

—¿Necesitas ayuda para limpiar la herida? —le preguntó.

Marjorie dudó.

—Supongo que sí... No puedo ver lo que me estoy haciendo en el hombro.

—Veamos. —Konnor cerró la puerta a sus espaldas y cruzó la habitación.

Por la única ventana angosta se veía una tarde lluviosa, pero era el hogar lo que proyectaba más luz. Los ojos de Marjorie estaban oscuros con el resplandor dorado y anaranjado que se reflejaba sobre su rostro. Estaba tan quieta mientras lo veía avanzar que parecía una combinación extraña entre un puma en plena caza y un ciervo. Era predadora y presa al mismo tiempo, lista para moverse en cualquier momento.

Konnor se sentó a su lado y tomó el trapo. Volcó el agua amarronada del pequeño cuenco en el orinal y vertió agua limpia de la jarra que había al lado de la cama. Hubiera preferido usar un desinfectante en lugar de agua de pozo, pero el único desinfectante que tenía era una cantimplora de aguardiente.

—¿Estás segura de que estás bien? —le preguntó.

—Sí —susurró y se aclaró la garganta.

La vena del cuello le pulsaba, apenas visible.

—De acuerdo. Dime que me detenga en cualquier momento y lo haré.

Marjorie asintió, respiró hondo y se le dilataron las fosas nasales antes de que se deslizara la túnica por el hombro. Konnor tragó con dificultad al ver la delicada clavícula y el espacio entre el brazo y el pecho. Podía ver sus pequeñas venas azules bajo la piel. Se le secó la boca. ¿Cómo podía estar tan excitado con tan poco?

—¿Te gusta lo que ves? —preguntó Marjorie en un susurro.

Lo había atrapado. Konnor elevó la mirada.

—No fue mi intención...

—¿Te gusta? ¿Crees que soy hermosa?

Konnor se humedeció los labios.

—Eres exquisita.

A ella le temblaron las pestañas, y los ojos se le llenaron de lágrimas.

—Nunca antes me habían dicho algo así. ¿En serio?

—En serio.

Sus miradas se encontraron, y los inundó el calor. Konnor sintió un anhelo que no se parecía a nada que hubiera sentido antes en el corazón. Hundió el trapo en el agua, lo escurrió y se lo acercó a la herida con ternura. Ella se retorció un poco, pero no se apartó.

—No veo tierra. Parece estar limpia —le dijo mientras la fregaba. La sangre dejó de manar, y ya se estaba secando.

Hizo el cuenco a un lado y buscó el aguardiente.

—La desinfectaré antes de cubrirla. Esto te va a arder.

Marjorie bajó la mirada y se le agrandaron los ojos.

—Lo sé. Es bueno limpiar una herida con *uisge*, pero, ¿qué has dicho? ¿Desin...?

—Es para quitar los gérmenes de la herida.

—¿Para quitar qué?

Konnor se rio.

—Son las cosas que causan infecciones.

—Estás usando tus palabras del futuro de nuevo.

Konnor tomó un trapo limpio y le vertió aguardiente.

—¿Estás lista?

—Sí.

Le apretó el trapo contra la herida, y Marjorie inhaló hondo. Konnor lo sostuvo allí unos instantes más y luego sobre otros sitios donde se había lastimado.

—Por todos los... —maldijo Marjorie.

Konnor apartó el trapo y le sopló la herida. Marjorie cerró los ojos, inclinó la cabeza y suspiró. Le expuso el costado del cuello; el cuello delgado y elegante que él anhelaba besar y mordisquear. El cuello que olería tanto a ella. La piel que sería suave y sedosa bajo sus dedos. A Konnor se le endureció el miembro.

—La vendaré.

Tomó un trapo limpio y se lo envolvió por el brazo y el hombro con firmeza. Mientras le acariciaba la piel con los dedos, se le tensó el mentón. Después de todo, tenía razón: ella era más suave que la seda. Cálida y delicada. Ansiaba saborearla.

—Listo —dijo con la voz ronca cuando terminó de atar los últimos nudos.

Sería mejor que se marchara o querría volver a tocarla. Tomó el borde de la túnica y la jaló hacia arriba para cubrirle el hombro. Marjorie lo miró por debajo de las pestañas, con esos ojos verdes oscurecidos con destellos dorados. Konnor no pudo apartarle los dedos de la piel. La caricia le derritió la piel y le robó todo el aire de los pulmones.

—Marjorie, debería marcharme antes de...

—No te vayas.

Por todos los cielos. Tras oír eso, quiso arrojarse encima de ella. En cambio, cerró los ojos, reunió toda la contención que le quedaba en el cuerpo y respiró. Luego volvió a mirarla. A ella le subía y le bajaba el pecho con rapidez, y tenía los labios rojos entreabiertos.

—El problema con eso es que te deseo —repuso—. Te deseo tanto, pero nos podemos detener en cualquier momento...

Ella le miró la boca.

—No quiero que te detengas.

MARJORIE SE HUMEDECIÓ LOS LABIOS. LA VORACIDAD QUE OYÓ en la voz de Konnor la dejó sin palabras. Lo único que oía ahora era el latido de su corazón. La piel del hombro le ardía allí donde la mano grande y cálida de Konnor la había tocado. Él estaba sentado muy cerca de ella y era una pared gigante humana. Su sola presencia hacía que se le sonrojaran las mejillas y le temblaran las manos.

Marjorie acababa de pasar por el momento más transformativo de su vida. Si él no hubiera estado allí, nada de eso habría pasado. Hubieran esperado hasta que los MacDougall atacaran.

Era probable que el asedio hubiera tenido éxito y que Marjorie nunca hubiera derrotado a John MacDougall.

Nunca hubiera encontrado las fuerzas para hacerlo.

Ahora era una mujer nueva. No, no nueva. Había encontrado la fuerza interior que siempre había tenido... simplemente la había olvidado, perdido y abandonado.

Y esta Marjorie, la acorazada por la batalla, la que tenía heridas, cortes y rasguños, no tenía miedo de tomar lo que quería. Y quería a Konnor. Antes, nunca había pensado que se acostaría con un hombre. Ahora, con el único con el que quería acostarse era con él.

—Marjorie... —comenzó Konnor.

Ella se acercó hasta que sus rodillas se tocaron y sintió más calor en el cuerpo.

—Sáname con tus caricias —le susurró y sintió que una lágrima le caía por la mejilla. Le tomó el mentón y sintió la barba incipiente y suave contra su palma—. Quítame la suciedad de sus manos y de su cuerpo con tus manos.

Él apretó los labios con tristeza.

—¿Yo? Yo no...

Marjorie le apoyó un dedo contra los labios.

—No digas más nada. Tú no te pareces en nada a tu padrastro. Eres todo lo opuesto de él.

Antes de que pudiera responder algo o cambiar de parecer, Marjorie se inclinó hacia adelante, se subió sobre su regazo y le rodeó las caderas con las piernas. Lo besó, y cuando sus labios se tocaron, sintió una deliciosa sensación que la dejó sin poder de pensamiento.

Le pasó los brazos por los hombros, y Konnor la envolvió por la cintura y la acercó a él. Con los dientes, la mordisqueó, y con los labios, la acarició; le trasmitió una ternura increíble, al tiempo que su lengua se deslizaba y la arrasaba. El calor corporal de Marjorie fue en aumento hasta que casi la incineró.

—¿Estás completamente...?

—Calla —lo interrumpió y reanudó el beso.

Konnor emitió un sonido gutural y apretó los brazos contra ella. Le recorrió la espalda con las manos cálidas y placenteras. Su aroma le llenó la boca: una esencia suculenta y masculina que la hacía estremecer.

Marjorie se hundió en él, embriagada y desorientada. Las prendas que llevaba puestas la aprisionaban, y ansiaba sentir su piel cálida contra el cuerpo, así como también su peso sobre ella.

Tiró de los cordones de la túnica de Konnor y se la levantó para quitársela por la cabeza. Por todos los santos... ¿Acaso la tierra acababa de moverse e hizo que la cama se sacudiera? Marjorie le pasó los dedos por los músculos tensos del estómago y el pecho. Él era duro como el hierro y cálido como un hogar. Y Marjorie se sintió más a salvo que nunca antes en su vida.

—Eres tan hermosa —le dijo Konnor mirándola a los ojos—. Te puedo mirar todo el día.

—Entonces mírame entera.

¿De verdad iba a hacerlo? Aunque el corazón le latía desbocado, tomó los bordes de la túnica y se la quitó por la cabeza. Sus senos quedaron libres y se frotaron contra el pecho de Konnor hasta que se le endurecieron los pezones del placer que la recorrió.

Konnor bajó la mirada y soltó un gruñido bajo y animalesco.

—¿Qué me estás haciendo?

La volvió a besar, con más voracidad en esta ocasión; sus labios se movían sobre los de ella con mucho deseo. Le acarició y masajeó los senos y jugó con sus pezones. A Marjorie la invadió una ola intensa de placer que la hizo soltar un gemido suave.

Tenía la sangre en llamas y se apretó contra él como si fuera a morir si no lo tenía más cerca. Konnor la recorrió con las manos y la encendió allí donde la tocaba. Marjorie respiraba entre jadeos y se hundía en todas esas sensaciones como una adicta que quería más.

Los dedos de Konnor se detuvieron al llegar a los pantalones, y se quedó quieto. Marjorie lo miró. Los ojos de Konnor estaban negros, desnudos al deseo que destellaban, pero a la vez reflejaban una pregunta.

—¿Marjorie?

—Sí, Konnor.

Una necesidad ardiente le pulsaba en las piernas. Él era lo único que quería: sus manos, su cuerpo, su piel contra la suya... tanto como fuera posible. Quería disolverse en él, convertirse en una con él. Cuerpo con cuerpo. Alma con alma.

—Lo necesito —le susurró—. Te necesito. Ayúdame a borrar los recuerdos. Ayúdame a sentirme entera otra vez.

Konnor tragó con dificultad.

—Mi dulce Marjorie, tú eres quien me ayuda a sanar a mí.

Oh, ella quería que él se sanara... A lo mejor, si sanaba lo suficiente reconsideraría lo de regresar a su tiempo. Quizás, querría quedarse y decirle más de esas palabras que le había dicho, como cuando la llamó la reina de las Tierras Altas.

Y entonces, todos los días podrían ser como ese, llenos de dicha, felicidad y amor.

Konnor la hizo rodar a su lado sin separarse ni un centímetro de su cuerpo. Le soltó los cordones que le sujetaban los pantalones a la cadera y se los bajó con lentitud. De repente, Marjorie sintió temor. Se sintió vulnerable y débil al quedar tan expuesta a él. ¿Debería pedirle que se detuviera?

No. Estaba con Konnor. Él nunca la lastimaría. Y ella quería eso más de lo que quería respirar su próxima bocanada de aire.

Pronto los pantalones cayeron al lado de la cama, y Konnor le pasó los nudillos por la pierna desnuda y fue dándole vida a todo su cuerpo.

—Cielos, eres pura perfección —le susurró. Le depositó besos suaves y húmedos en el cuello—. Te quiero besar aquí. Y aquí. Y aquí.

Descendió hasta sus pechos y se introdujo uno en la boca. Cuando la lamió y le succionó un pezón, desató una tormenta de placer en el interior de Marjorie. Ella jadeó y emitió sonidos que nunca antes había oído en su vida. Konnor se movió al otro pecho y repitió esa dulce tortura allí mientras con la mano le acariciaba el primero.

Cuando Marjorie pensó que no podría soportarlo más y explotaría en un géiser de luz solar y dulzura, Konnor se retiró y continuó bajando y depositándole besos cálidos en el vientre mientras le acariciaba la cintura. A Marjorie se le tensó la cara interna del muslo en anticipación, como cuando estaba a punto de saltar al lago por primera vez: era una experiencia que le daba miedo y la excitaba.

Konnor le masajeó los muslos y le apretó la carne mientras seguía bajando. Marjorie sintió que su centro se humedecía y se ruborizó de vergüenza. Pero, antes de que pudiera decir nada, la boca de Konnor se detuvo allí.

Inspiró hondo y la sensación la embargó. Él le separó los pliegues con los dedos y la provocó con la lengua.

—Konnor... —gimió y le apoyó las manos en los hombros para apartarlo.

«Oh, qué vergüenza».

Sin embargo, él era como un muro de piedra, y lo cierto era que ella no quería que se detuviera. El placer más hermoso se extendió por todo su ser, como olas de dicha pura. ¿Cómo era posible que se sintiera tan bien en ese sitio en el que solo había sentido dolor antes?

—Konnor... —gimió una súplica abrasadora.

Konnor soltó gemidos llenos de lujuria contra su piel, gruñidos que la hicieron sentir como una diosa. Le recorrió un punto con la lengua, y algo comenzó a crecer en su interior, algo que se ceñía, se aceleraba y se expandía al mismo tiempo.

Konnor se apartó y la dejó anhelando más. Mucho más.

—Oh, cielos —dijo Marjorie en una suerte de gemido—. Nunca supe que mi cuerpo era capaz de algo así.

Su mirada bajó por los pantalones y vio un bulto de tamaño considerable entre las piernas de Konnor.

—Tómame como un hombre toma a una mujer —le pidió—. Haz que la oscuridad desaparezca.

Konnor tragó con dificultad, y sus ojos destellaron.

—Mi hermosa reina guerrera, te ayudaré a olvidar todas las cosas malas que te han sucedido.

—Sí —susurró.

Se enderezó, pero no se apartó de entre sus muslos. Sin quitarle los ojos de encima, se desató los pantalones y se los bajó. Su erección quedó libre, parada y grande, y Marjorie se quedó sin aliento al verla. Siempre había evitado ver a Alasdair, y los otros miembros que había visto de casualidad mientras los hombres nadaban en el lago nunca habían estado erectos.

Oh, cielos, ¿le cabría dentro sin lastimarla?

Konnor se quitó los pantalones y los tiró al suelo. Luego se acomodó sobre ella y apoyó los codos a ambos lados de sus hombros. Su peso era agradable sobre ella, y Marjorie le pasó los brazos sobre los hombros. Konnor le tomó el rostro entre las manos y la miró profundamente a los ojos. Marjorie vio calor, angustia y adoración en su mirada... y algo que se parecía al amor. El corazón se le encogió.

—Nunca he deseado a una mujer como te deseo a ti —le dijo Konnor—. Mi reina de las Tierras Altas.

Allí estaban de nuevo, las palabras que la llenaban de esperanza. Konnor la beso y le desató una nueva ola de deseo en las venas. Había tanta hambre en su beso, como si él fuera a morir si se detuvieran. Marjorie lo envolvió en sus brazos, lo atrajo más cerca en el intento de fundirse con él en un solo ser.

Konnor se acomodó entre sus muslos y la abrió con suavidad. Se retiró un poco y la miró a los ojos. Luego comenzó a hundirse en su interior; con lentitud y ternura la fue llenando como a un recipiente vacío, y ella casi se desmaya del placer que le hizo sentir. Konnor se introdujo más hasta que estuvo completamente dentro, y Marjorie no sintió dolor, solo una conexión profunda y dicha.

—Marjorie —susurró con la voz ronca.

Marjorie se ahogó en la intensidad de sus ojos azules y se difuminó en él. Pero eso no bastaba. Él se retiró y se volvió a hundir más rápido, y ella jadeó del placer que la atravesó. Konnor volvió a retirarse y embestirla, y Marjorie comenzó a mecer las caderas para igualar el ritmo. Como respuesta él gruñó y aumentó sus movimientos, y pronto ella volvió a sentir algo que se levantaba y se ceñía en su interior. Ambos tenían la respiración entrecortada. Él la devoraba con la mirada, como si fuera la primera vez en su vida que veía la primavera.

Y luego, Marjorie se deshizo en una cascada de pura luz solar que se tragó hasta el último dejo de oscuridad. Un placer que nunca antes había experimentado la arrasó. Se estaba desarmando, pelando, limpiando y, por fin, era libre. La mente le quedó en blanco mientras se estremecía una y otra vez en temblores deliciosos que le devastaban el alma.

Konnor se quedó quieto a su lado, gritó su nombre, se estremeció se perdió por completo mientras le derramaba su semilla en el estómago y llegaba a la cima.

Cayó rendido a su lado y la tomó en sus brazos. Cubrió sus cuerpos con una sábana, y Marjorie comenzaba a quedarse dormida cuando la atravesó una dolorosa epifanía como si fuera una flecha puntiaguda: se estaba enamorando de Konnor, el hombre del futuro.

Le rogó a Dios y a la Virgen María que él cambiara de parecer y se quedara con ella. Una vida de amor y felicidad con Konnor y Colin era la esperanza por la que estaba luchando ahora...

CAPÍTULO 27

KONNOR SE ACERCÓ a Marjorie al cuerpo. Estaba cálido y pesado y se derritió con ella. Nunca había visto a nadie más hermosa durante el orgasmo.

La había llamado reina.

Se había equivocado. Era una diosa. Una diosa de las Tierras Altas, libre, perfecta y poderosa. Tenía una luz única en su interior, una fortaleza que él nunca hubiera esperado ver en ella.

De solo ver que él le había hecho eso, que ella se había desarmado a causa dc él, que él era quien le había hecho sentir esa experiencia positiva luego de todo lo que le había pasado...

Konnor se acurrucó contra ella e inhaló el aroma de su cabello. Se sintió como si estuviera volando, como si acabara de acariciar el cielo.

Le pasó una pierna por la cadera para acercarla aún más. ¿Y si todos los días pudieran ser como ese, llenos de esa cercanía y esa luz? Le encantaría pasar la vida cuidándola, jugando al fútbol con Colin y haciendo algo útil con las manos. ¿Y si todos los días pudiera sentir como si acabara de recibir un milagro?

¿Él? ¿Un milagro?

Algo oscuro se retorció en sus entrañas. Él nunca recibiría un milagro. Todo lo contrario, estaba destinado al infierno.

Una punzada de temor le atravesó el corazón al pensar en eso. No había nada que pudiera cambiar los hechos. Nada que pudiera cambiar quién era. Konnor no sabía nada de la felicidad, ni del amor. No tenía ni idea de cómo ser un buen padre o marido. No habría ningún milagro para él.

Como si sintiera el cambio en él, Marjorie se movió y se giró en sus brazos para mirarlo. Cuando Konnor encontró sus ojos ovalados y luminosos, le dio un beso rápido y suave en los labios dulces. Ella estiró la mano para pasarle los dedos por el cabello, y Konnor cerró los ojos y disfrutó la caricia.

—Konnor —susurró.

—No —repuso Konnor—. Por favor. No digas nada.

Marjorie guardó silencio, y cuando abrió los ojos se detestó. La expresión libre y alegre había desaparecido. Sus escudos estaban de regreso y protegían esa magia de él.

—¿Qué? —le preguntó—. No sabes qué iba a decir.

Sus cuerpos se desconectaron, y Konnor sintió frío en el corazón. Se sentó y echó de menos su cuerpo sedoso y firme.

—No importa qué estabas por decir porque nunca debí haber hecho esto. Nunca debí escuchar a este anhelo. Me debería haber mantenido lejos de ti.

Marjorie también se sentó y se apretó la manta contra el pecho. El dolor que reflejaban sus ojos, hizo que a Konnor se le encogiera el corazón.

—¿Te arrepientes de lo que pasó? —le preguntó.

—Marjorie, a pesar de lo que pasó, nada cambiará la verdad. Nunca podré ser el hombre que te mereces. Y nada cambiará el hecho de que me marcharé.

Marjorie parpadeó con las pestañas temblorosas. Buscó la túnica que yacía en el suelo y la levantó para cubrirse. Acto seguido, salió de la cama y anduvo hasta la ventana.

—Sí, sé que te quieres marchar. Nunca dijiste que te quedarías. —Se volvió y lo miró con los brazos envueltos en el estómago en un gesto protector—. Pero creí… Esperé que luego de lo que me has dicho, acerca de ayudarte a sanar, y el modo en que me llamaste, y lo que hiciste... lo que «hicimos...» —Señaló a la cama.

Konnor buscó sus pantalones y se los puso. No soportaba lastimarla de esa forma. Deseaba con todo su ser tomarla en sus brazos. Tranquilizarla. Devolverle esa luz de sol que había brillado en sus ojos antes.

Rodeó la cama, y Marjorie dio un paso hacia atrás.

—Por eso, nunca debería haber hecho esto. No te quiero lastimar. Y te estoy lastimando. Y lo detesto.

—Entonces, no me lastimes —le susurró con unas lágrimas que le brillaban en los ojos.

Konnor sintió un retorcijón de culpa en el estómago.

—Me tengo que marchar, Marjorie. Te dije que me quedaría para protegerte y ahora que estás a salvo, debo regresar a mi vida. Mi mamá... depende de mí. Y tengo que regresar a administrar mi empresa. Tú y yo no tenemos futuro, sin importar cuánto te...

Casi se le escapa la palabra «ame».

—Sin importar cuánto me preocupe por ti, nunca seré el hombre indicado para ti.

—¿Que nunca serás el hombre indicado para mí? Me has devuelto a la vida. Me has cambiado. Me has devuelto mi fortaleza y mi confianza. Me has salvado, no solo a mí, sino también a mi hijo. ¿Acaso estás diciendo que todo eso no es bueno para mí?

—El amor solo lleva al dolor, Marjorie. El amor es una mentira.

El silencio reinó en la habitación, tan pesado y saturado, que Konnor lo podría haber cortado con una daga.

—No sé cómo no lastimar el corazón de una mujer. Ni cómo ser un buen padre. Crecí en la oscuridad. En la violencia. —Se pasó las manos por el cabello y se jaló la piel del cráneo hacia atrás. —Si alguna vez llegara a lastimarte... —Konnor negó con la cabeza—. Nunca podría vivir conmigo. Simplemente, no puedo hacerlo.

Marjorie dio un paso hacia él y le tomó las manos entre las suyas. Le besó los nudillos y lo miró.

—No me lastimarás. No te convertirás en tu padrastro.

Konnor negó otra vez con la cabeza y sintió el ardor de unas lágrimas en los ojos.

—No lo sabes. Marjorie, me preocupo por ti. Lo digo en serio. Eres la mujer más increíble que he conocido.

A Marjorie se le llenaron los ojos de lágrimas.

—Pero no me puedo quedar —continuó—. He sido honesto contigo desde el comienzo. Debo regresar a mi época. Mi vida está allí. Y la tuya está con un hombre que pueda ser un gran ejemplo para Colin y que no te rompa el corazón. Yo no te puedo dar el amor que te mereces.

A Marjorie se le escapó una lágrima, y Konnor la secó con el pulgar.

—Te odio —le susurró Marjorie—. Sé que tu madre te necesita y lo entiendo. Pero desearía no haberte conocido nunca. Me has abierto a la posibilidad de la felicidad, y eso era algo que nunca creí que estaría a mi alcance. Fuiste maravilloso con Colin, me diste esperanza y me hiciste bajar la guardia y sentir cosas que nunca antes había sentido por nadie. —Le golpeó el pecho, y a Konnor le dolió—. Y ahora te marchas.

Marjorie negó con la cabeza y se mordió el labio inferior.

—Sabía que no debería confiar en ningún hombre, pero rompí mis reglas por ti. Tú no eres de confiar. Te he dado el poder de lastimarme más que él... y lo estás usando.

A Konnor se le hundió el corazón hasta los pies. Sintió dolor como si una flecha le hubiera atravesado el pecho. Se detestó. Deseó poder darle a Marjorie toda la felicidad que se merecía. Y detestó ser la fuente de su pesar.

—Marjorie...

Marjorie se puso los pantalones enfadada y se los ató a la cintura.

—No digas mi nombre. —Lo fulminó con la mirada—. Y si

aprecias algo tu vida, te marcharás. Ahora mismo. No soporto verte ni un instante más.

Se puso los zapatos y anduvo hasta la puerta, donde se detuvo para mirarlo.

—Voy al gran salón. Cuando regrese, será mejor que te hayas marchado. No regreses, de lo contrario lucharé contigo, y entonces te arrepentirás.

Salió de la habitación y cerró la puerta enorme de un golpazo a sus espaldas. Konnor se quedó de pie escuchando las fuertes pisadas alejarse por el pasillo y las escaleras. No podía moverse. Pero tenía que hacerlo.

—Adiós, Marjorie —susurró con la vista fija en la puerta cerrada. Se preguntó cómo haría para respirar en un mundo en el que ella no existiera.

A continuación, fue a su habitación, donde había tres guerreros heridos durmiendo, y sin hacer ruido se colocó sus pantalones de camuflaje, la camiseta y la chaqueta. ¿Cuánto tiempo había pasado allí? ¿Una semana más o menos? Había perdido la cuenta de los días, y las prendas modernas se le hacían extrañas, como si pertenecieran a otra vida.

A otro hombre.

Consideró detenerse en la habitación de Colin y despedirse, pero no quiso despertar al niño.

Extrajo el reloj que Andy le había regalado del bolsillo de la chaqueta militar. Eran las 17:34. La segunda flecha del reloj avanzaba, le quitaba el tiempo, se lo robaba segundo a segundo.

No quería abandonar a Marjorie y a Colin. Pero no podía dejar a su madre sola.

Y, aunque no tuviera a su madre, nada podría cambiar el hecho de que no sería ni un buen padre, ni un buen marido. Un juego de fútbol y salvar la vida del muchacho no habían cambiado eso. Él era un soldado del Cuerpo de Marines, y su deber era proteger y cuidar a la gente. Y el fútbol... Hurra. Cualquiera podía patear un balón con un niño.

Aun así, echaría de menos a Colin. Subió las escaleras que llevaban a la planta de arriba y abrió la puerta de la habitación de Colin. Adentro estaba oscuro, y las persianas estaban cerradas. El niño estaba acostado en la cama y dormía tranquilo bajo una manta. Konnor sintió un cosquilleo en los dedos de las ganas de arroparlo y darle un beso de despedida en la frente.

Colocó el reloj sobre uno de los baúles que había en una esquina y le echó una última mirada al cabello enmarañado de Colin. ¿Por qué se sentía como un traidor al abandonar a Colin y Marjorie?

Cruzó el patio, donde los cuerpos sin vida yacían a lo largo de la muralla. Con cada paso que daba, una daga le perforaba el corazón. Quería despedirse de Muir, Malcolm y los otros guerreros con los que había luchado. Quería ayudar a traer el cuerpo de Tamhas al castillo.

Pero sería mejor que se marchara.

Cuando cruzó las puertas, alguien lo llamó.

—¡Konnor!

Konnor se dio vuelta. Isbeil le hacía gestos con las manos. Por primera vez desde que la había conocido, la veía cansada. Tenía los ojos hundidos en las cuencas, y la piel envejecida se había tornado ceniza.

—¿De modo que te marchas? —le preguntó cuando se detuvo delante de él. Sus ojos negros estaban enrojecidos, pero lo perforaban.

—Sí.

—Ah. Me esperaba más de ti.

—Nunca prometí que me quedaría.

Ella asintió.

—Sí, es cierto. ¿Entonces el hada que trabaja con la magia del viaje en el tiempo se equivocó contigo?

Konnor tragó el nudo del tamaño de un peñasco que se le formó en la garganta.

—Lamentablemente, sí. Me tengo que ir. Ya he cumplido mi deber aquí. Marjorie está a salvo, y Colin también. Tengo una persona en mi vida que me espera y me necesita.

—Cuídate, Konnor. Algo me dice que quizás te vuelva a ver.

Konnor negó con la cabeza y, siguiendo un impulso extraño, se inclinó para abrazar a la mujer diminuta. Olía a hierbas, sangre y una mezcla de cera y madera vieja.

—Cuídala, ¿de acuerdo? —murmuró.

Sin decir más nada, Konnor se volvió y salió del castillo. Con cada paso, sentía que la tierra le sujetaba los pies y le dificultaba el andar. Siguió el arroyo hacia el bosque y continuó por el barranco hacia el este.

Para cuando llegó a las ruinas, había caído el crepúsculo. Konnor observó lo que quedaba de la torre antigua, los escombros que la rodeaban y, por último, la condenada piedra que lo había hecho viajar en el tiempo. En comparación con los días anteriores, sentía que estaba regresando como un hombre cambiado: más ancho, más grande y más liviano. Se había expandido.

Y llevaba una enorme herida abierta en el corazón que le desgarraba el pecho.

Vio una figura cubierta con una capa larga sentada sobre una de las piedras de la torre que sostenía algo en las manos. «Marjorie», pensó Konnor, y el corazón le dio un vuelco de entusiasmo.

—Me quiere, no me quiere... —Un pétalo blanco salió volando en el aire—. Me quiere, no me quiere... —Otro pétalo cayó.

La figura alzó la cabeza cubierta por una capucha.

—Sìneag... —murmuró Konnor sintiendo una punzada de desilusión en el estómago.

Ella se paró y avanzó hacia él con la margarita a la que solo le quedaba un pétalo en la mano. La sostuvo delante de él y lo arrancó.

—Me quiere —dijo y se le iluminó el rostro—. Creo que te quiere, Konnor.

«Claro, ¿por qué no le echas más sal a la herida?» Konnor sintió una oleada de aroma a lavanda y césped recién cortado cuando Sìneag se le acercó más. Arrojó lo que quedaba de la margarita y lo miró con ojos brillantes y penetrantes. Las diminutas pecas se veían oscuras bajo la luz del atardecer.

—Si me quiere, no debería hacerlo —repuso Konnor—. Me marcho.

Sìneag entrecerró los ojos y estiró la cabeza como si no pudiera decidir dónde colocar un ramo de flores.

—¿Estás seguro?

Konnor apretó los dientes y le respondió con más seguridad de la que tenía:

—Sí.

—Si te marchas, solo te quedará un viaje. ¿Estás completamente seguro?

¿Lo estaba? Recordó las palabras de Isbeil. ¿Estaría en lo cierto? ¿Podría ser que ese no fuera el final de la historia de él y Marjorie?

¿Acaso ella iría en su búsqueda para perdonarlo y despedirse? Sintió una esperanza florecer en el pecho, fresca y recomfortante. Echó una mirada hacia el bosque gris. Observó las ramas que se movían con el viento.

Un momento... ¿Era su rostro?

No. Solo la sombra de un arbusto que se mecía de un lado al otro.

Marjorie no iría. Y, por más que lo hiciera, lo único que Konnor le podía ofrecer era más desilusión porque a pesar de todo se marcharía. ¿Cierto?

Emitió un ruido que fue mitad suspiro, mitad gruñido y se enfadó consigo mismo por atreverse a considerar la opción.

No. No esperaría, ni ansiaría, ni anhelaría más. Al diablo con todo eso.

—Sí, Sìneag —respondió—. Estoy seguro. Es lo mejor para todos.

Los ojos de Sìneag se entristecieron. Sin volver a mirarla, Konnor avanzó hacia la piedra plana que ya había comenzado a brillar y aplastó la mano contra la huella. Sintió un zumbido que lo recorría y lo envolvía como un tornado. La piedra fría bajo su palma desapareció, y Konnor comenzó a caer al vacío. Aun así, miró hacia atrás, con la esperanza de ver a Marjorie por última vez.

Sin embargo, allí no había nadie.

CAPÍTULO 28

Tres días después...

—Mamá, por favor, juega al fútbol conmigo —le pidió Colin, que avanzaba hacia ella con el balón de heno de Konnor debajo del brazo.

Ya no había ningún enemigo allí. Las olas que la brisa generaba en el lago le salpicaban los zapatos. En las colinas verdes, violetas y marrones que se erguían al otro lado del lago, reinaba la calma bajo el cielo de plomo. Los árboles y los arbustos se mecían con el viento, y las ovejas pastaban cerca del castillo a su derecha.

Marjorie se encontraba con su hijo a solas afuera de las murallas del castillo. Y se sentía a salvo y segura. Si había podido proteger el castillo de Glenkeld del ataque de los MacDougall, si había podido derrotar a John MacDougall, ¿qué había que temer en una excursión afuera de la fortaleza?

Sin embargo, a pesar de la paz que la rodeaba, Marjorie sentía dolor. El rostro amado de Konnor le llenaba la mente. Oh, cómo lo echaba de menos. Y cómo le hacía daño su rechazo. Tomó una profunda bocanada de aire llena del aroma de las ovejas, el agua del lago y los campos verdes.

Jugar al fútbol la haría recordar el hermoso día en que había jugado con Konnor y Colin. Y eso sería una tortura, le volvería a recordar lo que nunca podría tener.

El hombre al que amaba. Una familia con él. La felicidad a su lado.

Sin embargo, no hacía falta que su hijo sufriera como ella. Colin se merecía algo mejor, y ella le daría toda la felicidad del mundo.

Marjorie se obligó a sonreír.

—Sí, por supuesto.

El extraño brazalete que Konnor le había dejado a Colin destelló en su pecho. Como era muy grande para él, Colin lo había puesto en una cuerda de cuero, se lo había atado alrededor del cuello y lo llevaba junto a su cruz. Aunque Marjorie estaba segura de que era algo como un reloj en miniatura o un reloj de sol, parecía un objeto mágico, con esa manito que se movía por cuenta propia y hacía un sonido como un tic, tic, tic. La superficie era del acero más suave que había visto, más suave que la hoja de una espada nueva. Era un objeto hermoso y masculino que le generaba cierta maravilla.

Cuando tocó la superficie fría y lisa, Marjorie no solo sintió que tocaba a Konnor, sino también al futuro.

Colin había estado loco de alegría con esa cosa y la llamaba «el ticador». No se lo quitaba ni para dormir, ni para bañarse, y el objeto milagroso seguía funcionando aun cuando estaba sumergido en el agua.

Era el último objeto que tendría de Konnor.

—Bueno, hijo, ¿cuál será el arco?

Colin estiró el brazo entusiasmado y tomó una piedra grande de la orilla.

—Aquí, mira. —Con el mentón, señaló a unos tres metros de distancia—. Ese arbusto puede ser un palo del arco, y el peñasco será el otro.

—Sí, está bien —aceptó Marjorie y anduvo con él hacia el arco improvisado.

Una vez más, Marjorie fue la portera, y Colin resultó ser un delantero excelente, sin dudas era más fácil patear el balón que el racimo de avellanas. Jugaron durante un tiempo hasta que, de pronto, Colin se paralizó con el pie en el aire sobre el balón y miró a un punto detrás de Marjorie.

Marjorie sintió un escalofrío congelante, y una ola punzante de pánico que la dejó de piedra. Los pensamientos se arremolinaban en su mente como avispas enfadadas.

Se encontraba a solas con su hijo afuera del castillo.

Si los MacDougall habían enviado a alguien a secuestrarlos, los centinelas no los verían de inmediato.

Marjorie prefería morir antes que permitir que alguien se llevara a Colin.

Se llevó la mano a la daga que tenía en el cinturón y se giró para enfrentarse a quien fuera que se encontrara a sus espadas mientras desenvainaba la daga.

Se la apuntó a un hombre que estaba sentado sobre un caballo y la miraba con los ojos abiertos de par en par. Era gigante. Alto, de hombros anchos, mentón cuadrado y cabello rojizo. Llevaba puesta una túnica desgastada, unos pantalones bombachos sucios y emparchados.

¿Dónde lo había visto antes? El hombre tenía el rostro pálido del asombro mientras la observaba primero a ella y luego a Colin.

—¿Marjorie? —Su voz grave reflejó sorpresa y alivio.

Marjorie parpadeó. Él se desmontó y dio un paso hacia ella.

—¡Alto! —le advirtió apuntándole la daga.

El hombre sostuvo las manos en alto y se quedó quieto. ¿Por qué se le hacía tan familiar? Esos pómulos altos, los ojos ovalados de color café cálido... Tenía una barba larga y casi desgreñada, y su cabello parecía no haber sentido las caricias de una mujer en mucho tiempo. Y sus ojos... Reflejaban dolor, tristeza y una esperanza que parecía de lo más desesperada.

Marjorie había visto esos ojos antes, pero el hombre al que le pertenecían estaba muerto.

—Soy yo, Ian —le dijo.

La tierra se estremeció bajo sus pies. Marjorie agitó la mano libre en el aire y buscó algo de qué sostenerse, pero no encontró nada. Dio un paso hacia atrás y volvió a recuperar el equilibrio.

—Ian... —susurró.

Hizo un gesto negativo con la cabeza, hacia donde se encontraba el pequeño cementerio de los Cambel en el que habían colocado una lápida sobre una tumba dedicada a Ian.

Pero si el viaje en el tiempo era real, seguramente habría más tipos de magia posibles. Se volvió hacia Colin, que miraba a Ian con el ceño fruncido. Le hizo un gesto para que se acercara, y el niño corrió a sus brazos. Cuando su hijo estuvo en la seguridad de su abrazo, Marjorie alzó la vista a la aparición que se hallaba de pie delante de ella.

—¿Eres el fantasma de Ian? —preguntó.

Los ojos se le nublaron y reflejaron una tormenta interna, pero Ian apretó los labios que desaparecieron detrás de la barba.

—En cierta forma, sí. El Ian que tú conociste ha muerto, Marjorie. Pero estoy hecho de carne y huesos.

A Marjorie se le nubló la vista, y la mano que sostenía la daga le tembló con violencia.

—¿No moriste?

—No.

Marjorie soltó el aire que había guardado en los pulmones, pero una parte de ella se negaba a creerle por completo y no bajó el arma.

—¿Dónde has estado?

Él tragó saliva.

—Los MacDougall me vendieron como esclavo a los califatos. He sido un esclavo durante todos estos años.

Marjorie bajó el brazo. «¡Un esclavo! Ian ha sido un esclavo...» La lágrima que le cayó por la mejilla le dejó un rastro ardiente. Marjorie soltó la daga, que cayó al césped, y avanzó hacia Ian.

Cuando él la abrazó con sus brazos enormes, Marjorie se hundió contra él, lloró e inhaló su adorada esencia mezclada con polvo y suciedad.

—Has regresado —susurró, y él la abrazó más fuerte—. ¡Oh, gracias a Dios! Oh, gracias a Dios... —Se echó hacia atrás—. Colin, ven a conocer a tu tío Ian.

Colin avanzó con timidez sin apartar la mirada escrutiñadora de Ian. Marjorie soltó a Ian, se paró detrás de Colin y le colocó las manos sobre los hombros.

—Ian, este es mi hijo, Colin.

Ian alzó las cejas.

—¿Tu... hijo?

—Sí —le respondió con el mentón alzado.

Ian le asintió con respeto al muchacho como saludo.

—Es un placer conocerte, muchacho. Me alegra haber vivido para verte con mis propios ojos.

—Hola, tío —se limitó a responder Colin.

Marjorie suspiró y sintió que se le formaba una sonrisa enorme en el rostro.

—Ven, debes tener hambre y quizás necesites darte un baño. Pediré que te preparen uno, y puedes dormir en... —La voz no le salió; había estado a punto de decirle que podía dormir en la habitación de Konnor. Sin embargo, ya no era más la habitación de Konnor—. En la habitación de huéspedes al lado de la mía.

Ian sonrió.

—Sí. Será un placer, gracias.

Mientras se volteaban y sujetaban el caballo para entrar al castillo, Marjorie le apretó la mano.

—Tienes que contarme todo lo que te ha pasado.

Colin pateó el balón hacia el castillo y corrió tras él. Ian y Marjorie lo seguían, y el rostro de su primo se ensombreció.

—No te puedo contar «todo». Hay partes que no son apropiadas para los oídos de una muchacha sensible.

Marjorie se rio.

—¿Una muchacha sensible? No sé de quién hablas. Acabo de

liderar una gran defensa contra el ejército de MacDougall que nos superaba seis veces en números. Y gané.

Ian la miró totalmente atónito.

—¿Tú? ¿Sola?

—No estaba sola. Tenía cincuenta hombres conmigo. —Y uno de ellos era del futuro, y sin él era probable que no lo hubiera logrado—. Porque mi padre, el tío Neil, mis hermanos y muchos de los Cambel están en el noreste, peleando por el rey Roberto I.

—Marjorie, no sé qué decir... —Los ojos marrones se le llenaron de lágrimas—. Te recuerdo lastimada, hecha un ovillo, sin voluntad de vivir o de salir a ver el sol. Y ahora tienes un hijo y peleas las batallas que ningún hombre puede... Muchacha, estoy muy orgulloso de ser tu primo. Eres una verdadera Cambel.

Marjorie sintió que la gratitud le expandía el pecho como unos cálidos rayos de sol.

—Gracias, Ian.

Llegaron al castillo y cruzaron las puertas. Colin llevó al caballo de Ian al establo. Ian echó un vistazo alrededor y respiró hondo antes de soltar despacio el aire.

—Nunca creí que volvería a ver Glenkeld —dijo—. ¿Has ido a Dundail hace poco?

Dundail era el hogar del padre de Ian, Duncan Cambel. Se encontraba a un día a caballo de distancia. Ese había sido el hogar de Ian antes de que se mudara con los Cambel a Innis Chonnel o Glenkeld.

—No, no he ido desde que éramos niños —respondió Marjorie—. Sé que tu padre no ha estado muy bien últimamente. Ha luchado en muchas batallas desde que te enterramos. En este momento, se encuentra en Inverlochy. Ayer llegó un jinete para informar que mi padre y mis hermanos se encuentran allí descansando.

—Entonces, iré a Inverlochy por la mañana.

Marjorie asintió y sonrió.

—Me gustaría ver los rostros de mis hermanos cuando te vean, pero debo quedarme a proteger el castillo.

Marjorie lo condujo al interior de la torre donde se encontraban las habitaciones.

—¿Dónde está tu marido, Marjorie? —le preguntó Ian.

—¿Marido? No estoy casada. Colin es hijo de Alasdair.

Ian negó con la cabeza.

—Eres una mujer increíble. Después de todo lo que te ha hecho, amas a su hijo.

—La semilla de Alasdair concibió a Colin, pero no hay nada de ese monstruo en mi hijo. Colin es un Cambel. Y estoy orgullosa de ser su madre, sin importar lo que pase. Eso me ha hecho más fuerte, Ian. Me ha convertido en quien soy.

Al decirlo en voz alta, se dio cuenta de que su mayor miedo, el miedo a ser cobarde, había desaparecido. No era ninguna cobarde. Nunca lo había sido. El hecho de que la hubieran secuestrado no era un indicio de debilidad. Marjorie había luchado lo más que pudo, y no se había rendido a Alasdair por más violento que este se hubiera mostrado. Ni tampoco se dio por vencida después: ni con ella, ni con su hijo.

Ni siquiera se había dado por vencida en el amor. Aunque eso se hubiera ido al diablo.

—Sí, ya lo veo, muchacha —acordó Ian—. ¿No te quieres casar?

Marjorie miró al patio sumida en sus pensamientos. Los hombres cargaban piedras a lo alto de las torres y a la muralla norte. Ahora que tenían tiempo y paz para hacer las reparaciones, Marjorie no quería desperdiciar ni un solo instante. Para ahorrar dinero, habían reutilizado los escombros de la muralla, y los miembros del clan que por lo general pasaban el día entrenando con las espadas estaban trabajando en los arreglos.

—Durante mucho tiempo, no. Pero luego, conocí a alguien. —Pateó una piedrita con la punta del zapato—. Y... me enamoré de él. A pesar de todo el dolor que había experimentado, comencé a ver la posibilidad de ser feliz. Él me la hizo ver.

—¿Es un buen hombre? —preguntó Ian—. Aunque no necesites mi aprobación, le retorceré el cuello si se atreve a mirarte mal.

Marjorie suspiró.

—Es un buen hombre. Colin también se abrió a él. Nos salvó la vida.

—¿Y dónde está ahora este buen hombre?

Marjorie se abrazó.

—Muy lejos.

—¿Y lo amas?

—Sí.

—¿Y él te ama?

—No lo sé. Creí que sí.

Ian se pasó los dedos por el cabello largo y enmarañado.

—He sido un esclavo durante muchos años, Marjorie, y todos los días pensaba que sería mi último día de vida. Veía las Tierras Altas y a todos ustedes en mis sueños. Me enfrenté a la muerte a diario. Y lo único de lo que me arrepentía era de que nunca había conocido el amor verdadero. Nunca tuve una mujer a la que querer, un hijo por el que seguir viviendo. Si has conocido el amor verdadero, no lo dejes pasar. De lo contrario, te arrepentirás.

Marjorie se mordió el labio inferior y luchó por contener las lágrimas. Ian tenía razón. Si no tuviera que pensar en Colin, quizás habría buscado la manera de viajar en el tiempo para encontrar a Konnor, pero primero estaba su hijo. Y no había nada más importante que Colin y su bienestar.

—Sí —acordó—. Lamentablemente, no es posible. Él está tan lejos que bien podría ni siquiera existir. —Tomó la mano de Ian y se la apretó—. Pero no importa. Tú estás aquí. Estás vivo y bien. ¿Sabes qué quieres hacer ahora?

—Sí. Quiero encontrar a mi padre y vivir mi vida en paz en Dundail.

—Has escogido el momento equivocado para intentar vivir tu vida en paz, primo. El reino está en guerra.

—No me importa. Ya he blandido mi espada durante demasiado tiempo para el califato. Prometí que nunca volvería a matar a ningún hombre por el resto de mi vida.

Marjorie asintió. Era su decisión, pero dudaba que Ian pudiera mantener esa promesa.

—Está bien, ve a descansar. Les pediré a los criados que te preparen un baño de agua caliente y una buena comida. Enviaré a los hombres a cazar y esta noche tendremos un banquete en tu honor.

—Gracias, prima.

Mientras Ian entraba en la torre y comenzaba a subir las escaleras, Marjorie lo observó pensativa y se preguntó si habría alguna forma de estar con el amor de su vida sin sacrificar el bienestar de Colin. Deseaba que Konnor cambiara de parecer y regresara a su lado. A lo mejor podría traer a su madre. Marjorie estaba segura de que se llevarían muy bien.

Sin embargo, a menudo los deseos no se hacían realidad. Marjorie debía acostumbrarse a vivir su vida con un vacío en el corazón. No había nada que pudiera hacer para cambiar eso.

Por lo menos, tanto ella como su hijo eran libres, a diferencia de Ian durante tantos años. Por fortuna, su adorado primo había regresado de la muerte.

CAPÍTULO 29

Los Ángeles, dos semanas después

—¡Konnor, la cena está lista, hijo! —lo llamó su mamá desde la cocina.

Konnor enroscó una bombilla en el candelabro y se bajó de la silla.

—Ya voy —respondió y se dirigió al interruptor.

Lo apretó, y la luz llenó la habitación. Konnor suspiró y miró alrededor. Ese era el último arreglo que necesitaba su mamá. Tomó un vaso con *whisky* y se bebió el contenido. A diferencia del aguardiente medieval, sabía delicioso y ahumado. Perfecto. Sin embargo, Konnor hubiera dado lo que fuera por beber el *uisge* primitivo, porque ese sabor siempre estaría asociado a Marjorie para él.

Apagó el partido de fútbol que estaba viendo en la televisión. Mientras hacía arreglos en la casa, su mente había pensado de qué otras formas podría hacer un balón de fútbol en la Escocia medieval. Si hubiera tenido más tiempo, hubiera utilizado virutas en lugar de heno, y hubiera cortado pentágonos de cuero y los hubiera cocido de la manera indicada.

Pues, ni modo. Ya nunca podría hacerlo, así que, ¿qué sentido tenía pensar en eso?

Konnor se incorporó y salió de la sala de estar de su madre para entrar en la cocina. La casa era un bungaló de dos ambientes que tenía un cobertizo en el jardín que funcionaba como estudio de pintura. La sala de estar era colorida, su mamá había pintado las paredes de un tono turquesa intenso, y los paneles de madera brillaban casi dorados. Los cuadros más matizados colgaban de las paredes: orquídeas blancas, hibiscos con pétalos rosados y amarillos, y aves del paraíso anaranjadas y azules. La casa se hallaba sobre una colina, y Konnor podía ver el océano más allá de los tejados.

Al entrar en la cocina iluminada, el aroma a cilantro recién picado y pollo frito le llenó las fosas nasales. Su mamá colocó dos platos con hamburguesas, zanahorias y apios fritos de acompañamiento en la isla de la cocina. Luego dejó su tableta al lado de los platos.

Su mamá le sonrió nerviosa, y sus ojos azules destellaron. A Konnor se le formó un nudo nervioso en el estómago.

—Siéntate, siéntate —le dijo—. Fui a una clase de cocina el jueves e hicimos hamburguesas de pollo con una salsa de cilantro tailandesa. Creí que te gustaría.

Konnor se sentó en la banqueta alta y miró los panes y las alitas de pollo fritas que humeaban entre ellos. Su mamá se sirvió una copa de vino tinto y le trajo una cerveza a Konnor. Luego se sentó. Tenía el cabello corto y se lo había enrizado, lo cual era algo que no había hecho en mucho tiempo. Unos pendientes turquesas le colgaban de las orejas, y se había puesto un labial rosado.

«¿Labial? Pero si nunca usa labial...»

La blusa de color gris claro y el gran colgante turquesa que le hacía juego con los pendientes eran nuevos, ¿no? Y, ¿por qué llevaba maquillaje?

—Mamá —comenzó Konnor—, ¿qué sucede?

Ella se rio nerviosa.

—Primero comamos.

A Konnor se le retorció el estómago.

—No. Cuéntame.

Ese día habían tenido su rutina de los domingos. Él había ido a la mañana a llevarle provisiones y dinero. Ella había preparado el almuerzo mientras Konnor hacía pequeños arreglos en la casa. Luego hablarían, ella le mostraría su nueva pintura y, si el tiempo estaba lindo, irían a caminar por la playa. Según recordaba Konnor, ella nunca usaba maquillaje y solía ponerse algo cómodo, como un suéter holgado.

De hecho, Konnor había notado que algo había cambiado desde que regresó de Escocia. Cuando llegó a la granja Keir, lo primero que hizo fue llamarla. Ella ni siquiera lo había echado de menos. Incluso se había sorprendido de que él se disculpara por no haber llamado antes, aunque se suponía que debía haber regresado el día anterior.

Los Keir lo habían llevado al hotel en Dalmally, donde un Andy enfadado le había gritado y regañado durante una hora. El equipo escocés de búsqueda y rescate no había podido encontrarlo, y habían estado a punto de llamar a su madre para informarle que era muy probable que Konnor hubiera muerto.

Konnor le dijo a Andy que se había perdido en la tormenta, que se cayó por el barranco y se lastimó el tobillo y se golpeó la cabeza. Le contó que una mujer que vivía en una cabaña en la zona lo encontró y lo cuidó, y que él se quedó allí durante unos días. Como los teléfonos estaban fuera de servicio, no pudo llamar a nadie. A pesar de todo, Andy seguía furioso con él.

Andy tenía su bolsa, su pasaporte y su teléfono, y los dos regresaron a casa de inmediato. Durante la primera semana de regreso en Los Ángeles, Konnor había ido a ver a su mamá todos los días para asegurarse de que se encontrara bien. Ella parecía sorprendida e incluso algo irritada de que la visitara tan a menudo.

—Eres como una mamá gallina, Konnor, por todos los cielos. Te quiero, pero por favor, detente, me estás sofocando.

Su empresa estaba bien y parecía que el mundo había seguido adelante mientras él se encontraba en otra época.

El único que no había seguido adelante era él.

—Mamá —comenzó Konnor—, sea lo que sea, dímelo.

Ella suspiró y le echó un vistazo a la tableta.

—De acuerdo. Pero prométeme que procesarás la noticia con calma.

El corazón le latió desbocado. ¿Noticia? ¿Estaba enferma? ¿Se estaba mudando? ¿Qué estaba sucediendo?

—He conocido a alguien.

Silencio. Si el silencio pudiera explotar, lo acababa de hacer.

—¿Cómo has dicho?

Ella suspiró.

—He conocido a alguien, y quiero que tú también lo conozcas.

—¡Mamá!

Ella se encogió de hombros.

—Es un mercante de arte que fue a la misma clase de pintura que yo hace seis meses. La de los retratos.

«Maldita sea».

—Como le encantó mi pintura, le mostré mis cuadros. Dijo lo mismo que tú me has estado diciendo durante años, que debería hacer una exhibición y venderlos. Pues, ¿sabes qué? Lo voy a hacer. Y él me va a ayudar. —Se rio—. ¡Y en Nueva York de todos los sitios!

Konnor gruñó. El temor se asentó en su ser como un helado tornillo de banco.

—Estás bromeando.

Ella parpadeó.

—Bueno, bueno, cálmate. No me mudaré con Mark ni nada por el estilo. Pero nos hemos estado viendo durante seis meses.

—¿Se estuvieron viendo durante seis meses, y recién me lo dices ahora?

—Porque siento que ahora la relación es más seria. Mientras

estabas en Escocia, fuimos a Las Vegas. Mark es muy respetuoso, dulce y...

¿Su madre se había ido de viaje con un hombre al que él ni siquiera había conocido mientras estaba fuera del país? Con razón no se había preocupado de que su hijo no la llamara.

La sangre le latió en la sien. Su madre le iba a dar un ataque cardíaco.

—¿Dulce? Pero, luego de Jerry...

Ella se puso de pie y se apoyó las manos en la cintura.

—No, Konnor. No hace falta que menciones a Jerry. Ya aprendí esa lección. Fui a terapia. Eso pasó hace quince años, hijo.

—Y, aun así, no me puedo perdonar por permitir que te lastimara como lo hizo.

Su madre se quedó quieta con los ojos abiertos de par en par. Konnor vio algo que no había visto en su rostro durante mucho tiempo: culpa.

—¿Tú no te puedes perdonar? Konnor, tan solo eras un niño. Nada de eso fue tu culpa. ¿Qué podrías haber hecho?

Nunca habían hablado del tema. Ni cuando Jerry estaba vivo, ni luego de su muerte. Pero la culpa era algo que acechaba a Konnor.

—Algo. Llamar a la policía.

—Yo te dije que no lo hicieras.

—No importa. Debí haber sido más fuerte.

—No, Konnor. —Su mamá le tomó el rostro en sus manos—. Yo debí ser más fuerte, ¿me oyes? Fue mi culpa. Yo era la adulta. Debería haberlo dejado para protegernos a los dos.

Las lágrimas le llenaron los ojos, y a Konnor se le cerró el pecho. Su madre lo soltó, se sentó en la silla, bebió un sorbo de vino con la mano temblorosa.

—De hecho, he hablado del tema con Mark. Él me entiende porque también viene de un hogar en el que su padre lo golpeaba.

Konnor sintió un espasmo en el estómago.

—Sin embargo, a pesar de eso —continuó su mamá—, es un padre maravilloso porque no quiere que sus hijos vivan lo que él vivió. Conocí a su ex esposa. De hecho, es la dueña de la galería de arte en Nueva York, se divorciaron en buenos términos. Mark y yo somos víctimas de abuso. —La voz le tembló—. Y tú también, cielo.

Konnor se bajó de la silla de un salto. Era demasiado doloroso oír eso, demasiado abrumador. Quería borrar esas palabras de su memoria y no oír una palabra más del asunto. Su madre estaba siguiendo adelante o cometiendo el error más grande de su vida. ¿Acaso no había aprendido que el amor solo llevaba al dolor?

Caminó de un lado al otro de la isla de la cocina abriendo y cerrando los puños en el intento de aliviar la tensión que tenía en los hombros y los brazos.

—Pero, ¿cómo sabes que no será como Jerry?

Su madre enderezó la espalda y elevó el mentón.

—Tienes razón. Todavía no lo sé con certeza. Pero tampoco me estoy apresurando a nada como lo hice con Jerry. Me lo estoy tomando con calma. Me estoy cuidando.

Bajó la vista a la servilleta con dibujos de caracolas y la acomodó en la mesa para que quedara perfectamente alineada con el plato. Cuando volvió a mirarlo, Konnor sintió como si una maldita lanza le atravesara el pecho.

—Debería haber sido más fuerte para dejar a Jerry —continuó— y evitarnos ese infierno. Pero ahora soy más fuerte y reconoceré los indicios de un hombre violento si aparecen. —Alzó las cejas—. A diferencia del pasado, ahora no necesito a ningún hombre. Y tampoco siento el apuro de mudarme con alguien ni nada semejante. Mi vida es genial en este momento. —Estiró la cabeza y sonrió—. Estoy contenta, Konnor. Te tengo a ti, mi hijo maravilloso. Pero tú tienes que vivir tu vida, y yo estoy cerca del final de la mía.

—¡Mamá! Ni siquiera tienes sesenta años.

—Sí, y estoy segura de que todavía tengo unos cuantos años

buenos por delante y quiero disfrutarlos al máximo. Tú eres un hombre. No me necesitas. Mi exhibición de arte será un éxito y por fin podré independizarme y ganar mi propio dinero haciendo algo que me encanta. ¿No te gustaría eso?

Konnor había estado en lo cierto. Su mamá estaba siguiendo adelante. Todo estaba cambiando. Excepto él. ¿Se estaría aferrando a problemas que ya no existían más? ¿Acaso su mamá ya no lo necesitaba?

Una herida oscura y sin fin le palpitó en el centro de su ser. Lo único que podría quitarle el dolor sería subirse al siguiente avión que fuera a Escocia, buscar esa ruina y viajar en el tiempo para tomar a su reina de las Tierras Altas en sus brazos y no soltarla nunca más.

Se apoyó contra la isla de la cocina y sintió el granito negro frío contra sus palmas cálidas.

—Claro que me encantaría que fueras feliz. Pero tengo que asegurarme de que este sujeto es bueno para ti. No me lo perdonaría si te volviera suceder algo malo. La seguridad es más importante que cualquier enamoramiento.

—¿Enamoramiento? —repitió anonadada.

—Sí, enamoramiento. ¿Qué otra cosa podría ser tras unos meses de conocerse?

Ella le sonrió.

—Seis meses. Y es algo más serio que un enamoramiento. Ven. —Se volvió hacia la tableta—. Déjame presentártelo, por favor.

A Konnor se le dilataron las fosas nasales. Todos sus instintos le gritaban que no lo permitiera. Estaba preocupado por su mamá y ya detestaba al sujeto. Sin embargo, suspiró. Lo cierto era que el hombre ya formaba parte de la vida de su madre, y Konnor debía asegurarse de que estuviera a salvo.

—De acuerdo. Pero si veo un solo indicio de violencia en él...

—¿Qué?

—Romperás con él. No pienso poner en riesgo ni tu salud, ni tu seguridad.

Su mamá puso los ojos en blanco.

—Esa no es tu decisión. —Desbloqueó la pantalla y llamó a un tal Mark Campbell por Skype.

«¿Campbell?»

Mientras el teléfono sonaba, Konnor sintió una extraña sensación de *déjà vu*. Sin lugar a dudas, Campbell era una versión moderna del nombre del clan de Marjorie, Cambel.

—¿Vive en Nueva York? —le preguntó en un susurro.

—No, en Los Ángeles, pero ahora está en Nueva York para preparar mi exhibición la semana que viene.

—¿La semana que viene? ¿Siquiera me ibas a invitar?

Un hombre apareció en la pantalla.

—¡Hola! —saludó una voz masculina.

Con la vista clavada en el rostro de Mark, Konnor se quedó de piedra.

Tamhas le devolvió la mirada del otro lado de la pantalla, aunque era una versión de él de sesenta años y con el cabello largo y completamente blanco. Hasta tenía la misma barba incipiente en el mentón y los mismos ojos grises e intensos.

—Aguarden —dijo Mark Campbell, y el fondo a sus espaldas cambió—. Déjenme buscar un lugar más tranquilo. Oh, aquí. La parte trasera de la galería será perfecta. —Miró a Konnor y a su madre y sonrió—. Hola, Helen. Hola, Konnor. Me alegra conocerte por fin.

Tenía una sonrisa deslumbrante y agradable. Ojos sabios que irradiaban tranquilidad y paz.

—Hola —respondió Konnor estupefacto.

—Hola, cariño —saludó su mamá.

Konnor reprimió un gruñido. «¿Cariño? Ya lo veremos».

—Pues, oí que has estado viendo a mi mamá —señaló Konnor.

Mark asintió.

—Sí, he tenido la fortuna de salir con ella. Es única.

Konnor alzó la cabeza.

—En eso estamos de acuerdo. ¿Qué intenciones tienes con ella?

Sonaba como un patán chapado a la antigua, pero no le importó.

—Mis intenciones... —Mark miró a Helen a los ojos, y Konnor apretó los dientes al ver en ellos tanta calidez, luz y amor—. Mis intenciones son hacerla delirar de felicidad incondicional. Siempre que ella me lo permita.

«Sí, eso también ya lo veremos».

Konnor apretó el tenedor que tenía en la mano.

—¿Cuándo regresas a Los Ángeles?

—Esta noche.

—¿Te gusta el fútbol?

—De hecho, sí.

Konnor estaba seguro de que su mamá le había dicho que a Konnor le encantaba el fútbol. Pero al menos tenía la decencia de pretender que le gustaba.

—¿Qué te parece si vamos a ver un partido mañana? Nos tomamos unas cervezas y hablamos de hombre a hombre, no por Skype.

—Sí, suena bien. Solo una cosa: no bebo.

—¿Por qué? ¿Eres alcohólico?

Su mamá jadeó horrorizada.

—¡Konnor!

Mark se rio.

—Es una pregunta justa considerando mi pasado. No, no soy alcohólico. Probé una cerveza cuando tenía dieciséis años y detesté el sabor y cómo me hizo sentir. Luego de eso, y sumado a mi infancia y el hecho de que mi padre era un alcohólico, decidí no beber.

Oh, por todos los diablos. Aunque no tenía ninguna intención de que el hombre le agradara, Konnor sospechaba que lo terminaría haciendo.

—De acuerdo —le dijo Konnor a la versión moderna y más grande de Tamhas—. Te veré mañana.

CAPÍTULO 30

En el estadio resonaron los cantos de miles de voces. Konnor observó el césped verde completamente iluminado, aunque en realidad no le interesaba el partido. Los asientos del estadio de fútbol Midfield Box of Banc de California eran increíbles. Konnor tenía un buen pasar económico, pero no se podía permitir pagar una membresía allí.

A Mark de verdad le gustaba el fútbol y tenía el dinero suficiente para ser miembro del estadio. Se sentaron en el medio de la tribuna, y un vendedor les trajo dos porciones de nachos y dos refrescos.

—Los preparativos para la exhibición de tu mamá van muy bien —le informó Mark—. He visto a muchos artistas a lo largo de mi carrera, pero un talento puro como el de tu madre no es fácil de encontrar.

Konnor se limitó a observar el perfil de Mark. El parecido con Tamhas era sorprendente. Por supuesto que había algunas diferencias, como la nariz de Mark, que era más delgada y alta, y sus ojos que eran un tono distinto. Pero hasta la voz, excepto por el acento escocés, sonaba similar. Mark y Tamhas tenían el mismo barítono agradable. Pero mientras que Tamhas hablaba rápido y siempre estaba alerta del peligro, Mark se mostraba tranquilo y en paz.

—Le he estado diciendo que debería mostrarle sus pinturas a alguien durante años.

—Sí, me lo contó. Y tenías razón.

—Pero, ¿estás seguro que no lo dices para agradarle más?

Él le sonrió con tristeza, y los ojos se le llenaron de lágrimas.

—Tenía miedo de ser parcial porque estoy muy enamorado de ella.

«¿Enamorado?» A Konnor se le cerraron los pulmones.

—Por eso le pregunté a mi exesposa, que es dueña de una galería de arte en Nueva York, y a algunos mercantes de arte que conozco y en quienes confío. Todos pensaron que era una joya. ¿Cuántos cuadros tiene? ¿Cien? Está sentada sobre una fortuna, amigo.

Konnor suspiró. Era muy bueno saber que su madre era tan talentosa y que podría asegurarse su futuro si, por algún motivo, Konnor llegara a desaparecer...

Si viajaba en el tiempo, por ejemplo.

Oh, cuántas ganas tenía de ver a Marjorie. De tomarla en sus brazos y respirar su aroma a hierbas. Pero no podía. Sin importar lo desesperado o triste que estaba, o lo vacía que se sentía su vida sin ella...

Konnor la amaba.

Él, quien sabía que el amor era una ilusión que solo causaba dolor, la amaba. El hada de las Tierras Altas, Sìneag, tenía razón. Marjorie era la mujer para él. Konnor lo sentía en los huesos. Tenía mucho sentido. Y él había tenido que viajar cientos de años al pasado y ver su vida vacía y sin sentido para entenderlo.

A pesar de todo, no podía abandonar a su madre. Y todavía debía asegurarse de que Mark fuera el hombre que su madre creía. Después de todo, Jerry había sido dulce y amable hasta que Helen y Konnor se mudaron con él.

—¿A qué se dedican tus hijos? —le preguntó Konnor.

—La mayor, Denise, tiene tu edad y es capitana de un barco.

El del medio, Trevor, es pediatra y vive en Chicago. Mi hijo menor, Jack, está estudiando psicología en la universidad. —Se rio—. Dicen que los psicólogos escogen esa profesión para resolver sus propios problemas, pero espero que no hayamos hecho un trabajo tan malo como padres.

Konnor lo miró con intensidad. Y, de pronto, un pensamiento que no se le había ocurrido hasta ese momento le llenó la mente. Aunque Mark había sido víctima de violencia doméstica, al igual que Konnor, se había casado y había tenido tres hijos. Por más que luego se había divorciado, no parecía estar sufriendo ni nada semejante. Además, había dicho que estaba «enamorado» de la mamá de Konnor.

—¿Qué pasó con tu exesposa? —preguntó Konnor—. ¿Por qué se divorciaron?

Mark inspiró hondo, se apoyó contra el respaldo del asiento y suspiró mientras observaba a los jugadores que corrían en el campo.

—Es una buena pregunta. Lo cierto es que... no sé qué pasó. Éramos increíblemente felices. La amaba, y ella a mí. Tuvimos hijos y me atrevo a decir que hicimos un gran trabajo como padres. Estoy muy orgulloso de los tres. Pero de pronto... faltaba algo. Supongo que Janet fue la primera en decirlo. Me preguntó qué nos estaba pasando. Simple, nos fuimos distanciando. Nunca hubo odio ni drama entre nosotros. Todo el proceso del divorcio fue bastante aburrido. Aún tenemos una buena relación, aunque nos relacionamos casi siempre por trabajo. Ella tiene su galería, que antes era de los dos, y yo me dedico a descubrir obras de arte. Como puedes ver, no tenemos problemas de dinero. Creo que fue un poco más difícil para los niños, pero al final comprendieron y aceptaron que era lo mejor para todos.

Konnor lo sintió. El hombre era honesto. Lo oyó en la tranquilidad de sus palabras, lo vio en su postura relajada, lo reflejó el tono de su voz.

—Entonces, ¿no hubo dolor cuando se divorciaron?

Mark entrecerró los ojos pensativo.

—Exactamente dolor, no. Creo que más bien, tristeza. Lamenté la pérdida de la relación porque habíamos sido felices, y yo creí que estaríamos juntos para siempre. Uno no se casa con alguien pensando que un día tomarán caminos separados, ¿no?

—Creería que no —murmuró Konnor.

—¿Cómo has dicho?

—Nada.

—No. Cuéntame. ¿Has dicho que creerías que no?

Konnor bebió un sorbo de su refresco arrepentido de haber hablado y con la esperanza de distraer a Mark. No tenía ninguna intención de hablar de sus sentimientos y sus limitaciones.

—No importa.

—No —lo contradijo Mark—. Claro que importa. Entiendo que no es asunto mío, pero creo que tú, tu mamá y yo compartimos algo profundo y desafortunado. La experiencia de haber vivido situaciones de violencia, de sentirnos indefensos y de que nos hayan enseñado las cosas malas de la vida. Antes, solía odiar todo, incluyendo a todas las personas. Robaba cosas. Me metía en peleas. Pensaba cosas malas de mí porque los puños de mi padre me habían enseñado eso. Creo que por eso estudié arte, para encontrar alivio para el dolor.

Konnor asintió pensativo. Por ser alguien que había tenido una infancia violenta, Mark parecía una persona normal. No parecía estar quebrado. Al contrario, era un hombre de familia que había criado a tres hijos.

—¿Alguna vez tu exesposa te acusó de una falta de disponibilidad emocional?

Mark se frotó el mentón con una sonrisa entretenida.

—¿Tu novia te acusó de eso?

En realidad, Marjorie nunca le había dicho eso. Estaba lastimada porque él se había marchado, pero a la vez había sido la primera persona con la que Konnor se había abierto. Le había contado sus mayores inseguridades y, para su sorpresa, ella lo había aceptado. No solo eso, sino que también lo había besado.

Por primera vez en su vida, había estado disponible a nivel emocional para una mujer. Y le había encantado.

La amaba.

Marjorie creía en él incondicionalmente. Confiaba en él y nunca le había temido. Creía que podía ser un padre y un marido maravilloso.

—¿Qué te ayudó a ser un buen padre y marido, Mark? Tu papá, al igual que mi padrastro, fue un terrible modelo a seguir. ¿Qué te hizo creer que podrías hacerlo bien?

Mark se rio.

—Bueno, si te soy sincero, no creí que pudiera hacerlo bien hasta el día en que nació mi hija. En cuanto tuve a esa bebé rosada en mis brazos, en cuanto la oí llorar por primera vez, supe lo que no quería ser: él. Haría todo lo que tuviera en mi poder para protegerla de eso. Sería todo lo opuesto a mi padre, aunque no supiera cómo. No sería violento. No sería un patán egoísta. Y, de pronto, me sentí agradecido de que me mostrara lo mala que puede llegar a ser una persona. Porque me dio la opción de no ser como él. Y todos los días de mi vida elegí no serlo. Justamente porque conozco la oscuridad, escojo la luz. Y le pude mostrar a mi esposa y a mis hijos esa luz.

Konnor parpadeó.

—Creo que tu mamá también lo sabe. Y tú también, Konnor. Tú también.

Konnor clavó la vista en el campo de juego, pero no lo vio. Los sonidos de los gritos de la multitud se fueron apagando y se volvieron un eco distante. Sintió como si estuviera saliendo de su cuerpo y elevándose en el aire; desde la distancia, se podía ver a sí mismo sentado al lado de Mark.

Mark tenía razón. ¿Por qué estaba tan obsesionado con eso de no saber cómo ser un buen padre y marido? Por supuesto que no lo sabía. Pero nadie lo sabía hasta que lo descubría. Y, a veces, saber lo que no se quiere ser era suficiente. Lo era todo.

¿Y qué si el amor llevaba al dolor? ¿Acaso podría ser peor que lo que estaba viviendo luego de dejar a Marjorie?

Así se dio cuenta de que, mientras no se convirtiera en su padrastro, estaría bien. Haría feliz a Marjorie. Le enseñaría a Colin a jugar al fútbol, le leería *El señor de los anillos* y le mostraría cómo ser un buen hombre. Porque, a su manera perversa, eso era exactamente lo que Jerry le había enseñado.

—Eres buena persona, ¿cierto? —le preguntó Konnor a Mark.

Mark se rio.

—Creo que sí.

—¿Y no la lastimarás? ¿Le darás apoyo y la cuidarás?

Los ojos de Mark se relajaron comprensivos y brillaron con una luz interna llena de paz.

—Claro que sí.

Y Konnor supo que lo haría. Su mamá estaba lista para vivir su propia vida sin su ayuda.

Y él estaba listo para vivir la suya.

Con Marjorie y Colin. Aunque eso implicara regresar a la Edad Media. Konnor estaba listo para regresar para siempre si eso era lo que tenía que hacer para estar con la mujer a la que amaba.

Regresaría a las Tierras Altas y no se detendría hasta encontrar al hada o la forma de volver a abrir ese condenado túnel del tiempo. No sabía qué le diría a su madre o a Andy, ni qué haría con su empresa... Pero ya lo resolvería y, en cuanto lo hiciera, se subiría a un avión e iría a Escocia a hacer senderismo y, de alguna manera, perderse.

Sin embargo, tenía que saber algo más.

—Mark, ¿tienes parientes en las Tierras Altas de Escocia?

—Sí, creo que mis ancestros eran Campbell. ¿Por qué?

Konnor sonrió.

—Es que me recuerdas a alguien. Y si te pareces en algo a él, creo que mi mama estará bien.

CAPÍTULO 31

Dos días después...

T RAS UNA LARGA SESIÓN DE ENTRENAMIENTO, M ARJORIE SE secó la frente con el revés de la mano y envainó la espada. El patio a su alrededor estaba lleno de actividad. Había varios guerreros entrenando, y en el aire resonaban los chillidos metálicos de las espadas que entrechocaban. Había esperado que un buen entrenamiento le distrajera la mente del dolor constante y molesto que tenía en el pecho desde que Konnor se había marchado.

Pero nada la distraía.

Luego de que Ian partiera el día anterior, Marjorie se había inmerso más en una oscuridad y desdicha aún más profundas.

—Bien hecho —le dijo Marjorie a Colin—. Algún día serás un gran guerrero.

El muchacho se sonrojó y le sonrió.

—Es un honor que me entrene, *milady*.

—¿*Milady*? —Marjorie se rio—. Pero, por favor...

—Lo eres. Eres una gran dama y una gran guerrera que ha protegido el castillo sin ayuda de nadie.

Marjorie bebió un largo sorbo de agua de la cantimplora.

—Nunca lo hubiera logrado sin la ayuda de nuestro clan. Y de nuestro buen amigo.

La voz le tembló un poco al decir las últimas palabras, y se le retorció el estómago. Le asintió a Colin y fue al pozo para refrescarse el rostro. El agua fresca la alivió y la distrajo de los pensamientos incesantes de Konnor. Había soñado con él todas las noches, se había imaginado cómo sería su vida y esperaba que se encontrara bien. Intentó imaginarse el futuro, las casas y los castillos en que habitaba la gente, los carruajes sin caballos que Konnor le había descrito, esas alacenas donde la comida no se echaba a perder, las cajas bardas que interpretaban música cuando alguien quería escucharla. El mundo en que las mujeres eran iguales a los hombres.

Su posición era notable con la libertad que su padre y tío Neil le habían dado, pero eso solo se debía a que se sentían culpables y querían proteger sus sentimientos. Cualquier otra mujer de su edad ya estaría casada y administrando el hogar de su marido, no blandiendo una espada para proteger su castillo.

—¿No estás cansada, muchacha? —le preguntó Isbeil a sus espaldas.

Marjorie se volvió. La anciana tenía la mirada fija en ella y la observaba con simpatía y diversión.

—Sí —dijo Marjorie y se secó el rostro con la manga de la túnica—. He estado entrenando al muchacho desde el almuerzo.

—No hablaba de eso. ¿No estás cansada de esperar y suspirar? Ya han pasado dos semanas desde que se marchó.

El comentario no era de sorprender; Isbeil veía mucho más profundo que cualquiera. Y, sin dudas, estaba en lo cierto.

Marjorie se colocó las manos sobre la cintura.

—Sí, pero no hay mucho que pueda hacer al respecto, ¿no?

Isbeil se rio con suavidad y negó con la cabeza.

—Si esa es la historia que te estás contando... vamos a caminar. Ayúdame a recoger algunas hierbas.

Marjorie no quería que Isbeil le diera un sermón o abordara

temas dolorosos para su alma y, aunque estaba feliz de ayudarla, sabía que el motivo principal de esa caminata no serían las hierbas.

—Mamá, ¿puedo ir? —preguntó Colin, que apareció de repente al lado de Marjorie.

El muchacho no perdía la ocasión de salir de las murallas del castillo.

Isbeil se volvió y echó a andar hacia las puertas.

—Ven, Colin. Tú también me puedes ayudar.

Marjorie observó la espalda de la anciana sin poder evitarlo. ¿Cómo era posible que una criatura tan pequeña tuviera tanto poder? Suspiró, le asintió a Colin, y la siguieron.

Mientras atravesaba las puertas, Marjorie se sorprendió de lo fácil que era salir del castillo sin sus centinelas. Desde la batalla, había ido de caza y dado largos paseos en el bosque a solas. Mientras tuviera su espada y su arco, se sentía a salvo en su propia compañía.

Caminaron en silencio por un tiempo, siguiendo el ritmo que marcaban las rodillas dolorosas de Isbeil. Colin se salió del camino, tomó un palo y fue golpeando las ramas de los árboles como cualquier otro niño. De vez en cuando se detenía para recoger fresas silvestres y también se las ofrecía a Isbeil y Marjorie. Cruzaron la pradera plana, se adentraron en el bosque y siguieron el arroyo que conducía a las ruinas que se habían llevado a Konnor lejos. A Marjorie se le formó un nudo en el estómago, inhaló una profunda bocanada del aroma del bosque y la exhaló para liberar el dolor.

El sitio estaba tranquilo. Los pájaros cantaban, el arroyo murmuraba con suavidad, y las hojas se mecían con el viento. De ambos lados, unas pendientes rocosas descendían al barranco. Helechos y flores silvestres crecían alrededor de los arbustos y los árboles. Se veían varias piedras y peñascos. Isbeil se detuvo y se inclinó.

—Oh, cardos. —Con cuidado, cortó un ramo violeta con sus dedos experimentados para que las espinas no la lastimaran y lo observó unos instantes—. Para el corazón de Malcolm. Aunque es tu corazón el que me preocupa en este momento.

—¡Yo también encontré cardos! —exclamó Colin a unos metros de distancia.

Marjorie se arrodilló frente a otro cardal y cortó una flor con la daga. Jadeó cuando las espinas la pincharon.

—¿Mi corazón? Estoy fuerte y saludable. No te preocupes por mí, Isbeil.

—Mmm.

—De verdad.

—No hablo de tu corazón físico, no te hagas la que no entiendes de qué hablo.

Marjorie se incorporó y depositó las flores en la cesta de Isbeil. La anciana la observó mientras se acercaba.

—¿Qué quieres que diga? —Marjorie arrojó las manos en el aire—. ¿Que lo echo de menos? Lo hago. ¿Que me rompió el corazón? Lo hizo. Todo eso es cierto. ¿Y qué?

—«¿Y qué?»—Isbeil se enderezó y una expresión de dolor le cruzó el rostro—. Has vivido como una sombra de ti misma desde que regresaste de Dunollie. Luego de que Konnor llegara, te vi florecer, sanar y regresar a tu verdadera esencia. Y ahora que se marchó, no eres tú misma.

Marjorie se volvió. Le ardía el rostro y sentía que algo se le había clavado entre las costillas.

—Ya se me pasará. Ya lo olvidaré.

Hasta ella misma pudo oír la mentira en su voz. Nunca lo olvidaría. Tenía el nombre de Konnor grabado en el corazón, su presencia en el alma y sus caricias en la piel. Para siempre. Si Marjorie iba a ser feliz con alguien, sería con Konnor. No quería sentir ni las manos, ni los labios, ni el cuerpo de más nadie.

—Mmm —pensó Isbeil y se volvió a arrodillar frente a unos cardos cerca de Marjorie.

—Lo intentaré —le aseguró Marjorie.

—Lo intentarás y no lo lograrás. ¿Cómo te imaginas tu vida a partir de ahora?

Marjorie se encogió de hombros.

—Iría a la guerra con mi clan, pero no puedo dejar a Colin. Tarde o temprano, papá, el tío Neil y mis hermanos regresarán. Quizás viajemos. Me gustaría ir a Irlanda con Colin... Quizás a Francia y también a Flandes...

—Flandes —masculló Isbeil con las manos alrededor del cardo—. Quieres viajar, eso es cierto. Pero no quieres ir a Flandes. ¿Acaso no estabas de lo más entusiasmada oyéndolo hablar del futuro? No recuerdo haberte visto tan de entusiasmada de oír mis cuentos de las Tierras Altas, como lo estabas con los de Konnor.

Marjorie se quedó quieta y sostuvo un cardo en las manos. ¿Viajar al futuro?

—Bueno, siento curiosidad. ¿Quién no la sentiría?

—Yo no siento curiosidad. Yo estoy perfectamente bien aquí.

—Pero nunca iría.

Isbeil soltó un bufido.

—¿Qué te retiene aquí?

—¡Todo! Mi vida está aquí, al igual que la de Colin. Mi padre, mis hermanos, todo mi clan...

—No creo que estén pasándola mal en el norte sin ti.

Marjorie apretó los labios.

—Soy la única hermana de sangre de Craig.

—¿Y?

Marjorie arrojó los cardos enfadada en el cesto de Isbeil.

—Isbeil, por más que quisiera dejarlo todo aquí, él no me quiere allí.

—¿Cómo lo sabes?

Marjorie frunció el ceño. ¿Cómo lo sabía? Konnor no le había pedido que fuera con él, pero tampoco había dicho que no quería que lo acompañara. Aunque tenía cosas de las que ocuparse en el futuro, el motivo por el que se marchó no había sido que no la amara. Konnor temía no poder ser un buen marido y padre. No poder darle el amor y la felicidad que ella se merecía.

Pero había sido un buen modelo a seguir para Colin. Y le podía dar amor y felicidad. Era el único que podía darle eso.

Y ella lo amaba. El corazón le latía dolorosamente en el pecho al pensar en eso. Lo amaba más que a nada. Lo amaba tanto que era la mitad de la persona que podía ser si no lo tenía en su vida. Y no importaba dónde vivieran sus vidas: aquí o en el futuro lejano.

Marjorie ya no era cobarde. Había salido del castillo a solas en muchas ocasiones. Sin embargo, ¿podía ser lo suficientemente valiente para ir aún más lejos? ¿Para viajar al futuro?

Lo cierto era que nada de eso importaba.

—Aunque no le moleste tenerme allí —comenzó Marjorie—, aunque la magia picta funcione y pueda ir, Konnor no me pidió que fuera con él. ¿Cómo puedo confiar en que me quiere a su lado?

—¿No confías en que te quiere consigo? Arriesgó su vida por ti y por tu hijo. Si eso no es amor, no sé qué es.

Marjorie la miró con intensidad.

—¿Amor? ¿Crees que me ama?

Isbeil se rio.

—Por supuesto que te ama, muchacha tonta.

—Pero dijo que… Dijo que nunca se debería haber acercado a mí.

—No porque no te ame, sino porque lo hace. Y no te quiere lastimar.

Marjorie negó con la cabeza al tiempo que los pensamientos se le arremolinaban en la mente como las hojas en el viento.

—Pero no quiere estar conmigo porque piensa que el amor es una mentira. Por su padrastro.

—¿Qué hay con su padrastro?

Marjorie se mordió el labio.

—Su padrastro fue el Alasdair de su mamá.

Isbeil dejó de arrancar cardos.

—Oh.

—Sí. Y tiene miedo de lastimarme.

Isbeil reanudó su tarea.

—¿Tú piensas que te podría lastimar?

—No, nunca.

—Oh, no bajes la cabeza, muchacha —le dijo Isbeil—. Konnor es un hombre de honor. Es un buen hombre para ti, muchacha. No creo que el hada te lo haya enviado sin motivos. Si puedes ser feliz con alguien, es con él.

Marjorie exhaló abruptamente. La verdad de esas palabras se le hundieron en lo más profundo de su ser. El corazón se le encogió del dolor agudo y el anhelo de ver a Konnor. Gracias a él, había encontrado su fuerza interior. Sin embargo, ¿era fuerte como para cruzar el tiempo?

Marjorie miró a Isbeil a los ojos.

—¿Soy valiente como para arriesgarlo todo?

—La pregunta, muchacha, es: ¿cuánto lo amas?

Los ojos de Marjorie se llenaron de lágrimas.

—Más que a la vida. —Al responder, sintió que se expandía, como si su cuerpo creciera en altura y grosor y abarcara el mundo entero, como si estuviera conectada a todo lo que la rodeaba.

—Entonces, ahí tienes la respuesta a tu pregunta —repuso Isbeil con dulzura.

Marjorie miró a Colin.

—Pero no es solo mi decisión, Isbeil. Es de Colin también. No lo puedo dejar aquí y no lo puedo obligar a venir conmigo.

—¿Le has preguntado si quiere ir contigo? Está completamente embelesado con ese... ¿Cómo lo llama? ¿«El ticador»?

Marjorie observó a Colin, que estaba afilando un palo con su daga y sumido en sus pensamientos. No había considerado que quizás Colin quería ir al futuro. Él amaba a su clan, y le sería difícil abandonar todo lo que conocía: su abuelo, sus tíos, su hogar...

—No, estoy segura de que no se quiere ir. Todo su mundo está aquí. Nunca querría dejar a su clan.

—Eres una Cambel obstinada —murmuró Isbeil—. Eres más

cabeza dura que tu padre. Y nunca en mi larga vida he conocido a nadie más obstinado que él.

Marjorie tensó el mentón.

—No conoces a mi hijo como yo, Isbeil...

—¡Oh! —Isbeil arrojó las manos en el aire, el rostro se le desformó en una máscara de enfado. Estaba enojada. Marjorie nunca antes la había visto tan enfadada—. Podría jurar que un día de estos, alguno de los niños Cambel va a ser la causa de mi muerte. —Suspiró y observó a Marjorie mientras pensaba en las siguientes palabras—. Muchacha, no he vivido todos estos años para verte desmoronar, oscurecer y enrollarte en un ovillo otra vez. Una parte de mi alma moriría si eso llegara a ocurrir. ¿Sabías que tu hijo me vino a preguntar por qué su mamá estaba tan triste? ¿Y si había algo que él pudiera hacer para ponerte una sonrisa en el rostro? Me preguntó si tenía alguna poción mágica que pudiera hacerte feliz.

Un dolor tan afilado como la punta de una flecha atravesó el pecho de Marjorie. Observó a su hijo, que acababa de encontrar un racimo de avellanas y lo pateaba como lo había hecho Konnor. Las lágrimas le nublaron la vista.

—Konnor vino —continuó Isbeil apuntándola con el dedo índice en el aire—, y no hizo falta ninguna poción mágica. Floreciste. Y Colin también.

¡Oh, cielos! Isbeil tenía razón. Colin había estado más feliz y entusiasmado. Los ojos se le iluminaban cada vez que Konnor le contaba cosas del siglo XXI.

Marjorie se tragó un nudo doloroso.

—Pero el clan es más importante para él. Es un *highlander*. Es un Cambel. No puedo desarraigarlo de todo lo que conoce.

—¿Y cómo ves su futuro? Colin no va a heredar nada. Tú no tienes tierras. Cuando tu padre muera, Glenkeld será de Craig, que es el hermano mayor, ¿no? Domhnall ya tiene una propiedad. Owen recibirá tierras también, si tu padre decide que ha madurado. Pero no hay nada para ti, muchacha, y tampoco para Colin. Mientras tu padre esté vivo, vivirás con él. Sin embargo, ¿qué pasará luego? ¿Estarás siempre a la merced de tus hermanos? ¿Y también lo dejarás a Colin a la merced de ellos para siempre? ¿O dejarás que se incline ante esa basura de MacDougall y le ruegue que lo acepte como heredero?

Marjorie respiró hondo.

—Mis hermanos nunca me traicionarán.

—No, por supuesto que no. Pero, ¿te gustará vivir para siempre de la piedad de alguien? ¿Y que tu hijo también lo haga?

Oh, ni siquiera había pensado en eso. Isbeil tenía razón. Marjorie lo detestaría con cada fibra de su alma. Konnor le había dicho que las mujeres del futuro eran tan fuertes y ricas como los hombres. Hacían sus propias fortunas y no necesitaban depender de un marido para tener una buena vida.

¿En qué mundo quería vivir? ¿Y en qué mundo quería que creciera Colin? Estaba segura de que las cosas no eran tan simples como Konnor las había descrito y no tenía idea si lograría encontrar su lugar en el mundo del futuro, pero le gustaba la idea de la igualdad. Le gustaba la idea de ser independiente. Y quería que Colin también experimentara eso. En las Tierras Altas de la Edad Media, su hijo era un bastardo, sin importar cuánto lo amara su familia o que lo trataran como si no lo fuera. La realidad era que nunca tendría los mismos derechos que un hijo legítimo. Siempre lo tratarían como a un hombre inferior en comparación a los que habían nacido dentro de un matrimonio.

¿Qué sería en el futuro? Un mercenario. Quizás un caballero. Aún podría tener una buena vida allí, pero sería una vida conectada a la guerra y llena de peligros.

O podía aceptar la oferta de John MacDougall de reconocerlo. Sin embargo, Marjorie no soportaba pensar en que su hijo estuviera en las manos de ese hombre.

Aunque Konnor también era un guerrero, el siglo XXI que él había descrito sonaba más pacífico y saludable.

No obstante, había tantas cosas que no se podía imaginar. ¿Cómo encontraría a Konnor? ¿Cómo se aseguraría de que Colin y ella estuvieran a salvo? ¿Acaso Konnor querría tenerlos allí o los enviaría de regreso? ¿Y si Colin se ilusionaba y luego Konnor lo rechazaba y lo lastimaba?

Marjorie no podía permitir que nadie lastimara a su hijo. Sin embargo, quería ir. Quería atreverse. Quería ver el futuro. Y, lo más importante de todo, quería estar con Konnor.

—Colin, hijo —lo llamó—. Ven aquí, por favor.

Colin agarró el ramillo de avellanas en el aire y caminó hasta Marjorie.

—¿Necesitas ayuda con algo, mamá?

Marjorie inspiró hondo y miró a Isbeil, que se rio y le ofreció una sonrisa taimada y satisfecha antes de aparentar estar ocupada con otro cardo.

—Dime algo, hijo —comenzó Marjorie—. Cuando Konnor te contaba historias del futuro, ¿qué te parecían?

Los ojos de Colin se iluminaron.

—Las disfruté mucho.

Marjorie se tragó el nudo que se le había formado en la garganta.

—¿Te gustaría verlo?

Las cejas de Colin se le elevaron hasta el cabello.

—Sí, claro que sí.

Marjorie le apretó la mano.

—A mí también. ¿Y te imaginas...? —Se rio sin poder creer que estaba a punto de preguntarle lo siguiente—. ¿Te imaginas viviendo en el futuro?

Colin se quedó quieto y parpadeó.

—¿Vivir allí? ¿Con Konnor?

Marjorie asintió.

—Sí, espero que sí.

—¿Y el abuelo? ¿Y mis tíos? ¿E Isbeil? ¿Y Glenkeld?

—Se quedarían aquí, y probablemente nunca volverías a verlos.

Marjorie se mordió el labio y buscó fuerzas para lo que venía a continuación:

—Tengo una pregunta más, Colin. Se trata de tu herencia. Tu abuelo MacDougall te quiere reconocer como su nieto legítimo. Eso significaría que podrías convertirte en su heredero. Podrías quedarte aquí y recibir tierras y posición social. Quiero que conozcas todas tus opciones.

Las fosas nasales se le dilataron.

—Nunca. Ni las tierras, ni la herencia harán que quiera estar relacionado con el hombre que intentó lastimarte.

El peso de un peñasco se levantó del pecho de Marjorie, quien destelló.

—Oh, gracias al cielo.

Colin frunció el ceño y clavó la vista en sus zapatos pensativo.

—Mamá, nunca en mi vida he estado en otro sitio que no fuera Glenkeld. —Miró alrededor con anhelo—. De verdad quiero ir.

Colin le echó un vistazo a Isbeil y suspiró.

—Me pondría triste no volver a ver a mi abuelo y a mis tíos. Pero me pondría más triste aún verte así, como has estado desde que Konnor se marchó.

¡Oh, qué niño más amable, valiente y cariñoso tenía!

Los ojos de Colin se iluminaron.

—Y de verdad quiero ver los carruajes que se conducen solos y los dragones gigantes de hierro que vuelan en el aire…

A Marjorie se le nubló la vista.

—¿Estás seguro? ¿Quieres ir?

Colin asintió con una sonrisa de oreja a oreja en el rostro.

—Sí. Quiero jugar al fútbol con Konnor.

CAPÍTULO 32

¿Qué diablos debía hacer Marjorie con esa piedra desolada? Yacía plana, redonda y tan grande como el asiento de la gran silla del gran salón. El grabado de tres líneas onduladas que formaban un círculo y una línea gruesa y derecha que lo atravesaba le hizo sentir un escalofrío de nervios. Al lado del grabado, había una huella de una mano grande en el medio de la piedra. Parecía como si alguien hubiera apretado la mano contra arcilla y se hubiera secado de ese modo.

Aunque Marjorie no era supersticiosa como Isbeil en lo más remoto, sintió algo... como una corriente de aire sobre las piedras calentadas por el sol de un día caluroso, excepto que ese día estaba nublado y frío como esa piedra.

Colin frunció el ceño, se sostuvo «el ticador» contra la muñeca y observó la piedra. Llevaba un morral colgado del hombro que contenía solo unas pocas pertenencias de valor: monedas de plata, lo suficiente como para comprar pasajes hasta China, que era el destino más lejano que Marjorie se podía imaginar; un cepillo echo de astas; una cantimplora con agua; trapos de lino limpios; y varios frascos con pociones y hierbas medicinales. También tenía una soga para preparar trampas para conejos, un pastel de carne, queso, pan y *bannocks*, provisiones suficientes para sobrevivir unos cuantos días en el camino. Marjorie llevaba la espada de *sir* Colin enfundada en la espalda para cuando Colin fuera lo suficientemente mayor como para blandirla, así como también su arco y un carcaj lleno de flechas. Tenía puestos unos pantalones bombachos de cuero que eran perfectos para el largo viaje. Un abrigo de lana le colgaba de los hombros para utilizar en las noches que les tocara dormir en el bosque. Se preguntó cuánto tiempo le llevaría encontrar a Konnor. ¿Unas cuantas lunas? ¿Un año? Quizás, más. Tenían que estar preparados para lo que fuera. Colin tenía la daga de Marjorie en el cinturón, al lado de su espada de madera.

Marjorie se había despedido de todo el castillo, les había dicho que Konnor le había propuesto matrimonio y que se iban a vivir con él. La conmoción en los ojos de los miembros del clan de Marjorie fue arrolladora. Malcolm la acusó de haber perdido la razón y amenazó con encerrarla en su habitación hasta que regresara su padre. Muir se había ofrecido a acompañarlos. Marjorie lloró sobre la tumba de Tamhas y, de alguna forma, se sintió apoyada y bendecida por él.

El clan entero estaba confundido y la miraba como si hubiera perdido el juicio. Isbeil fue la única que la miró como si creyera que estaba cuerda y fue quien terminó calmando a todos.

Marjorie consideró ir a Inverlochy antes de marcharse para ver si su familia estaba allí y despedirse o si debería aguardar a que regresaran a casa de la guerra. Pero estaba segura de que, si lo hacía, nunca la dejarían marcharse. Su padre era capaz de encerrarla en su habitación hasta que recuperara la razón.

De modo que, por más que le doliera no volver a verlos y no poder despedirse de ellos, era lo mejor. A pesar de eso, les escribió cartas largas a Craig, Domhnall, Owen y su padre. Solo le había contado la verdad del viaje en el tiempo a Craig. Él la había cuidado durante toda su vida y la había rescatado de las manos de Alasdair. Marjorie le debía la verdad, por más que no fuera a creerla. Era probable que Craig pensara que había perdido el juicio, pero para cuando leyera la carta, Marjorie ya se habría marchado muy lejos. Colin le dictó su propia despedida para todos.

Luego de hacer eso, Marjorie dejó el castillo de Glenkeld bajo el cuidado minucioso de Malcolm y, junto con Colin, atravesó el bosque con el estómago retorcido de ansiedad. Tenía miedo de que la piedra funcionara y, a la vez, de que no funcionara.

Y ahora que estaban allí, no tenía ni la más mínima idea de qué hacer.

—¿A lo mejor hay que poner la mano sobre la huella? —sugirió Colin abrazándose.

—Pero, ¿y si me voy, y tú te quedas?

—¿Y si me sujetas la mano?

Marjorie asintió y suspiró. Tomó la mano de Colin en la de ella. Mientras que la de su hijo estaba cálida y firme, la suya estaba fría y temblaba. Lo miró a los ojos.

—¿Estás listo?

—Sí.

Soltó el aire despacio.

—Aquí vamos.

—¡Aguarden! —exclamó una voz femenina a sus espaldas, y Marjorie sintió el aroma a lavanda y césped recién cortado que flotaba en el aire.

Colin y Marjorie volvieron el rostro. Cerca de ellos, se hallaba de pie una mujer que llevaba una capa verde oscuro con una capucha que le cubría el cabello cobrizo que le caía por los hombros y el pecho en bucles perfectos. Se acercó a ellos y estudió a Marjorie y a Colin con asombro.

Marjorie se puso de pie y jaló a Colin a sus espaldas, al tiempo que la mano libre se posaba sobre la empuñadura de la espada. La mujer podría ser un hada o una reina, pero hasta que Marjorie no tuviera la certeza de que no representaba ningún riesgo para su hijo, no bajaría la guardia.

—Soy Sìneag. —La mujer sonrió—. No hay nada que temer, Marjorie.

—No tengo miedo —repuso Marjorie. ¿Cómo sabía su nombre? Al parecer, una de las habilidades mágicas de las hadas, además de viajar en el tiempo, era conocer el nombre de todos.

Sìneag le echó un vistazo a la piedra, y su rostro se iluminó con una sonrisa de satisfacción.

—¿Iban a viajar en el tiempo? ¿Iban a buscar a Konnor?

Marjorie alzó el mentón.

—Sí, así es.

—Por lo general, solo viaja una persona.

—¿Por lo general?

Sìneag se rio.

—Sí, no creerás que eres la única a la que le ha pasado esto, ¿no?

—Sí.

Sìneag negó con la cabeza.

—No. Me dedico a esto. Uno a la gente a través del tiempo. Como a tu hermano Craig y Amy. Y esperaba que tú y Konnor... ¿Quién sabe cuánta felicidad puedo crear a través del tiempo? —Su voz sonaba entusiasmada.

Marjorie abrió la boca. De modo que había estado en lo cierto con respecto del acento de su cuñada y las palabras que utilizaba. Amy hablaba como Konnor. Marjorie no había hablado mucho con ella durante la reunión familiar en Inverlochy, pero recordaba una sensación extraña acerca de Amy. ¿Por qué Craig no se lo había dicho? Quizás por el mismo motivo que ella no quería que nadie supiera el verdadero origen de Konnor. Ella no le hubiera creído a Craig. Estaba contenta de haber decidido contarle la verdad en su carta. Era probable que su hermano fuera el único que le creyera.

—¿Tú también, muchacho? —preguntó Sìneag.

Marjorie miró a Colin, quien tenía la mirada fija en Sìneag, la boca abierta y los ojos llenos de asombro.

—Sí. —Dio un paso al costado para salir detrás de la espalda de Marjorie.

—Oh, muchacho, es maravilloso que tú también quieras viajar en el tiempo, pero no es posible.

—¿Qué? ¿Por qué? —preguntó Colin al tiempo que el asombro que registraba su rostro daba paso a una mezcla de desilusión y enfado.

—Porque el túnel del tiempo solo se puede abrir tres veces «por pareja». Son las reglas de las hadas.

—Él es parte de la pareja —repuso Marjorie—. Y no iré a ningún lado sin él.

Sìneag apretó los labios pensativa.

—Sí. Una buena madre no dejaría a su hijo, pero no es posible que viajen los dos.

—¿No puedes hacer una excepción? —preguntó Marjorie, y el estómago se le retorció de preocupación.

Sìneag inclinó la cabeza hacia un costado y se mordió el labio.

—En una de las historias de Isbeil, el hada requiere un sacrificio. Solo tengo a Arthur, mi espada.

—¿Y la aprecias mucho? —preguntó Sìneag.

—Sí, es como la espada de mi bisabuelo. Es lo único que tengo hasta que pueda blandir una gran *claymore* como esa.

—Sí. La acepto.

Colin se llevó la mano a la empuñadura de la espada de madera.

—Arthur... —susurró. Bajó la mirada a la espada y tragó con dificultad—. Mi abuelo me la hizo. El tío Owen sugirió el nombre y me entrenó con ella por primera vez.

El corazón de Marjorie se retorció de pena por su hijo. Era probable que Colin estuviera dejando una parte de su infancia atrás. Colin respiró hondo, apretó los labios en una mueca triste y asintió con decisión y cortesía. Tomó la espada y se la presentó a Sìneag formalmente.

—Te ofrezco en sacrificio, Arthur, a cambio de un pasaje al futuro.

Se detuvo delante de Sìneag, quien lo observaba con los ojos grandes y llenos de lágrimas. Tomó la espada que le ofreció el muchacho y la sostuvo como si fuera un tesoro.

—La apreciaré y la mantendré a salvo —prometió Sìneag, y luego la espada desapareció de sus manos. Marjorie jadeó. Colin parpadeó varias veces y observó a Sìneag con veneración.

—Tu sacrificio ha sido aceptado, muchacho —le informó—. Pero antes de que se vayan, necesito algo más. —Se tocó los labios como un bebé hambriento—. Es tradición dejarles leche a las hadas por la noche. Pero acepto cualquier comida que tengan. Soy bastante glotona. —Se rio—. Considérenlo un soborno.

Marjorie se rio entre dientes.

—¿Qué nos cuesta darle un pastel a cambio de una vida de felicidad? Colin, por favor, dale a Sìneag el pastel de carne.

Sìneag aplaudió, y Colin abrió el morral y sacó un trozo de pastel envuelto en un trapo de lino. Sìneag lo desenvolvió a las apuradas y lo mordió. Inclinó la cabeza hacia atrás y cerró los ojos mientras masticaba.

—Mmm. Ustedes los mortales no tienen ni idea de lo rica que es su comida.

Marjorie y Colin intercambiaron miradas anonadadas y la observaron devorar el pastel de carne con tres grandes mordiscos. Por tratarse de una mujer de aspecto delicado, Sìneag comía como un herrero luego de una ardua jornada de trabajo.

Por fin, una sonrisa de satisfacción le iluminó el rostro. Sus mejillas se veían más rosadas que antes y sus labios se tornaron rojos.

—Sí, eso es suficiente, queridos. Ahora pueden ir. Pero recuerden que esta será la última vez, así que considérenlo bien. Aún pueden quedarse.

Marjorie y Colin se miraron un instante.

—Nos marchamos —le dijo Marjorie a Sìneag.

—Bien, en ese caso, sujétense las manos. Marjorie, piensa en Konnor y coloca la palma sobre la huella.

Marjorie tomó la mano de Colin y se arrodilló al lado de la

piedra. Cerró los ojos y pensó en Konnor. De pronto, sintió como si su espíritu estuviera volando. Una alegría intensa le iluminó todas las partes del cuerpo y le llenó de calidez y amor el corazón. Colocó la palma sobre la huella, pero en lugar de una piedra fría, tocó aire vacío. Y, de repente, sintió que caía, que se sumergía de cara al suelo y se perdía en las olas de vibración pura. Movió la mano libre en busca de Colin, pero no lo encontró.

Pensando en él y en Konnor, se hundió en la oscuridad.

No sabía cuánto tiempo había transcurrido. Se sintió como una eternidad, pero a lo mejor solo había sido un instante. Marjorie abrió los ojos. La sensación dolorosa de haber sido absorbida por algo y de haber cruzado los siglos comenzó a disolverse en su cuerpo, como la sangre en el agua.

Ya no estaba cayendo. Un suelo duro le daba sostén. Movió las palmas y tocó césped suave y unas piedritas que se le clavaron en la piel. Miró alrededor y vio la ruina y la piedra picta. El arroyo corría cerca de allí. A ambos lados de la grieta, se extendían unas pendientes empinadas que le eran familiares.

«¡Colin!» Miró por todos lados hasta que lo encontró sentado y observándola anonadado.

—¿Te encuentras bien, muchacho? —le preguntó.

—Sí. —Colin se puso de pie y estudió sus alrededores. Marjorie hizo lo mismo.

¿Ya estaban en el futuro? ¿Cómo podían saberlo? El bosque se veía igual. Incluso sonaba igual: el canto pacífico de los pájaros, el susurro de las hojas y el parloteo del agua.

Colin aún tenía el morral con las monedas de plata y otras pertenencias. Tenían que prepararse en caso de que la gente del futuro quisiera robarles o hacerles daño. Evidentemente, había hombres malintencionados en todos los siglos. Marjorie desenvainó la espada y se sintió mucho menos segura de lo que intentaba aparentar. «¿Qué fue eso?» Se volvió a mirar.

Alguien se movió arriba del barranco, entre los árboles. Alarmada, Marjorie volvió a guardar la espada, tomó el arco y una flecha y la apuntó a la figura detrás de los árboles. Sentía los latidos desbocados de su corazón en las orejas. Siguió la figura oscura con la mirada y la flecha. De pronto, los arbustos se abrieron y un hombre salió de entre ellos. Su cabello castaño destelló bajo la luz del sol, y llevaba una mochila de viaje en los hombros anchos.

«Konnor».

Una ola de felicidad cálida invadió a Marjorie. El tiempo se detuvo. Su corazón también. De pronto, no existía nada: solo el hombre al que amaba más que a la vida. Konnor la miró fijo y se quedó tan congelado como el tiempo.

—¿Marjorie? —logró preguntar—. ¿De verdad eres tú?

Era su voz. Su voz rasposa que tanto amaba y que sonaba mejor que la canción del mejor bardo.

—Sí, soy yo.

—¿Y Colin? —le preguntó Konnor.

—¡Estoy aquí! —Colin se paró al lado de Marjorie.

Konnor se rascó la cabeza.

—¿Cómo viajé de regreso si ni siquiera toqué la piedra?

—Nosotros viajamos hacia ti —le respondió Marjorie.

Volvió la cabeza para mirar a Sìneag, pero no había nadie donde había estado la mujer. El aroma a lavanda y césped recién cortado también se había desvanecido.

—¿Viajaron hacia mí? —Anonadado, Konnor negó con la cabeza.

Marjorie se pasó el arco por el hombro y guardó la flecha en el carcaj. Le temblaban las manos y las rodillas.

—Sí. Y ahora parece que nos separa este barranco.

—Quédense allí. Los ayudaré a subir. —Konnor se quitó la mochila de los hombros.

Marjorie negó con la cabeza y se rio entre dientes.

—¿No es así como te lastimaste? —Se le formó un nudo de entusiasmo en el estómago, y avanzó hacia el barranco—. Quédate allí. Vamos a subir. No soy una damisela en apuros que necesita que la rescaten.

Konnor sonrió.

—No, no lo eres.

La subida fue más difícil de lo que había esperado. Las piedras y los escombros se deslizaban bajo sus zapatos. Marjorie respiró entre jadeos, y el corazón le latía desbocado contra las costillas, aunque no sabía si eso se debía al ejercicio o a que estaba viendo a Konnor. Se aferró a varias ramas y raíces para no caerse, y con Colin se ayudaron a atravesar los tramos más demandantes.

Por fin se encontraron frente a Konnor. Marjorie se ruborizó y se encontraba agitada y sudada. Tomó una profunda bocanada de aire para intentar calmar la respiración. Konnor estaba allí, abrazando a su hijo con la sonrisa más grande que alguna vez había visto en su rostro. El hombre que la había devuelto a la vida. El hombre que la entendía y la adoraba más que nadie en el mundo. De repente, sus ojos azules la perforaron con la intensidad de un rayo, como si pudiera ver el interior de su alma, como si pudiera verla por completo, desnuda y vulnerable.

Cuando soltó a Colin, se detuvo frente a ella.

—Hola —la saludó Konnor son suavidad.

Marjorie se olvidó cómo hablar. Su presencia la derretía como el fuego a una vela de cera, dulce y deliciosamente. Recordó la boca de Konnor sobre sus labios, sus manos que la tocaban como a una cítola. Se le secó la boca, y una nueva capa de sudor le cubrió la piel. De pronto, ansió algo fuerte de beber.

—¿Qué haces aquí? —logró preguntar Marjorie—. ¿No habías dicho que Los Ángeles estaba al otro lado del mundo?

—Sí —susurró, y su voz la acarició como una mano tierna—. He venido para regresar en el tiempo, para estar contigo.

El suelo se movió debajo de sus pies, y Marjorie necesitó un momento para recuperar el equilibrio.

—¿Para estar conmigo?

—Sí, mi reina de las Tierras Altas. —Le acarició una mejilla con los nudillos.

«Reina de las Tierras Altas». Marjorie absorbió las palabras, que se le asentaron en el estómago y provocaron que una bandada de mariposas se elevara hacia el cielo.

—¿Has cambiado de parecer?

—Sí. No me quiero imaginar mi vida sin ti.

Esas palabras sonaron como la libertad. Oírlas era como correr sobre el borde de un acantilado sin temor alguno, saltar y permitir que el viento la sostuviera por encima del mar. Marjorie se sintió ligera. Expandida. Completa.

—Y yo no quiero vivir mi vida sin ti —le respondió. Miró a su hijo, le sonrió, y Colin asintió—. Y Colin tampoco.

Konnor dio un paso hacia ella; era una montaña de hombre, y Marjorie sintió su aroma dulce, una mezcla de hierbas desconocidas, océano y su propia fragancia almizcleña.

—Ven aquí. —Konnor la tomó en sus brazos y la besó.

A su alrededor, el mundo giró y giró, y todo lo que la rodeaba desapareció. Solo existía Konnor. Solo sus labios, la dicha cálida y suave de su boca, los movimientos sensuales de su lengua contra la suya y el tierno mordisqueo de sus labios. Las barras de hierro de sus brazos que le envolvían la cintura en el mejor confinamiento del mundo.

—¡Mamá! —masculló Colin—. ¡Konnor! Se pueden lamer los rostros cuando estén a solas.

Con dificultad, Marjorie dio un paso hacia atrás e interrumpió el beso. Oh, no se había dado cuenta de cuánto lo había echado de menos hasta ese momento. Él le pertenecía. Ese era su sitio: pegada a su cuerpo, respirando el mismo aire que él. Disolviéndose en él.

Marjorie le sonrió a Colin.

—No te preocupes, hijo. Un día conocerás a una mujer a la que amarás como yo amo a Konnor y lo entenderás.

Colin se sonrojó y murmuró algo. Marjorie y Konnor intercambiaron miradas entretenidas. Sin embargo, aún había una pregunta que le quería hacer.

—¿Ibas a ir a vivir conmigo al año 1308?

—Sí. —Konnor se rio—. Estaría feliz de vivir en cualquier

siglo, siempre y cuando tú y Colin estén a mi lado. Sé que tu vida y tu familia se encuentran en el 1308, y lo último que quería era apartarte de ellos.

Marjorie se rio.

—Bueno, yo esperaba quedarme en tu época. Sìneag me dijo que esta es la última vez que podemos usar la piedra.

Konnor le brindó la sonrisa más grande y brillante que Marjorie había visto. Lo transformó de un guerrero sombrío a un muchacho libre. La levantó en el aire, la giró y la volvió a besar.

—Te amo. Eres mi reina de las Tierras Altas y el amor de mi vida.

—Yo también te amo, Konnor Mitchell. Eres mi guerrero del futuro. No veo la hora de comenzar mi vida con los dos hombres más importantes.

Colin sonrió y la abrazó por la cintura al tiempo que Konnor los rodeaba a los dos con sus brazos. Marjorie nadó en un océano de felicidad junto al hombre de sus sueños y supo que él era la única persona en el mundo, y en el tiempo, que podía darle esperanza.

La esperanza que ahora crecía y le brindaría la aventura más grande de todas: la de una vida al lado del hombre que la amaba tanto a ella como a su hijo. La esperanza de, por fin, formar una familia.

EPÍLOGO

Los Ángeles, octubre de 2021

—Oh, cariño, te ves preciosa —dijo Helen, la mamá de Konnor, al entrar en la habitación.

Marjorie vio a Helen a los ojos a través del espejo y se mordió el labio intentando no derramar ninguna lágrima. Marjorie miró su propio reflejo y no pudo creer que se estaba viendo a sí misma y no a alguien como Sìneag, un hada de otro mundo.

El vestido era modesto en comparación con los que Marjorie había visto en Los Ángeles y era probable que pareciera pasado de moda para los gustos de la actualidad. En esencia, era el vestido de una dama medieval. El escote terminaba justo debajo del cuello, y las mangas drapeadas le llegaban hasta las rodillas. El vestido le abrazaba la cintura y el pecho, pero la falda holgada le cubría las piernas hasta el piso.

El encaje de color mármol era tan delicado como la primera capa de hielo del lago. El cabello castaño oscuro de Marjorie había adoptado tonos dorados bajo el sol eterno de California, e incluso tenía algunas pecas en la piel que solía ser muy pálida. Un estilista le había hecho bucles grandes en el cabello largo, y tenía una diadema de diamantes que destellaba sobre la cabeza. Sin embargo, eso no se podía comparar con el brillo que tenía en los ojos.

Porque se iba a casar con el amor de su vida.

—Gracias, mamá —respondió Marjorie y se secó una lágrima que se rebeló contra su voluntad.

Había llamado a Helen «mamá» casi desde el día que la conoció. Helen la trataba a ella y a Colin con un amor y una ternura que Marjorie nunca antes había sentido, ni siquiera con su madrastra. Lo cierto era que, junto con Mark Campbell, Helen le había brindado un hogar lejos de casa tanto a ella como a su hijo.

Helen entró en la habitación iluminada del hotel. Habían arrendado un pequeño hotel que se llamaba Glen Thistle sobre los acantilados de Malibú. El edificio tenía un techo con merlones, estaba hecho de paredes de piedra grises oscuras y tenía una torre redondeada de tres pisos cubierta con helechos. A Marjorie le recordaba a un pequeño castillo. En las premisas, había peñascos y un arroyo artificial que corría hasta desembocar en un estanque a través de una pequeña catarata. No había musgo, ni brezo, ni lagos. Pero el hotel tenía vista al océano y era lo más parecido a las Tierras Altas de Escocia. Konnor y Marjorie supieron de inmediato que se querían casar allí.

El precio exorbitante no había sido un problema porque Mark Campbell, el gran amor de Helen, lo había reservado para ellos como regalo de bodas.

—Cariño, ¿puede entrar Mark? Está esperando afuera y no quiere entrar a menos que tú se lo permitas.

El rostro de Marjorie se iluminó con una sonrisa.

—Claro que sí.

—Mark, ven —llamó Helen.

Como todas las veces que Marjorie lo veía, cuando Mark entró, a ella se le formó un nudo en la garganta al notar el parecido increíble que guardaba con Tamhas. Llevaba el cabello sujeto en una coleta y se había afeitado al ras para la ocasión. Se había puesto una falda escocesa, que al parecer era algo que se iba a convertir en una tradición escocesa en los siglos venideros. Marjorie había aprendido algo de historia y sabía que los tartanes con patrones verdes azulados y negros serían los colores del clan Campbell. Una sensación de unidad la invadió y le hizo sentir que se le expandía el pecho. Para Marjorie significaba mucho que Mark se hubiera puesto la falda escocesa. Lo había hecho por ella, para demostrarle su apoyo. Si bien, en su época, el clan de Marjorie no había usado tartanes con esos colores, ella amaba y entendía lo que representaban, y adoró a Mark por demostrarle que eran un clan. Encima de la falda, llevaba puesto un esmoquin y una camisa blanca inmaculada. Llevaba un cardo magenta, la flor de su boda, en la solapa.

La cabeza de Colin se asomó por la puerta.

—Hay un caballerito que no ve la hora de verte —comentó Mark.

—Colin, ven, hijo —lo llamó Marjorie.

Colin entró corriendo en la habitación y, cuando se lanzó a los brazos abiertos de su mamá, la dejó sin aliento del abrazo fuerte que le dio. También llevaba una falda escocesa y un cardo en la sola del esmoquin.

—Mamá, pareces la reina de las hadas —susurró.

Marjorie lo apretó contra su pecho.

—Gracias, pero, por favor, no sigas o me vas a hacer llorar y, si se me arruina el maquillaje, voy a parecer la reina de esas historias de vampiros que tanto te gustan.

—Pero, aun así, Konnor se casaría contigo —sostuvo al tiempo que daba un paso atrás para observarla.

Al verlo con esas prendas, Marjorie se dio cuenta de cuánto había crecido en el último año, desde que habían llegado al siglo XXI. Colin había comenzado la escuela en el mes de agosto y aún se estaba adaptando. La nueva escuela tenía sus desafíos. Colin hablaba diferente y pensaba diferente en comparación con los niños de su edad. Algunos niños habían intentado meterse con él, pero Colin se había hecho valer y no había permitido que nadie lo tratara de forma irrespetuosa. Había pasado el primer año aprendiendo a leer y escribir en inglés moderno, así como también estudiando matemáticas y otras asignaturas que enseñaban en la escuela moderna y que debía saber a su edad. Konnor había contratado a una profesora privada que le daba clases a Colin todos los días, y la mujer estaba sorprendida con lo rápido que aprendía el niño todo lo relacionado con ciencias y matemáticas. Literatura y las materias humanísticas eran las que más le costaban aprender, pero el amor de Konnor por las historias y el que le leyera *El señor de los anillos* y otras novelas de fantasía o ciencia ficción, hacían que Colin quisiera aprender más rápido.

Colin absorbía todo como una esponja, y Marjorie estaba segura de que eso se debía a la cálida bienvenida y el amor de Konnor, Helen y Mark. Sin embargo, en los últimos meses, luego de que comenzara la escuela, Colin no se había mostrado tan feliz. Marjorie había querido sacarlo de la escuela y que continuara las lecciones con la profesora privada, pero Konnor había sugerido que intentaran permitirle ajustarse brindándole muchísimo apoyo emocional. También había propuesto que le buscaran amigos a Colin que compartieran sus mismos intereses: la historia, la fantasía y la ciencia ficción. En consecuencia, Colin se había hecho un par de amigos a los que Konnor llamaba «ñoños» cariñosamente, y que iban a casa a menudo a estudiar o a jugar *Dungeons and Dragons*.

Gracias a que Konnor practicaba a diario con Colin, el niño se estaba convirtiendo en un gran jugador de fútbol. Marjorie creía que su hijo estaba más feliz cuando tenía un balón que patear, y Konnor también.

Bueno... excepto cuando estaba con ella.

Colin se había unido al equipo de fútbol de la escuela como delantero, y luego de que ganaran el primer partido gracias al gol que él había anotado, hizo más amigos en el equipo. Eso lo puso más feliz y, por supuesto, a Marjorie también.

Colin miró a Mark.

—¿Ahora, tío?

Mark asintió y le guiñó un ojo con complicidad. Colin se

acercó a él, y Mark le entregó algo. Cuando Colin regresó al lado de Marjorie con un ramo blanco con una cinta del tartán, Marjorie se quedó sin aliento.

—Algo azul —explicó Mark—. Algo nuevo.

Colin le entregó el ramo, y cuando Marjorie lo cogió, sintió algo más: una cajita atada a una cuerda que mantenía al ramo unido. La abrió y jadeó al ver en su interior un elegante colgante de diamantes que destellaba.

—¡No, Mark! —dijo—. Es demasiado.

—En realidad, no es mi regalo —le dijo.

Helen juntó las manos.

—Es algo prestado, Marjorie. Y es viejo, lo compré en una subasta. Gracias a mis pinturas, tengo más dinero del que alguna vez necesitaré y te quiero consentir. Soy muy afortunada de tener a Konnor, pero siempre deseé una hija.

Marjorie negó con la cabeza.

—No, no puedo aceptarlo.

—Me lo regresarás más tarde. ¿Me dejas hacer esto, por favor?

Marjorie suspiró. Su clan nunca había sido rico, y nadie la había consentido con nada. Eso no se debía a que su padre no la amara, sino que simplemente no tenían dinero. En el siglo XXI, todo le parecía lujoso a Marjorie. Las máquinas milagrosas que lavaban los platos y la ropa, los sistemas de audio que reproducían música, los coches —esos carruajes de hierro que se conducían solos— la aspiradora que barría y hacía el aseo... Y ni hablar de los aviones. Todo estaba mucho más limpio de lo que Marjorie estaba acostumbrada... excepto el aire. Le había llevado mucho tiempo acostumbrarse al olor constante a metal quemado que permeaba el aire en Los Ángeles. Konnor le había explicado que era contaminación ambiental.

—Gracias, Helen. —Lo extrajo de la caja—. No quiero ofenderte, pero no hace falta que hagas esto para demostrarme que me quieres. Tu amor y tu aceptación es lo que siempre he querido en una suegra.

Helen se secó una lágrima y se acercó.

—A ver, déjame ayudarte, cariño. —Tomó el colgante y se lo puso en el cuello a Marjorie. Destelló como una nebulosa contra el vestido.

—Es precioso. Gracias.

—De nada, cariño.

Alguien llamó a la puerta y, acto seguido, Gina, la coordinadora de bodas, miró al interior de la habitación.

—Estamos todos listos, Marjorie. El novio se ve muy guapo y te está esperando.

Por fin, podía ir a casarse con Konnor.

Luego de que Marjorie y Colin viajaron en el tiempo para encontrarse con Konnor, él los llevó a un hotel en Edimburgo. Marjorie y Colin se habían visto muy abrumados por el futuro. Los trenes, las casas, los automóviles, los ruidos de la ciudad, la cantidad de personas, los aromas, las luces y los edificios con ventanas enormes...

Se quedaron en Edimburgo durante unas semanas, y Konnor ayudó a Marjorie y Colin a ir adaptándose a sus nuevas vidas de a poco. Uno de los desafíos más grandes había sido crear documentos para Marjorie y Colin. Konnor se había encargado de eso. Marjorie no sabía bien cómo lo había hecho, pero había requerido una buena suma de dinero, una persona llamada «pirata informático» y algo a lo que se había referido como «la red oscura». Luego, tuvieron que esperar a que llegaran los pasaportes. Al parecer, lo más difícil había sido mantener sus verdaderos nombres y que Colin siguiera siendo el hijo de Marjorie en el siglo XXI.

El vuelo a Los Ángeles había sido lo más aterrador que le había pasado en la vida. Konnor había sostenido la mano fría y sudada de Marjorie, que se sirvió un *whisky* tras otro mientras mascullaba que para qué había viajado tantos años al futuro para terminar muriendo en un carruaje de hierro gigante que parecía un dragón volador. Por su parte, Colin se había divertido como nunca y se la pasó el vuelo observando con los ojos bien abiertos por el entusiasmo el cielo azul y las nubes blancas como la nieve por la ventana del avión.

A pesar de todo, habían llegado, y Marjorie no tenía ninguna intención de volver a subirse a un avión nunca más.

Lo único que debía hacer ahora era salir junto a su hijo para alcanzar todo lo que siempre había querido para su futuro: a Konnor Mitchell.

Marjorie le asintió a Gina.

—Sí, ya voy. —Se mordió el labio y contuvo la explosión de entusiasmo en el corazón. Miró a su nueva familia y pensó en la que dejó en el pasado: su padre, Craig, Owen, Domhnall, Lena e Ian, y en su amigo Tamhas, Malcolm, Muir, Isbeil y en todos los que conocía en Glenkeld. Sabía que, aunque no estuvieran allí físicamente, estaban con ella en espíritu.

—Vamos —dijo y pasó la mano por el brazo de Colin.

Su hijo la iba a llevar al altar.

Bajaron por las hermosas escaleras que conducían a la planta baja y atravesaron el vestíbulo enorme con paneles de madera y retratos de las Tierras Altas. Salieron al exterior y se dirigieron hacia la pradera verde con vista al océano. Unas gaitas comenzaron a tocar la canción *Highland Wedding* cuando apareció, y los invitados se pusieron de pie en las filas de sillas y se volvieron a mirarla. Había amigos de la familia Mitchell, incluido el mejor amigo de Konnor, Andy, con su esposa y su hija. La tía de Konnor, Tabitha, también estaba presente con su familia. Los tres hijos de Mark y otros parientes más distantes que Marjorie no había conocido se hallaban también entre los invitados. Y también estaban sus propios amigos.

Hacía seis meses, Marjorie había abierto una escuela de esgrima. Sus estudiantes eran amables y mostraban interés en ella. Bien podrían ser lo que Konnor llamaba «ñoños», y aunque Marjorie sabía que algunas personas los consideraban aburridos, a ella le encantaban. Con ellos era con quienes más podía hablar. Eran personas apasionadas por la historia, la esgrima y la cultura medieval. Muchos de sus estudiantes se habían convertido en sus amigos, y a ella le encantaba pasar tiempo con ellos.

Por último, vio al hombre que más amaba de pie al final del pasillo. Tenía puesta la falda escocesa de los Campbell y un esmoquin, y la felicidad que Marjorie sentía en el pecho floreció y se extendió por todo su ser como un tornado de burbujas. Konnor la observaba con una expresión de dicha, como si todo lo que alguna vez hubiera deseado se estuviera volviendo realidad. Como si, por fin, comprendiera el significado de la vida. Como si, por fin, fuera feliz.

Colin la condujo hacia un arco cubierto de rosas blancas. Cuando llegaron a la pequeña plataforma blanca, Marjorie le entregó el ramo a Colin, le dio un beso en la mejilla y se paró al lado de Konnor. Sus ojos azules brillaron más intensos que el cielo detrás de sus pestañas alargadas. A Marjorie se le encogió el corazón de lo guapo que estaba, y de lo solemne que se veía a la vez. Konnor era muy alto y de hombros muy anchos, y a Marjorie le dio un delicioso vuelco en el estómago de verlo con la falda escocesa. En el ojal, llevaba un ramito de brezo blanco, que era una tradición escocesa para atraer la buena fortuna.

Cuando le tomó las manos, Marjorie sintió una descarga de energía, como una conmoción de placer.

—Marjorie... —susurró—. Cielos, eres tan hermosa que duele mirarte.

Marjorie apretó las manos grandes y cálidas de Konnor y se sintió como en casa. Las manos que le habían enseñado a su cuerpo a cantar, a amar y a vivir.

—Eres el hombre de mis sueños, Konnor.

La música de las gaitas terminó, y la hermosa mujer afroamericana de cabello corto que oficiaría la boda miró a los invitados.

—Queridos hermanos, hoy nos reunimos aquí para unir a esta mujer y este hombre en sagrado matrimonio. Creo que la novia quiere decir unas palabras.

Marjorie le sonrió a Konnor.

—Voy a decir una bendición de las Tierras Altas. —Se aclaró

la garganta—. Que el rocío de la mañana limpie cualquier pelea que podamos tener. Que el serbal mantenga alejados a quienes nos desean el mal. Que el brezo blanco nos traiga buena fortuna. En este día bendecido, que las fronteras del tiempo se disuelvan, y que la fuerza del destino le dé a nuestra familia una vida larga y llena de felicidad.

Konnor asintió y sonrió al comprender el significado especial de esa última oración, que solo los tres viajeros en el tiempo podían comprender en su totalidad.

La mujer continuó:

—Marjorie, ¿aceptas a Konnor como esposo, en salud y enfermedad… —se aclaró la garganta—, en este siglo o en cualquier otro, hasta que la muerte los separe?

Marjorie miró a Konnor a los ojos y vio todo lo que siempre había deseado. El príncipe que la había despertado para que pudiera pelear sus propias batallas. El hombre que la había ayudado a sanar y volver a ser una persona completa. El hombre que le había dado la vida que nunca creyó que tendría.

—Sí —dijo con una sonrisa tan grande que le dolía—. Acepto.

Konnor soltó el aire contento y sonrió. Vaya, tenía una sonrisa hermosa. Su hombre adusto y taciturno se había vuelto feliz y libre, y se veía joven y atractivo con esos hoyuelos bajo una acicalada barba incipiente.

—Y, tú, Konnor, ¿aceptas a Marjorie como esposa, en salud y enfermedad, en este siglo o en cualquier otro, hasta que la muerte los separe?

—Acepto —respondió y la palabra la acarició y le hizo sentir algo placentero en el estómago, como si su sangre se hubiera convertido en hidromiel.

La mujer miró a Colin, que estaba de pie con una gran sonrisa en el rostro.

—Creo que hay una persona más a la que la pareja le quiere preguntar. Colin, ¿aceptas a Konnor como padre?

Colin alzó el mentón y enderezó los hombros; se veía serio y solemne. Cuando vio a Konnor a los ojos, vio una luz intensa en ellos.

—Sí, acepto, papá.

Los ojos azules de Konnor se llenaron de lágrimas, y tuvo que parpadear para contenerlas. Konnor era el primer y único padre que Colin había conocido. Y Marjorie no se podía imaginar a uno mejor.

La mujer que conducía la ceremonia aplaudió.

—¡Puedes besar a la novia!

Konnor dio un paso hacia adelante, la tomó en sus brazos y la besó. Los invitados a su alrededor estallaron en vítores, pero Marjorie no les prestó atención. La boca de Konnor era cálida, suave y deliciosa. Sus labios la acariciaban y la adoraban, y Marjorie se olvidó de todo y de todos, excepto de su marido, al tiempo que nadaba en un océano de felicidad.

Le hervía la sangre y le dolían los pechos mientras las manos de Konnor le recorrían la espalda. Cuando interrumpió el beso, apoyó la frente contra la suya y le susurró:

—Ya ves, mi reina de las Tierras Altas. Nuestro final feliz solo acaba de comenzar. Me has hecho el hombre más feliz del mundo, y nuestra familia de tres es lo único que quiero.

Ella le sonrió.

—Pues, no será de tres durante mucho tiempo. Seremos una familia de cuatro. Me hice un análisis de sangre y, según tu maravillosa medicina moderna, será una muchacha.

Konnor se quedó quieto, parpadeó y le dio un delicioso beso en los labios. Caminó con ella por el pasillo mientras los invitados los bañaban con pétalos de rosas blancas, y Marjorie pensó en el momento en que él apareció en su vida para darle esperanza. Esperanza de felicidad. Esperanza de que pudiera ser capaz de recuperar su verdadera esencia. Esperanza de que todos los horrores de su vida quedaran en el pasado.

Y supo qué nombre le podría a su hija.

La que había sido concebida por viajeros en el tiempo.

Bendecida con magia de las Tierras Altas. Y que nacería en otra época.

Esperanza.

FIN

¿Te ha encantado la historia de Marjorie y Konnor? Lee la de Ian y Kate en **El corazón del highlander**

Obtén el epílogo gratuito adicional de la historia de Marjorie y Konnor en este enlace:

https://mariahstone.com/epilogosecreto/

The Marriage of Time

The Surf of Time

The Tree of Time

A CHRISTMAS REGENCY ROMANCE:

Her Christmas Prince

GLOSARIO DE TÉRMINOS

bannock: pan plano típico de Irlanda, Escocia y el norte de Inglaterra.

birlinns: bote de madera propulsado por velas y remos que se utilizaba en las islas Hébridas y en las Tierras Altas del Oeste en la Edad Media.

claymore: espada ancha de empuñadura larga y de doble filo que se blande con las dos manos y utilizaban los *highlanders*.

coif: cofia o gorro que usaban los hombres y las mujeres en la Edad Media.

cuach: copa con dos asas.

cruachan: el grito de batalla del clan Cambel.

handfasting: o ritual de unión de manos, es una tradición celta en el cual una pareja une las manos con un lazo que simboliza la eternidad.

highlander: habitante de las Tierras Altas de Escocia.

kelpie: un espíritu del agua capaz de tomar diferentes formas, usualmente, la de un caballo.

laird: título que se le da al jefe de un clan.

lèine croich: un abrigo largo y fuertemente acolchado.

mo gaol: mi amor.

sassenach: inglés o inglesa

slàinte mhath: salud

uisge—beata: Agua de la vida o aguardiente.

ESTÁS INVITADO

¡Únete al boletín de noticias de la autora en mariahstone.com/es para recibir contenido exclusivo, noticias de nuevos lanzamientos y sorteos, enterarte de libros en descuento y mucho más!

¡Únete al grupo de Facebook de Mariah Stone para echarle un vistazo a los libros que está escribiendo, participar en sorteos exclusivos e interactuar directamente con la escritora!

RESEÑA

Por favor, deja una reseña honesta del libro. Por más que me encantaría, no tengo la capacidad financiera que tienen los grandes publicistas de Nueva York para publicar anuncios en los periódicos o en las estaciones de metro.

¡Sin embargo, tengo algo muchísimo más poderoso!

Lectores leales y comprometidos.

Si te ha gustado este libro, me encantaría que te tomes cinco minutos para escribir una reseña en Amazon.

¡Muchas gracias!

Mariah